ハヤカワ・ミステリ文庫

〈HM㊴-10〉

三分間の空隙《くうげき》

〔下〕

アンデシュ・ルースルンド＆ベリエ・ヘルストレム

ヘレンハルメ美穂訳

早川書房

8557

TRE MINUTER
by
Anders Roslund and Börge Hellström

Translated by
Miho Hellen-Halme
First published 2020 in Japan by
HAYAKAWA PUBLISHING, INC.
This book is published in Japan by
arrangement with
SALOMONSSON AGENCY
through JAPAN UNI AGENCY, INC., TOKYO.

三分間の空隙《くうげき》

〔下〕

登場人物

エーヴェルト・グレーンス……ストックホルム市警警部
スヴェン・スンドクヴィスト……同警部補
エリック・ウィルソン……………同犯罪捜査部部長
ラーシュ・オーゲスタム…………検察官

ピート・ホフマン（ペーテル・
ハラルドソン／エル・スエコ／
パウラ）…………………………潜入捜査員
ジョニー・サンチェス
（エル・メスティーソ）…………コロンビアのゲリラ組織ＰＲＣの一員
ソフィア…………………………ピートの妻
リバルド・トジャス………………富豪
カミロ……………………………殺し屋の少年

ティモシー・Ｄ・クラウズ………アメリカ合衆国下院議長
スー・マスターソン………………アメリカ麻薬取締局《DEA》長官
ルシア・メンデス…………………同特別捜査官。コロンビアでのピ
ートのハンドラー

第三部（承前）

エーヴェルト・グレーンスは、ほんとうにこの場所でいいのかどうか、いまひとつ確信が持てない。入口の奇妙な小さい扉は、暇を持てあまし、かつ自分の才能を過信した人間が描いたのであろう、緑色の模様に彩られている。建物は質素な木の板で覆われ、竹が追加の皮膚となってその上にかぶさっている。

だが、名前は〈ガイラ・カフェ〉。ここで合っているはずだ。

ウィルソンはどういう経緯でこの店を見つけたのだろう、とグレーンスは考えた。ほかの会合場所も、ここと似たような感じなのだろうか。

照明はあまりない。椅子は、もっと若くて幅を取らない体の持ち主に合わせてつくられている。だが、流れている音楽は心地よく、朗らかなウェイターがトレイで小さなコーヒーカップを運んできて、粗糖の入った金属製の容器のそばに置いてくれた。

すばらしい味だった。地球を半周する前のコロンビア産コーヒー。ストックホルムの警察本部、犯罪捜査部の廊下に置いてあるマシンから出てくるのと、同じぐらい美味い。あれに近い味に出会えることはめったにないのだが。

仮のパスポートでアーランダ空港を発ってから、移動には二十六時間かかった。グレーンスは生まれてこのかた、時差ぼけというものを知らずに過ごしてきたが、ホテル〈エステラル・ラ・フォンタナ〉での落ち着かない夢うつつの一晩を経て、ついに知ることとなった。ホテルの部屋は最上階で、眠ることのないボゴタの街路が見渡せた。

来たいと思うことすらなかった大陸。訪れるとは思ってもみなかった都市。

人生は、これほどの長い年月を経てなお、まだ先の予測がつかないものだ。

もう一杯。コーヒーが、さっきより美味くなった気がする。

警察官になって約四十年、これもまったく予想していなかった。だれひとり予想していなかったことだ。こんなにも変わってしまうとは。捜査する犯罪の性格が、まったく異なるものになるとは。自分の在職中に、麻薬がらみの死者数が十七倍にふくれあがるとは。千七百パーセントだ。そして……これからもまだ増えつづける。

犯罪の原動力となるものが変わってきて、刑事たちもそれに対応し、学ぶことを強いられた。

犯罪が、麻薬と——麻薬を使うことと、麻薬で利益を得ることと、切っても切れない関係になっている。

組織犯罪の主たる栄養源。現代の一大産業だ。売上高は一年当たり二兆二千五百億クローナ、しかもはなはだしい利鞘を生む。したがって、グレーンスがストックホルムでの犯罪捜査で行き当たる麻薬、この極上のコーヒーと同じように——〝もう一杯くれ、頼む〟——長旅を経てストックホルムにもたらされる麻薬は、暴力、血、死体に彩られた道のりをたどってくる。麻薬を密売するためのインフラがうまく整ったら、その同じインフラを流用して、女の体や銃を取引することもできるようになる。それでもまだ飽き足りず、さらに利益を挙げたいとなれば、もっとありふれた犯罪、強盗、脅迫、経済犯罪などをそこに上乗せすることもできる。

時代は変わったのだ。

麻薬組織が、社会を動かしている。

エーヴェルト・グレーンスは立ち上がった。かなり早めに来たのだ。自分が住んでいる首都とはあまりにも違う首都で、迷わずにたどり着ける自信がなかったから。ウィルソンが用意し、赤いフェルトペンで大きなアルファベットを三つ記した市街図を持って、しばらく歩いてから、バスで長い距離を移動し、また歩いた。見慣れない街だ——が、悪くない、と感じる。こんな用事で来ているにもかかわらず。身軽になったような気がするのだ。ストックホルムでのように、街路や建物に見張られている感じがしない。古い思考パターンも感情も、ストックホルムに置き去りにされたか、少なくともまだ追いついていないのだろう——猛スピードでここまで飛んできたわけだから。

もうすぐ、会ったことのない相手と向きあって座ることになる。自分が追いかけた相手、殺したと思いこんでいた相手。だが、だれもが彼にだまされた。死んだ人間、死んだはずの人間、それなのに、ふつうに街路を歩いている——そういう人間は、いったいなんと呼べばいいだろう。亡霊か？

〝かならず連れ戻してください、エーヴェルト。生きて帰すんです〟

アーランダ空港の第五ターミナルで、ウィルソンは便の予約の入っていないオープンの航空券を五枚差し出してきた。一枚には、グレーンスの名前。ほかの四枚には、それぞれペーテル、マリア、ヴィリアム、セバスチャンの名が入っていた。名字はどれもハラルドソンだった。

いや。

連れ帰るつもりはない。それが本人の意思に反しているとしたら。

これまでに捜査した中で、犯人が逃げおおせたのをうれしいと思った殺人事件はあれだけだ。解決に失敗したことを、ありがたい、と思った。なぜならこの殺人犯は、自分と同じで、使われた、利用された人間だったから。彼の意思を無視して連れ帰るなど論外だ。スウェーデン領に降り立った瞬間、ふたりの役割は変わる。ホフマンは、刑事施設管理局や警察から見ても、犯罪組織の側から見ても、人をふたり殺して追われている殺人犯以外の何者でもなくなる。そして、グレーンスは警部となる。もしピート・ホフマンを連れ帰るなら、エーヴェルト・グレーンスは彼を逮捕しなければならなくなる。彼に有罪判決が下るよう、長期の懲役刑となるよう尽力しなければならない。いや、終身刑か。そして彼が刑務所に入ったら入ったで、警察に協力するたれ込み屋を憎む連中から、彼を守ってやらなければならなくなる。この話がそんな結末を迎えるのは間違っている。

そのときだった。暗い、狭い店内に、彼が入ってきた。

ジーンズ、黒いブーツ、薄手の半袖Tシャツの上に狩猟用ベスト。肌はこんがりと焼けているが、それでも疲れきって見える。過ぎ去った年月をはるかに超えるスピードで年老いた人間だ。

彼がもはや習慣と化した視線で店内を見まわし、安全を確かめていることにグレーンスは気づいた。そのあと、彼が意識的に外見を変えたことにも気づいた。鼻がどことなく変わり、あごもどことなく変わった。彼が黒い布をはぎ取ると、剃りあげた頭に入った大きな刺青があらわになった。

「よりによって……あなたですか？」

「ご覧のとおりだ」

「ウィルソンが来ると思ってた」

「予想がはずれたな」

エーヴェルト・グレーンスはバーカウンターを目で示した。

「コーヒーでも飲むか？　最高の味だ」

ピート・ホフマンはためらった。この場にとどまるか、それとも去るべきか、決意を固めようとしているように見えた。

やがて、決意は固まったらしい。彼はテーブルの向かい側の椅子を引いた。

「いや、結構です。だが、アグアパネラをぜひ」

エーヴェルト・グレーンスは、何度も思いを馳せてきたが、話したことは一度しかない男を、じっと見つめた。あれは、この男を殺す決断を下す直前、携帯電話での短い通話だった。

「なんだそりゃ、口がまわらないんだが。そもそも合法なのか？」

「サトウキビの絞り汁を煮詰めたものと、湯ですよ。警部も、法を破る心配などせずに飲めるはずです」

グレーンスはバーカウンターまでの五歩を進み、初めて耳にした飲みものの名を、できるかぎり正確に発音した。

ふたつ《ドス》。自分も一杯やってみるつもりだ。せっかくここまで来たのだし。

それから、また腰を下ろした。

「さて、俺は昔、おまえを殺した。そう思いこむよう仕向けられた。実際、そう思ってた。だがある日、刑務所の監視カメラの映像を数日分、巻き戻したり早送りしたりしながら見てた。そうしたら突然、妙なめくばせが見えた」

刑事施設管理局の青い制服を着た男が、中央警備室を通って外へ出ていく途中、カメラの前で立ち止まり、まっすぐにレンズを見つめ、右目を軽くつぶってみせた。

「あれは、あなたに宛てたつもりでした」

「なぜ？」

「あなたは上の人間に操られて、俺を撃ち殺す指示を出した。あなたはその判断を背負って生きていかなきゃならない。俺にはほかに選択肢がなかった。ああするしかなかった。こっちからも警察官を操って、銃撃の指示を出させるしかなかったんです。あなたはたまたまその役目を負わされた。だが、罪悪感まであなたが負う必要はない」

ピート・ホフマンは落ち着いた小声で話した。あのときの記憶がよみがえってきて、胸中には叫びと憎しみが渦巻いていたにもかかわらず。保身のために自分を切り捨てようとした、ろくでもない警察幹部ども。とくに最大の裏切り者が、ヨーランソンという名の男だった。当時警視正だった男、いまウィルソンがいる地位に就いていた人物。なにがあっても潜入者を支援すると約束しておきながら、いざとなると背を向けた男だ。

「あなたのことはもう知ってました、グレーンスさん。ヴェストマンナ通りでの銃撃事件を捜査してるのがあなただっていうことで、ウィルソンに訊いたんですよ。刑務所の中で潜入捜査をするため、わざと罪を犯す前のことでした。どうしてウィルソンも、あのヨーランソンも、あなたが捜査してるというので神経をとがらせてるのかと思って」

湯気をたてるカップをふたつ、ウェイターが微笑みながらテーブルに置いた。縁にレモンのスライスがついている。アグアパネラという名の飲みもの。グレーンスはそれをまじまじと眺め、しばらく逡巡していたが、結局、ふつうの茶とそう変わらないように見える、という結論に達した。

「これは……まあ、飲んでみるか」

「ビタミンCが豊富なんです。頭に入れておいてください、警部」

エーヴェルト・グレーンスは飲みものをすすり、ごくりと飲んだ。

「砂糖も豊富だな」

「これがコロンビア風です」

たっぷりひと口、ごくりと飲みこむ。もうひと口。

「頑固な人だ、と。とことん真実を追い求めるし、その真実が最初から同僚のもとにあったかもしれないとなったら、さらに探ろうとするだろう。簡単にはあきらめない人だ、と」

ピート・ホフマンはエーヴェルト・グレーンスを見つめた。

「ウィルソンも、ヨーランソンも、あなたについてそんなようなことを言っていました」

自分の父親であってもおかしくない年齢のこの警部が、自尊心をくすぐられたのかどうかはよくわからない。が、そんなふうに見えた。長いあいだではないが、ほんの一瞬、目にそんな輝きが現れた。

「茶封筒を送ったでしょう、グレーンスさん……あなたなら、あの中身を見れば、送り主は俺以外にありえないとわかるだろうと思った。あなたがウィルソンの言うとおり、ほんとうにいい刑事なら。なにかを察して、考えて、探りはじめてるとしたら……俺のウィンクにもきっと気づくだろうと思った。俺があなたをだましたこと、警察そのものをだましたことに気づくだろう、と。だとしたら、それで正解だと教えてあげたいと思った。だが……もしあなたがなにも気づかなかったとしたら、それは聞いてたほどのいい刑事じゃないってことで……そのまま罪悪感を抱えて生きていけばいい。そう考えたんです。だが、もしそうだとしたら、あなたはいま、こんなところにはいませんね」

ピート・ホフマンは右目を軽くつぶってみせた。かつて監視カメラに向かってしたように。さっき人工衛星のセールスマンに向かってしたように。そのとき、湯気をたてるカップのそばに並べておいた三つの電話のうち、ひとつが鳴った。控えめな、静かな呼び出し音。グレーンスは明るくなった画面を反対側から読もうとした。

ラスムス。

「すみません、出なければ。大事な話なので」

ピート・ホフマンは少し離れたところに移動し、緑の模様の入った入口扉にたどり着いたあたりで電話に出た。彼が守ると決めている、数少ないルールのひとつ——息子のどちらかが電話してきたら、かならず出ること。なにをしていても、どこにいても、かならず手を止めて電話に出る。電話さえすれば父親といつでも話せるのだと、息子たちにわかってほしいから。

「ママが悲しそうなの」

「悲しそう？」

「僕には見せないようにしてるけど、わかるんだ、パパ、見ればすぐわかるよ」

ホフマンはかぼそいが落ち着いたその声を受け止めた。幼い少年が負う必要のない責任を感じている声だ。

「ラスムス？」

「なあに」

「もうすぐ消えてなくなるよ」

「なにが？」

「ママを悲しませてること」

「なくなるって……どういうふうに？」

「パパがなんとかする。そのあとは……また大丈夫になる」

ホフマンがテーブルに戻ると、スウェーデン人警部はちょうどカップの熱い中身を飲み終えたところで、満足そうな顔をしていた。この甘い飲みものは、どうやら合格のようだ。

「ラスムスって？」

「息子です」

「セバスチャン……ハラルドソン、か」

「そうです」

ふたりは互いを見つめた。やがてグレーンスが目をそらし、テーブルを見下ろした。

「俺には結局、できなかった」

長いあいだではない。が、違和感を生むにはじゅうぶんだった。

「子どもがな。まあ……そういうこともある。成り行きだ」

ピート・ホフマンは応えるべきだったのだろう。なにか言うべきだったのだろう。なんでもよかったはずだ。が、黙っていた。言えることなど、なにもなかった。

だから、ふたりとも無言で座っていた。やがてホフマンのほうが耐えられなくなった。

「そう、成り行きです。なにがどうあれ、その状況で生き延びなければならない。生きなければならない。ラスムスのような子どもがいる場合は、とくに。そのために、あなたの助けが要ります」

「そのために来たんだよ」

「明日の朝、ワシントンに行ってください」

ピート・ホフマンは、持参した小さな黒いバッグを開け、ノートパソコンを出した。

「着いたら、アーリントンに行ってください。そして、スー・マスターソンという人に会わせてもらうまでは、その場を動かないでほしい」

画面をグレーンスに向け、フォルダのひとつをクリックして、開くのを待った。

「DEAの長官です。俺の素性を知ってる三人のひとり。エリック・ウィルソン——俺のスウェーデンでのハンドラー。ルシア・メンデス——ここ、コロンビアでのハンドラー。そして、スー・マスターソン——俺を採用すると決めた人です」

「四人のひとりだな」

グレーンスはホフマンに微笑みかけ、ホフマンもグレーンスに微笑みかけた。

「俺はエリックとは話せない。ルシアとは連絡が取れなくなった。スー・マスターソンとも連絡が取れなくなった」

「だが、俺がいる」

「だが、あなたがいる」

たったひとつの画像がいま、パソコン画面を満たしている。なにが映っているのかよくわからない。ピントが合っていないし、解像度も完璧からはほど遠い。グレーンスがウィルソンに見せられた一連の画像と、よく似ている。上空から見下ろしている。人工衛星から。映っているのは、ジャングルかもしれない緑だ。

「生き延びる。生きる。そのために、俺は交渉します。俺を殺したがってる連中と。この状況に覚えはありますか？　警部」

あのときと同じだ。三年前と。エーヴェルト・グレーンスには覚えがある。

「そして、交渉をするなら、なにかを手に入れたいなら……俺のほうからも、なにかを差し出さなきゃならない」

ホフマンはぼやけた画像を指差した。

「というわけで、これが交渉材料です」

グレーンスは画面を目でたどった。見ているものの意味が、まだつかみ取れない。

「わかってないみたいですね。これ、緑の中にある、灰色がかったもの……これは、檻の屋根です。この檻に、生きた人間が入ってます」

「檻？　人間？」

「檻です。人間です」

エーヴェルト・グレーンスはしばらく画像を見つめていた。いや、映像だ。鳥が飛んでいるのが、梢がゆっくり揺れているのが見える。

「その人間というのは……いま世界中が血眼になって探してる男か？」

「まさにその人です」

ようやく、見えた。なにを見ればいいのかわかれば、あとは簡単だ。鬱蒼と茂るジャングルにあいた、小さな穴。その中央に、檻の屋根。

「これがどこにあるかを、俺は知ってる。俺のパソコンで見張ってる。個人衛星から情報が送られてくるんです」

注文していないのに、甘い飲みものがもう一杯テーブルに置かれた。エーヴェルト・グレーンスはウェイターに礼を言い、何滴か口にした。慣れることのできそうな味だ。

「いま飲んでるこいつの名前すら知らなかった俺だ。個人衛星のことはもっと知らない」

ピート・ホフマンも熱い飲みものを飲んだ。

「あなたも手に入れようと思えば手に入れられますよ、グレーンスさん。だれもがいつでも入手できる。違法でもなんでもない。八千ドル払えば、この上の軌道をぐるぐるまわる、重さ七百五十グラムの人工衛星が手に入る。もちろん性能はいまひとつで、この映像の解像度は十センチだが、顔まで映す必要はない。キャンプが同じ場所にあることだけわかればいい」

グレーンスは長いこと映像を見つめていた。檻を。それから、ホフマンを。

「それで、どうするんだ？」

「人質を解放する。人質の命と引き換えに、自分の命を救う」

「で、それを……ひとりきりでやり遂げようっていうのか？」

つねに、ひとりきり。

「いや」

自分だけを信じろ。

「グレーンスさん、あなたの助けを借ります」

ふたりは互いを見つめた。やがてエーヴェルト・グレーンスがうなずいた。

「俺の助け、か。なにをしろと？」

「スー・マスターソン」

「それはわかってる」

「じゃあ……」

「俺たちの、共通の友人がな……メモはもう、破って便所に流しちまったが、俺がここに来る前、だれと、どこで、どう会えばいいか指示してきた。念のためにな。で、その女のところに行く鍵をくれた。ほかに手立てがなくなったら使うように、と」

「鍵？」

ホフマンは続きを待った。

続きはなかった。

「グレーンスさん、鍵というのは？」

「ウィルソンのプライベートな鍵だ」

ピート・ホフマンはパソコンの向きを少し変えた。カフェの小さな窓のひとつから光が差しこんできて、画面にうるさく反射していた。

「衛星の周回スケジュールが知りたいんです。ある特定の位置を衛星がカバーする時刻。それを、グレーンスさん、あなたに突き止めていただきたい」

エーヴェルト・グレーンスはプラスチックの画面を、人を入れた檻の画像を指先で叩いた。

「この位置か？」

ホフマンは首を横に振った。

「この場所の座標は、警部、俺の命綱です。だれにも明かすつもりはない。俺が知りたいのは、まったくべつの場所の上空を衛星が通るスケジュールで、そこに空白が生まれる時刻を正確に知りたい。時間の空白。切れ目。衛星が通過しない時刻。監視していない時刻。つまり、その位置でだれかが動いていても、上からはだれも見ることができない時刻。加えて……」

ホフマンは身を乗り出し、さらに小声になった。だれも聞き耳を立てていないのに。

「……マスターソンには、俺のために、有能な軍人を八人用意してもらいたい。信頼できる、賄賂で買収されることのない人を」

「なぜだ？」

「交渉するためです。人質の命と引き換えに、俺の命を保証してもらうため」

「その場所っていうのは？」

「あなたは知らないほうがいい」

「どこなんだ？」

「あなたはなにも知らないほうがいいんです、グレーンスさん、信じてください——あなたのためです」

「俺の助けが要るっていうなら、全部教えろ」

「それはできません」

「おい。パウラと呼べばいいか？　それとも、エル・スエコ？　ハラルドソン？　コスロフ？　ホフマン？　なんとでも好きに名乗ればいい、俺にはどうでもいいことだ。だがな、これだけは言わせてもらう……俺はかつて、おまえの頭を撃って殺せという指示を出したが、それは全部を知らされてなかったからだ。また同じ過ちを犯すつもりはない。そういうことだ——俺に知らせる範囲をぐんと広げるか、自分ひとりでなんとかするか、どっちか選べ」

ピート・ホフマンはさらに身を乗り出した。ふたつの頭のあいだの距離はいま、ほとんどない。グレーンスには、ホフマンのためらいが、逃げ道を探している瞳が見えた。

「こういう作戦です」

潜入者は狩猟用ナイフを取り出すと、革のホルスターの底に隠していたものを出した。折りたたんだ紙切れが、二枚。片方にはなにかが手書きで記されていて、彼はそれをホルスターに戻した。もう一枚のほうを差し出し、笑みを浮かべる。

「いまやこいつが俺の金庫ですよ」

テーブルの上で、紙切れを広げる。通信回線やサーチエンジンの届かない、昔ながらのタイプライターで打たれた文字。けっして痕跡が残らないように。

XX：XX（ブリーフィング、カラマル）
XX：XX（出発、オフロード車）
XX：XX（到着、川）
XX：XX（上陸、ベースキャンプ）
XX：XX（到着、囚人収容キャンプ）
XX：XX（攻撃、突入）
XX：XX（到着、ヘリコプター）

××：××（到着、ティエラ・ボンバ島）
××：××（水中）
××：××（到着、船）
××：××：××〜××：××：××（空白の時間）

エーヴェルト・グレーンスはそれを読み、読み返した。そして人差し指で紙切れを突き返した。

「なんのことだかさっぱりわからん」

「まだ記入できていませんが、作戦の時刻表です。露出の危険を最小限にするため、作戦はなるべく遅く始めなきゃならない。最終的には海へ行きます」

「これじゃ足りない」

「カリブ海です」

「足りない」

「コロンビア北岸の、とある場所。カルタヘナから十キロほど離れたところ。そこに停泊してる船です」

グレーンスは、ためらいを決然たる態度に切り替えた瞳をのぞきこんだ。

船？　カルタヘナ？

〝なんてこった〟

その話を聞いたのは、ほんの数時間前だ。

ホテルの部屋にいるとしばしば襲ってくる、世界に見放されているかのような感覚、うつろで不快な孤独感を振り払いたくて、ベッドに寝そべってリモコンを手に取り、そわそわとテレビのチャンネルを替えていた。CNNに合わせても、BBCに合わせても、映し出される映像は同じだった。とはいえ、どこよりも露骨な映像をたくさん流していたのは、〝エル・ティエンポ〟という名らしい地元局だったかもしれない。黒い煙、燃え盛る炎、完全なる破壊。〝ハートのクイーン〟、〝ハートの十〟。報道特別番組、ニュースキャスターの興奮した声。それは地元局も、国際的なテレビ局も変わらない。〝ロイヤル・ストレート・フラッシュ〟。破壊されつくした建物。

「カルタヘナから十キロほど離れたところ？」

「はい」

「船、だと？」

「はい」

「それは……アメリカの空母ってことか？　つまり……ついさっき、おまえの仲間ふたりを、おまえと同じ殺害対象者リストに載ってるふたりを倒した、アメリカの航空母艦か?」

「はい」

距離はほとんどない。グレーンスは、死神すらだましたことのある瞳をのぞきこんだ。

「生き延びる、と言ったな?」

「生きる、と言いました」

カップの底にまだ少し、凝縮された甘味が残っている。ホフマンはその数滴を飲み干し、立ち上がった。

「あなたのチケットです、グレーンスさん。ほかにも、いろいろ」

テーブルに置かれた、白い封筒。

「スーによろしく」

ホフマンは、ろくに知らない、それでも信用することにした警部に目礼すると、くるりと向きを変え、緑色の模様の入った扉へ向かった。

四時間半にわたる空の旅を経て、エーヴェルト・グレーンスは生まれて初めてアメリカ合衆国の首都を目にした。飛行機はダレス国際空港の上空でゆっくりと進路を変え、ユナイテッド航空のパイロットが全乗客に、席に戻ってシートベルトを締めるよう促した。キャビンアテンダントが早くもボゴタで最新の『ニューヨーク・タイムズ』紙や『ワシントン・ポスト』紙を配っていたので、スウェーデン人警部はたっぷり時間をかけて、国のトップに君臨する有力政治家の拉致事件に関する記事をすべて読み――手がかりは皆無、とのことだった――さらに、〝対麻薬最終戦争〟と命名されたこの作戦の標的十三名のうち、ふたりに対する奇襲攻撃についての、攻撃から一夜が明けた時点での報道も読むことができた。

この旅は、どんどん奇妙さを増していく。

薄暗いカフェに座り、件《くだん》の有力政治家がどこに監禁されているかを知る唯一の部外者、残る標的十名のうちのひとりでもある人物と向きあってから、さほど時間は経っていないのだ。

予約しておいたタクシーは、ターミナルビルの出口で待機していて、運転手は乗客のグレーンスよりもさらに訛りのきつい英語を話した。かなりぎこちない空気が流れた移動のあと、グレーンスがウィルソンに指示されたとおり、現金で払いたいと告げると、運転手がお釣りを用意できないからだめだとまわりくどく説明してきて、混乱が巻き起こった。とはいえ、ここのタクシー運転手はスウェーデンより友好的で、思うようにならなくとも首席検察官に電話することはなかったので、エーヴェルト・グレーンスはほどなく公的機関のビルに向かって歩きだした。これまでに通り過ぎてきたいくつもの建築物に比べると、存在感のはるかに薄い建物だ。ここに所属する潜入者たちに似ているかもしれない――つねに周囲に溶けこみ、目立たない形で仕事を進める。そして、グレーンスは歩きながら、ここのほうが息をするのは楽だ、と感じた。標高二千六百メートルのところにあるボゴタの薄い空気とは違う、湿気のある、酸素の豊富な空気だ。

身分証の確認。セキュリティーゲートを通過。所持品検査。

そして、広大な入口ロビーを少し入ったところにある、案内カウンターへ。

「エリック・ウィルソンという者だが」

「どういったご用件でしょうか」

「スー・マスターソンに会いに来た」

受付係は愛想よく微笑んだまま、パソコン画面に顔を向けた。

「ウィルソン様、でしたか」

「エリック・ウィルソンだ」

「お約束はないようですが」

「それでもマスターソンに会いたい」

「残念ですが、それはご案内しかねます。通常の手続きに従っていただくしかありません。DEA長官との面会を、通常の方法で、正式にご予約いただくしか」

「そんな時間はない。俺はマスターソンが欲しがってる情報を持ってる。もし欲しくないとしても、それは本人が自分で判断したいんじゃないかと思うが」

受付係はあいかわらず愛想のいい笑みを浮かべている。だが、セキュリティーゲートに沿って所持品検査レーンをかたちづくっている制服姿の警備員たちのほうを、横目でちらちら見はじめてもいる。

「それでも、恐れ入りますが……」

「向こうも俺に会いたがるはずだ。そこにある、その内線電話で連絡して、エリック・ウィルソンが会いに来ている、と言ってくれればいい。そうしたら、マスターソンは部屋を出て、あの階段を駆け下りてくる。賭けてもいい」

「ほんとうですか？」

「ああ、ほんとうだ」


「マスターソン長官」

「はい」

「受付です。お邪魔してほんとうに申し訳ありません。ですが、あの……ええと、アポのない方がいらしていまして。アメリカ人ではないんですが、長官にお会いになりたいと。威嚇するような態度ではないので、いまのところ警備員は介入していません。ですが、なんと申しあげても引き下がらないので、結局、座ってお待ちいただくようお願いしました。名前はですね……少々お待ちください……エリック・ウィルソンと名乗っていらっしゃいます」

スー・マスターソンが恐怖を感じることはめったにない。子どものころ、十代のころは怖がりだったが、ある日、心に決めた。もうたくさんだ、と。恐怖はつまらなくて醜いもの、人生を制限する道連れだ。そして、ここでは——長官になってからもう何年も経つのに、いまだにやたらと広く、高価なソファーの数も多すぎると感じるこの執務室では、恐怖に似たものすら一度も感じたことはなかった。それが、いま。恐怖を感じる。だって、ありえないのだ。あってはならないことなのだ。エリック・ウィルソン？　もう絶対に、二度と会わない。そう説明したはずなのに！　エリックもわかってくれたはずなのに！　つまり、重々承知のうえで来ているということだ。自分がここに来れば、きわめて大きな危険に彼女をさらすことになると。実弾の込められた拳銃を彼女のこめかみに向けているも同然だと。

パソコンに向かい、この建物の監視カメラを扱うプログラムを開いた。

これだ。

受付の上に設置されているカメラ。向けられた先には、質素な椅子が三脚あり、仮の待合室のようなスペースになっている。

そこにいるのは、ひとりだけだ。見たことのない人物。年齢は六十歳ほど、スーツ姿で、大柄だ。よけいにわけがわからなくなった。エリック・ウィルソンと自分の関係を知っている人間は三人しかいない。彼女自身。エリック。それから、ピート・ホフマン。ほかにはだれもいないはずだ。それなのに、この男……四人になったということなのだろうか。

恐怖の代わりに怒りが湧いてきて、彼女はとっさに、警備員に頼んであの男を追い払ってもらおうかと考えた。だが、やはりおかしい。これはひょっとすると、エリックなりに……連絡を取ろうとした結果なのではないか。

画面に、カメラの映像に目を凝らす。

老いた男だ。

感じがよさそうにはあまり見えない。だが、たいして危険でもなさそうだ。

〝あんた、いったい何者？〟

「わかりました」

スー・マスターソンは、通話口を机のデスクマットに向ける形で受話器を置いていた。いま、それを手に取った。

「そっちに行きます。その人から目を離さないよう警備員に伝えて」

部屋の片隅に置いてある細長いクローゼットには、めったに着ない制服がしまってあり、そのとなりにショルダーホルスターが掛けてある。コルト45、個人的に持っている銃だ。標準の携行銃よりも、こちらのほうが気に入っている。スー・マスターソンはホルスターを身につけて銃を提げ、ジャケットをはおってそれを隠し、エレベーターで入口のある階へ向かった。

エーヴェルト・グレーンスはこの椅子が好きになれなかった。人が座ることを想定してつくられた椅子ではない。少なくとも、長く座ることは想定されていない。硬い棒が背中のやわらかいところに食いこみ、座席の角度のせいで脊柱が圧迫される。

立ち上がって体を伸ばそうと考えたところで、女性が広いロビーを横切って近づいてきた。

美しい女だ。威厳があり、瞳には力が、品位が、明晰さがみなぎっている。自分と同じ部署にいる、とある刑事が思い出される——マリアナ・ヘルマンソンがもし、アメリカの警察組織を率いる立場にあったら、きっとこんなふうだろう。

「エリック……ウィルソンさん？」

グレーンスは立ち上がり、片手を差し出したが、彼女はその手を取らなかった。

「どうも、来てくれて……」

「真剣に訊いているんです。エリック……ウィルソンさん？」

「いや」

いつでも割りこめるよう身構えていた警備員が近づいてきたが、スー・マスターソンは彼が持ち場に戻るよう手で促した。

「そうよね、私たちふたりともわかっていることよね」

グレーンスは身を乗り出し、声のボリュームを下げた。

「ふたりともわかっていることはほかにもある。エル・スエコの正体。彼が置かれている状況」

ふたりは互いを見つめる。彼女は眉ひとつ動かさない。エル・スエコというコードネームは、ここ数日で全世界に広まった。約束なしにやってきた訪問者がその名を口にしたからといって、なにかの意味があるとはかぎらない。

エーヴェルト・グレーンスはそう思われることを予想していたし、自分が逆の立場だったとしても、同じように反応しただろうと思った。続きはさらにボリュームを下げ、ささやくような声で言った。

「スウェーデンでは——俺がエリック・ウィルソンのもとで働いてる、ストックホルム市警犯罪捜査部では、あの男のことをパウラと呼んでた」

反応はなかった。彼女は有能に見えるだけではない。実際に有能なのだ。

「もっと情報が欲しいのか？　エリックに頼まれて来てる人間でなければ知りえない、そういう細かい情報が欲しい？」

彼女は答えない。が、できることなら逃れたい、そう思わせる視線で見透かしてくる。

「あいつの本名——ピート・コスロフ・ホフマン」

返事はない。

「表向きには、まあ……死んだものと思われてる」

返事はない。

「だから、いまはハラルドソンと名乗ってる」

眉ひとつ動かさない。グレーンスはこの女が気に入った。

「なるほど。そういうことなら、奥の手を出すとするか」

グレーンスは笑みを浮かべた。

「エリックは書面で説明してくれたよ。おそらくこういうことになるだろう、と。俺があんたに連絡を取らなきゃならなくなって、この建物であんたと向きあうはめになったら、あんたはまさにそういうふうに俺に接するだろう、とな。というわけで……奥の手をくれた。最後の手段ってやつだ。それを、これから出す」

スー・マスターソンは体勢を変えた。

〝アトランタ、二〇〇六年六月九日〟という言葉が頭をよぎった。

「こう言えと言われた。あいつの言葉どおりだ。アトランタ、二〇〇六年六月九日」

彼女はそれまでと変わらない、淡々とした視線を向けてきた。いや、向けようとしていた。だが、完全には成功していなかった。瞳がきらりと光った。ほんの一瞬だが、間違いなく。淡々としているとは言いがたい輝きだった。

そして、彼女も笑みを浮かべた。かすかに。

「付け加えるなら、あれはとても短い婚約期間だった」

そして、ささやいた。

「〈サックスビーズ・コーヒー〉、十八時。ジョージタウンの三十五番ストリート。ポトマック川から三ブロック離れたところ。私は、ブラックコーヒーと、ナッツのクッキーが欲しい。真ん中に赤いジャムが少し入っているの」

彼女はエレベーターに向かって歩きだしたが、途中で振り返り、声のボリュームを上げて言った。

「先に謝っておくわ」

そして片手を上げ、少し離れたところで待機していた制服姿の警備員たち、計四人に合図した。

「この人に出ていっていただいて」

エーヴェルト・グレーンスは反応する間もなかった。四人が駆け寄ってきて彼につかみかかる。二人がそれぞれ彼の腕を握りしめ、三人目が彼の前を、四人目が後ろを歩いた。訪問者を引きずるようにして出入口のドアを抜け、階段を下りた。四人のうちのひとりが、さっさと失せやがれ、と吐き捨てたようにも、さらにもうひとりが、もしまたここに現れたら今度は逮捕だぞ、閉じこめられて裁判にかけられることになるからな、と言ったようにも聞こえた。

狭い、親密な雰囲気のカフェで、長いバーカウンターは挽きたてのコーヒーと同じ色合いをしている。ほかの客との距離が近すぎて、逆に互いが見えなくなる、そんな店だ。自分もこういう場所を選んだだろう。周囲を確認しやすく、見張りもしやすい。待ち合わせの時刻を待っているあいだ、エーヴェルト・グレーンスはジョージタウンという名の美しい地区を散策し、ストックホルムのスヴェア通りを離れてここに移ってもいいと思える、数少ない場所のひとつだと感じた。絵になる風景の中に穏やかさがある。ふだんならそういう雰囲気は好きになれないが、いまは逆に楽しんでいた。〈サックスビーズ・コーヒー〉は0ストリートと三十五番ストリートの角にあり、グレーンスはふと、話が終わってこのカフェを出たら、となりの共同玄関からまた建物に入って階段を上がり、二階の手近なドアをノックして、無期限で部屋を貸すつもりがないか訊いてみようか、とすら考えた。昨日はボゴタ、今日はワシントン、それでも抱く感覚は似ている——エーヴェルト・グレーンスという名の警部、日々のパターンにとらわれきっていた警部は、そこから飛び立つ必要性をにわかに感じている。これまでとは違うものを目に入れ、味わい、においを嗅がなければならない。人生が過ぎ去ってしまって手遅れになる前に。

このあとなら、いいかもしれない。べつの人生、ホフマンの人生を、なんとかしてやったあとなら。

壁の時計をチェックする。待ち合わせの時刻を三十三分過ぎている。遅刻か。いや、そうでないのはわかっている――マスターソンはただ、プロとして行動しているだけだ。どこかに座って、グレーンスがひとりで来ていること、焦らずに待っていることを確かめているにちがいない。なにか裏の意図がある人間は、おそらく焦るだろうから。

ようやく彼女がドアから入ってきた。確認を終えたわけだ。グレーンスのテーブルに向かって歩いてくる。コーヒーの入ったカップと、真ん中にジャムの入ったナッツクッキーの皿に向かって。

「コーヒー、少し冷めちまったぞ。どこにいたんだ？　俺を観察してるあいだ。なにか妙なことでもあったか？」

スー・マスターソンは道路の反対側にある建物を目で示した。いまふたりがいる建物と同じように美しく、木造で、白い板壁に緑の窓枠が映えている。

「もしあったら、あなたはもう逮捕されているわよ」

インテリアショップかなにかのようだ。

「いま言ったとおり、コーヒーはもう台無しだが、クッキーのほうはあんたの注文どおりだと思うぞ。会計は俺が持つ。そうすれば、今回は追い出されずにすむかもしれないな？」

マスターソンは微笑んだ――が、すぐに真剣な表情になった。

「手短に済ませなければ。私がこのやりとりをしていること自体、連邦検事に反逆罪と判断されかねない。話を続ける前に、名前を聞かせて」

「名前？」

「あなたの名前」

年老いた男は身を乗り出した。

「エーヴェルト・グレーンス、階級は警部だ。さっき会ったときに言った、名前以外のことは、全部ほんとうだよ――所属はストックホルム市警犯罪捜査部、エリック・ウィルソンというのは俺の上司の名前だ」

「グレーンス、ですって？」

「ああ」

「ということは、つまり……ホフマンを撃つ指示を出したのは、あなた？　エリックとホフマンが話していた刑事というのは、あなたのことなのね？」

「ああ」

スー・マスターソンは彼をまじまじと見つめた。すべてを見透かすような目で。

「それでわかってきたわ。その年齢で、しかも失礼を承知で言わせてもらうなら、どう見ても健やかそのものには見えない人が、どうしてコロンビアに行ったり、ホフマンの代理としてここに来たりするのか。エーヴェルト・グレーンス。あなたも、私と同じ力に駆り立てられているのね」

「ああ」

〝俺がここにいるのは、そもそもピート・ホフマンが逃げなきゃならなくなったのが、いまいましいことに俺の責任だからだ。あんたがここにいるのは、やつがまたもや逃げなきゃならなくなったのが、いまいましいことにあんたの責任だからだ。罪悪感は、強く、鮮烈な、圧倒的な力で人を駆り立てる。だから、俺たちはふたりともここにいる〟

「同じ力だ」

グレーンスは、ボゴタの空港で、小さなショルダーバッグに入る小さなノートパソコンを購入していた。いま、彼はそれを、ふたりのあいだのテーブルに置いた。

「殺害対象者リスト。あんたがやつの名前をはずさせることに失敗した、あのリスト。ホフマンは自分なりの解決策を用意してる」

手には、USBメモリ。ワシントンへの航空券と同じ封筒に入っていた。

エーヴェルト・グレーンスはそれをパソコンに差し入れ、ピート・ホフマンの個人衛星から撮影された映像のコピーを開いた。場所の座標は消されている。

「その解決策には、こいつがかかわってくる」

スー・マスターソンも一日前のグレーンスと同じで、画像を見ながらも、その意味がわからずにいた。

「これは……?」

「檻だ。見えてるのは屋根だな。その檻の中に、いま世界が血眼になって探してる人間がいる」

マスターソンはパソコン画面から目を離さない。

「それでも、まだ意味がわからない」

「ホフマンの個人衛星。詳しい方法は俺に訊くなよ。いずれにせよ、あいつはパソコンでこの檻を見張ってる」

スー・マスターソンは、だんだん意味のわかってきたその画像に没頭していた。グレーンスのことも、さっき念入りに安全を確かめたこの店内にいるほかの客たちのことも、まったく見えていない。

「つまり、これは……」

「そのとおり」

「……クラウズ下院議長？」

「ホフマンによればな。あいつの言うことを信用するなら」

彼女は無言だった。長いこと。

「檻ですって？」

そして、椅子にさらに深く沈みこみ、忘れかけていたナッツクッキーをつかんだ。

「檻なんかに入れられているの？」

「というわけで、われわれの共通の友人には策がある。殺害対象者リストから自分の名前を消すための策。その一環が、マスターソン長官、檻に入ってるこいつの救出だ」

彼女はクッキーを二口でかじってのみこみ、うなずいた。続けて、という意味だ。

「空白の時間。人工衛星は数あれど、すべての瞬間をカバーすることはできない。その足りないところにできる、時間の切れ目。穴。ホフマンは、ある特定の場所でその切れ目ができる時刻を知りたがってる。俺はこれから、その場所の座標をあんたに教える。なぜそんなことを知りたいのか、理由は話したくないそうだ」

マスターソンが驚いた表情を向けてくる。なにを考えているのか、グレーンスには見当がついた。

「違うぞ、ＤＥＡ長官――その座標じゃない。檻のある場所を示す座標じゃない。それはあいつの命綱だ。けっして明かしはしないだろう。いまから伝えるのは、まったくべつの場所の座標だ。カリブ海の上だな」

グレーンスは手書きの数字がずらりと並んだ紙切れを差し出した。マスターソンはそれを見たが、書いてある数字を読みとろうとはしなかった。いまこの数字を見ただけではなにもわからず、なんの意味もない。それよりも意味があるのは、クラウズの監禁場所を突き止めた人物の代理人を称する男が、いま目の前に座っているという事実だ。頭の中に叫び声が鳴り響く――増援を呼ばなければ。いますぐ、この場で、この男を逮捕してもらわなければ。だが、実行はしなかった。そんなことをしてもなにも得られない。彼はこの檻の場所を知らないのだから。保安部に頼んでこのグレーンスという男の尋問を行い、厳しく追及したとしても、結果は変わらないだろう。ホフマンの死刑宣告は自分の責任だ。だが、もし仮に、いま綱渡りをしているこの綱が丈夫で、最後まで自分を支えてくれるとしたら。自分は背負った罪を下ろすことができるし、ホフマンに行動の自由を与えてやることもできる。ＰＲＣゲリラ以外で下院議長の居場所を知っている、ただひとりの人物に。

「グレーンスさん」

「なんだ」

「NGA――アメリカ国家地理空間情報局とは、いくつものプロジェクトで連携しているから、知り合いが何人もいる。必要な情報をくれる人とあなたが会えるよう、私がセッティングしましょう。衛星の周回スケジュールを教えてくれる人。そして、そのミーティングは表向きには行われていないことになる、という条件を理解してくれる人。というわけで、あなたにはこのお店でまたコーヒーを飲んでもらう。いまから……」

スー・マスターソンは、壁でチクタクと大きな音をたてている時計を見た。

「……三時間十七分後に。それなら三十分は時間がとれる。閉店は十時だから」

数字の並んだ紙切れを指先でつまむ。

いま、私は反逆罪を犯した。

彼らの目には、そう見えるだろう。

いま、私は境界線を越えた。

でも、味方ふたりを助けることが、生き延びるための条件を整えてやることが、国への裏切りと定義されるなんて、あってはならないことでは？　それに……もし、このままにもしなかったら。ホフマンは――誘拐犯以外でクラウズの居場所を知っている唯一の人物は、その知識を携えたまま死ぬことになるのだ。

「グレーンス警部――話は、これで終わりね？」

「空白の時間の話はな。その穴があく時刻は、周回スケジュールをもとに自分で計算するつもりらしい」

スー・マスターソンは無意識のうちに、手書きの数字が記された紙切れを小さな四角に折りたたみ、もうこれ以上は折りたためないというところまでそれを続けていた。

いま、それをまた広げ、グレーンスに差し出した。

「そもそも彼は、いったいなにをするつもりなの？」

「俺は知らない」

彼女はグレーンスを見つめた。ほんとうに知らないようだ。彼もまた、ホフマンを信用する道を選んだ。

「だが、やつの頼みがもうひとつあることは知ってる」

「頼みが……もうひとつ？」

「あんたに、あんただけに頼みたいそうだ。戦闘訓練を受けた、賄賂で買収されることのない人材を、八人確保してほしい。うちひとりはヘリコプターの操縦士、ヘリそのものも必要だ。その八人が、七十二時間後にカラマルという街にいるよう手配してほしい。カラマルに着いたら、市民登録所《レヒストラドゥリア・ムニシパル・デル・エスタド・シビル》とかいうところの近くにある、小さな教会に行くこと。水上での移動、ジャングルでの移動、夜間戦闘、突入に対応できる完全装備で。この八人を、作戦を実行する十二時間のあいだ、ずっと使えるようにしてほしい」

　スー・マスターソンはそれまで、冷めたコーヒーに口をつけていなかったが、いま、やっと飲んだ。考えをめぐらせているあいだ、手持ち無沙汰だったからだ――エリックにもホフマンにも信頼されているこの老警部が、たったいま要求したことの意味は？　その目的は？

　そして、ＤＥＡを率いる立場にある自分は、どう対処すればいいのか。

「グレーンス警部、そのあとは？」

　贈賄文化がはびこっているあの国で、賄賂になびかない人間を八人確保する。そうなると、選択肢はひとつしかない。クラウズ部隊。米国でＤＥＡの訓練を受けた兵士たち、ＤＥＡが給料を払っている兵士たち。

「そのあと……というと？」

「その頼みを私が承諾したら。私がクラウズ部隊の指揮官に連絡して、顔も名前も明かせない潜入者を支援してください、そうすれば人質を取られて失った面目を回復できる、と言ったら。そのあとに、あなたが代理人を務める彼がさらに必要なものは？」

「簡素な漁船を一艘。ティエラ・ボンバという島の、カーニョ・デ・ロロのすぐ南にある栈橋に係留しておいてほしい、と」

「漁船？」

「その漁船には、十二番口径の散弾実包を四つ用意して、防水シートの下に隠しておくこと。だが、実包の中に詰めるのは散弾じゃなくて、できるかぎり細い炭素繊維の糸、長さ二メートルに切ったものを十本だ。それから、防水MP3プレーヤー。これには、ロシアの潜水艦が水中で空気を噴き出している音、それから一分間の沈黙のあと、魚雷の発射口を開ける音、これを録音したファイルを入れておく。最後に、セシウム137の入った小さな容器。そこまで用意してくれたら、そのあとはもう満足だそうだ」

スー・マスターソンはグレーンスを観察した。ふたりは互いを観察した。セシウム137――放射性物質。つまり、このミーティングはこれで終わりということだ。彼女がこのままなにも尋ねなければ、断らざるをえなくなるような回答も聞かずにすむ。

ふたりとも同時に立ち上がり、グレーンスは上着の内ポケットを探った。数字の並んだ紙切れを、もう一枚持ち歩いていたのだ。

「俺が使ってる匿名の電話の番号だ。もし、連絡しなきゃならなくなったら。俺たちには……共通の関心事があるわけだから」

スー・マスターソンは紙を受け取ると、バッグからペンを取り出し、となりのテーブルのホルダーから紙ナプキンを一枚取って、自分の番号を書いてグレーンスに手渡した。

そして、微笑んだ。

「ボウリング、よね？」

「はあ？」

「ボウリング。共通の関心事」

エーヴェルト・グレーンスも微笑んだ。

「ああ、そのとおりだ」


同じテーブル。同じ種類のコーヒーとナッツクッキー。自分も食べてみようと思った。エーヴェルト・グレーンスはさらに三時間、滞在してもいいと思えるこのジョージタウンという地区をぶらぶらと歩き、美しい街並みを眺め、個性的な狭い店でレモン味のミネラルウォーターを飲み、すれちがう人々や、ウェイター、バーカウンターでとなりになった男女と、アメリカ訛りの英語を話してみたりもした。これまではする勇気のなかったことだ。

そうして、今夜すでに一度訪れているカフェに戻ってみると、店主は彼を覚えていてこくりとうなずき、注文する前からコロンビア産のコーヒー豆を挽きはじめた。

二十一時三十分ちょうど、若い男が入ってきた。

ベージュに近いカーキ色のショートパンツに、白いシャツ。褐色の前髪が汗ばんだ額に貼りついている。彼は周囲を確認することも、あたりを見まわすこともなく、目的地をわかっている足取りで、老いたスウェーデン人警部が夜のコーヒーブレイクを楽しんでいるテーブルにつかつかと向かってきた。

「僕にお会いになりたいとうかがいました、閣下《サー》」

「まあ座れよ」

「人に見られたくないんです。ここで、あなたといっしょにいるところを。ただ、これをお渡しするために来ました」

テーブルの上にまたもや置かれた、USBメモリ。グレーンスはだんだん慣れてきた。

「座ってくれ。そうしないと、俺たちのこのミーティングは、まさにおまえさんが避けようとしてるたぐいのミーティングに見えちまう。しばらく座ったら帰っていい。絶品のコーヒーを注文しておいた。飲みたくなければ飲まなくていい。だが、席を立って出ていくのは早くても十五分後にしてくれ」

額から流れる汗。瞳。動き方。

とてつもない恐怖を感じている人間が、ここにいる。

「それからな、閣下《サー》ってのはなしにしてくれ。落ち着かなくてかなわん。俺たちはこれから、会話をしなきゃならないんだ。ふつうに見えるように」

若者は椅子に腰掛け、テーブルをじっと見下ろした。どうしていいかわからないらしく、いかにも不安げだ。

「話をしてくれ。してくれなきゃ困る。なんの話でもいい。で、なるべく笑ってくれ」

グレーンスは待った。恐怖におびえた若者が覚悟を決め、顔を上げるまで。

「エディーといいます。ファーストネームだけで勘弁してください。人工衛星のオペレーターをしています。アメリカ国家地理空間情報局で。通称はNGA、よくNSAと間違われます。僕は、コロンビアの監視を担当している四人のひとりです」

「よし。ちゃんと話せるじゃないか。コーヒーも飲め」

警部はなみなみとコーヒーの入ったグラスを、テーブルの向かい側にいる相手のほうに押しやった。若者は咳払いをした。

「あの……スー・マスターソン長官から聞いたんですが、これはクラウズ下院議長に関係のあることなんですよね？　こうすることで、クラウズ下院議長を助けられるかもしれない、大きな可能性につながる、そう聞きました。DEAの潜入捜査員が下院議長の居場所を突き止めるために、この情報が必要だと」

　汗をかいている若者が、グレーンスの顔をのぞきこんでくる。これが初めてかもしれない。確証を求めているのだ。エーヴェルト・グレーンスはうなずいた。

「そのとおりだ」

「クラウズ下院議長……よくNGAにいらっしゃるんですよ。僕のとなりに座って、直々に監視なさっています。エディー、と呼んでくださるのはあの方だけです。ほんとうにいい人なんです。あの方のためだからこそ、僕はこんなことをするんです――外国人に情報を渡して、自分の将来を、自由を危険にさらすのは、クラウズ下院議長のためなんです」

　コーヒーのなみなみと入ったグラスに、若者は見向きもしない。USBメモリのほうをつかみ、握りしめた。

「僕の犯罪のすべてが、ここに入っています。衛星の数――機密レベル、最高機密《トップ・シークレット》。全世界で生じる時間の空白――機密レベル、NATO原子力関連最高機密《コズミック・トップ・シークレット・アトマル》。今回指定された位置だと、衛星が重ならない長めの空白は一度しかありません。零時三十七分一秒から、零時四十分〇秒まで。三分間です。この情報を、あなたにお渡しします。スー・マスターソン長官の指示だから。あの方のことは信頼しているから」

　腕時計を見やり、急にメモリを手放してテーブルの上に放置する気になったとき、若者の指の付け根はすっかり白くなっていた。

「十五分経ちました」

立ち上がると、椅子の脚が床に擦れて大きな音を立てた。

「あなたと僕は、一度も会っていません」

そして、彼は去った。

振り返ることもなく、入ってきたときと同じ、迷いのない足取りで。

エーヴェルト・グレーンスは、湿ったシャツの背中が出入口を抜け、ジョージタウンの涼しい暗がりへ消えていくまで、じっと待った。それからテーブルに手を伸ばし、まずデジタル保存された情報を、それから口をつけないまま放置されたグラスを手に取った。こんな美味いもの、無駄にするには忍びない。

共同階段、共同玄関、車庫、そして半径三百メートルの一帯に、監視カメラを十六台設置してある。どれも動作センサー付きだ。あたりが明るかろうと暗かろうと、人が動けばかならずこのカメラに録画される。ピート・ホフマンは昨晩録画された数時間分を早送りした。なにも異状はない。最後に、外付けハードディスクにコピーする――あらためて確認しなければならなくなった場合にそなえて。

静かだ。仮住まいである2Kのアパートのキッチンに、ひとりきり。

ソフィアはふたりの寝室に、息子たちは子ども部屋にいて、どちらもドアが開いており、深い寝息が互いを強めあっている。音程もテンポもまちまちな合唱だ。

ピートは夜明けに目を覚まして起床した。人質のいる場所を訪れ、打ち上げた個人衛星に組みこんだあの座標を手に入れて以来、これが毎朝の習慣になっている。ジャングルが明るくなっていくこの時刻なら、例の檻、ティモシー・D・クラウズ下院議長を閉じこめ見張っている収容キャンプが見えるから。まず、画面の右上隅にある〝ケージ〟と名付けたアイコン。それをダブルクリックしてから、パスワード欄に文字を入力する。パスワードは十二桁で、数字、アルファベットの大文字、小文字、セミコロンがランダムにまじりあい、その真ん中に、自作したデジタルの雪の結晶マークがいくつか入っている。パスワードが認証されたところで、新たに現れたウィンドウ、彼の指紋を待っているウィンドウに、右親指を押しつけた。

二秒。プログラムが開き、中継が始まった。

黒い画面の中から、ゆっくりと灰色が浮かびあがる。ほんとうは深い緑なのだが、日差しがまだ弱々しく、解像度にも限界があるので、細かい色合いはのみこまれて失われてしまう。やがて、同じように起き抜けの人々が地上で動いているのが見えてきた。一日が始まろうとしている。だれが、なぜ動いているかまでは知りようもないが、そんなことが知りたいわけでもない。確かめたいのは、全長十三センチの人工衛星が、少し黒いところのある黄色い一点をとらえていること。世界中が話題にしている人物、そのためにひとつの国が戦争を始めた人物、捜索している側がまだ居場所を突き止めていない人物を、閉じこめている檻。それが、まだそこにあるということ。

彼の取引材料が、まだ存在するということ。

ホフマンは背筋を伸ばしてから、ソフィアのいる寝室に入った。混沌にもかかわらず安心して、両腕を広げて眠っている彼女は、なんとも美しい。息子たちの部屋に行ってみると、ふたりとも体の左側を下にして寝ているが、枕が、それとともに頭が、それぞれ違う方向を向いている。一週間。ソフィアがここに閉じこもって待つと約束してくれた時間はそれだけだ。ピートが数年をかけて、完全な監視体制と警報装置の整った避難壕につくりかえた、この隠れ家《セーフハウス》で。

長男ヒューゴーの額にキスをしてやると、ヒューゴーはふと目を覚ましてなにかつぶやいたが、すぐにくるりと寝返りを打ち、ゆっくりとした寝息が続いた。流し台のそばでもう一杯コーヒーを飲んでから、パソコン画面に戻る。太陽がすばやく上がっていくにつれ、キャンプはより明快な色に染められていく。

そのとき、電話が鳴った。

コロンビアの携帯電話。ホフマンは一度の呼び出し音ですぐに応答した。家族はもう数時間、睡眠が必要だ。

「もしもし？」

「ピーター・ボーイ？　起きてるんだな」

エル・メスティーソ。エネルギーに満ちた声。いかにも元気そうだ。ときおり光を放っているように見える、そういうときの声をしている。

「ああ。起きてるよ」

「二十分後に迎えに行く。仕事だ」

「仕事？」

「現場に着けばわかる。服装はいつもどおりでいい」

標準装備。ラドム、狩猟用ナイフ、ミニUZI。

「それじゃ、ペーテル、十九分後に。おまえの家の前で」

エル・メスティーソは電話を切った。十九分。それはたいてい、十分という意味だ。

ピート・ホフマンは荷物を詰めた鞄を持って階段を駆け下り、車庫に駐めてある車に向かった。いまの時間帯、道路はたいして混んでいない。間に合うはずだ。

カリの北東部、貧しいコムーナ6のアパートから、中産階級の住むコムーナ5のロス・グアジャカネス街区まで、約四キロ。横道に入ったら、トラックが道をふさいでいて、数百メートルもバックするはめになったし、道路の真ん中に野菜を運ぶ台車が転がっていたりもしたが、それを除けば期待どおり、車はほとんど走っていなかった。八分。ホフマンは、だれもいない家、下がったブラインドの前で、待った。

こんなことをしている時間はないのに。そもそも待つ必要などない。生きていくためのきた雇い主はいま、計画はもう立ててある。真の雇い主、これまでホフマンの情報を待っていた雇い主はいま、彼の命を奪う機会を待っている状況だ。それでも、続けなければならない。エル・メスティーソが疑いを抱き、もうひとりの敵となって命を狙ってくるのを避けるために。あとしばらくは。これが終わるまでは。ソフィアの要求どおり、ふたりの望みどおり、ここを出ていくことができるようになるまでは。

「おはよう、ピーター・ボーイ」

エル・メスティーソがブレーキをかけ、ホフマンの両足のすぐ手前で車を停める。彼は電話の声どおり、油断なくきびきびして見えた。

「おはよう」

ピート・ホフマンは車に乗りこみ、エル・メスティーソが発進するのを待った。が、発進しない。彼は家を見やり、指差している。

「ずいぶん……暗いな」

「みんな眠ってるから」

「学校の先生が？　小学生ふたりが？」

「あと一時間ぐらいは寝てるよ。もう忘れたのか？　まあ、もう昔のことだもんな、ジョニー。あんたが学校に通ってたのは」

エル・メスティーソは微笑み——今日はそういう気分らしい——車を発進させた。約三時間に及ぶ移動のあいだ、ホフマンは四回、どういう仕事なのか、どこでなにをするのかと尋ねたが、四回とも沈黙が返ってきた。そのうち質問する必要がなくなった。カルタゴを過ぎ、鉄の門が近づいてきたからだ。鉄の棒がずらりと並び、鏃のような先端が空に向かって伸びている。車は中庭に入っていき、勢いよく水を噴き出す噴水や、大理石の床に置かれた植木鉢、そこに植わった真っ赤な花が見えた。

そのとき——邸宅に上がる扇型の石階段と、訪問者の手を迎える丸い象牙の取っ手のついた欄干まで、あと数歩という車内で、エル・メスティーソがホフマンの腕をつかんだ。強く力を込めたわけではなく、威嚇するような態度でもない。むしろ、ふだんとは違う、彼らしくもない親しげな雰囲気を、しばし醸し出そうとしているようだ。

「おまえの気が進まないのは知ってる。だがな、今日も同じ子どもを脅すことになるかもしれない。それはな、ピーター・ボーイ、そうするしかないからだ。子どもの父親が、それでいいと決めたからだ。金を払わない道を選んだからだ。わかるか？」

エル・メスティーソの手は、まだそこにある。ホフマンのひじのすぐ下に。

「ピーター・ボーイ、おまえがどう思おうと、やるしかないときにはやるしかないんだ。だが、今日はそういう状況にはならないだろう。トジャスは大馬鹿者だが、俺が自分の娘を愛してるのと同じように、やつも娘を愛してる。あいつは金を払うだろうから、あの子はいまやってる遊びをそのまま続けられる。娘は取引材料として便利なだけだ。で、俺たちは金を持って帰る。ゲリラがさんざん待った金を」

「取引材料として……使う？」

「そうだ」

「それだけなんだな？」

「そうだ」

ピート・ホフマンにはわかっている。前回と同じで、いまの自分は境界線を越えている、と。ボスのやることに疑問を投げかけ、自分の身の安全を危うくしている。

それでも、そうせずにはいられないことがある。

「ほんとうに、なにも——あの女の子の身には、なにも起こらないんだな？」

エル・メスティーソはなかなか答えなかった。決めかねているようにも見える——境界線の場所を、ここではっきりさせておくべきか。

「ピーター・ボーイ、おまえ……」

それとも、ここは見逃してやるべきか。集中して臨まなければならない仕事を前にして、エネルギーを無駄に費やすことのないように。

「……まだわからないのか？　よく聞け――あの女の子の身には、なにも起こらない」

　ふたりは車を降りた。

　同時に大農園《アシエンダ》の邸宅の巨大な扉が開き、所有主が姿を現した。きつそうな黒いズボンのベルト部分に、見せつけるように拳銃が押しこんであり、今回は数メートル離れたところにボディーガードも控えている。とはいえ複数ではなく、ひとりしかいない。流血沙汰は商売の得にならないぞ、という、ちょっとした意思表示だ。

「セニョール・トジャス？　おはよう！」

　エル・メスティーソは手を叩き、笑い声をあげながら玄関に近づいていく。また、あのくすくす笑い。ピート・ホフマンはつねに人間の盾となって、警護対象であるエル・メスティーソと、相手方のボディーガードのあいだに立つよう気をつけた。そうして外階段の上、玄関先のポーチまで上がっていく。豊かな緑が美しく、金色の椅子や輝く大理石のテーブルが置かれている。エル・メスティーソはトジャスまであと一、二歩のところでようやく立ち止まった。握手のため手を差し出すことはない。招かれていない客なのだから。

「おまえの借金な、トジャス。コカイン一トン分。それを払ってもらいに来た。半分は一キロ当たり二千五百ドル、もう半分は一キロ当たり二千三百ドル。しめて二百四十万ドル。それと、利子が少々。というわけで……二百五十万ドルちょうどでどうだ？」

エル・メスティーソは前のめりになり、いつものとおり債務者の目をのぞきこんだ。凝視した。が、視線の先にはなにもなかった。トジャスが目を合わせなかったからだ。深いしわの刻まれた頬、輝く白い歯をもった男は、エル・メスティーソの脇を、その向こう側を見つめている。どこを見ているにせよ、エル・メスティーソのことは見ていない。怖いからではない――軽蔑を示す彼なりのやり方だ。

「おまえな……俺には借金などない。前にもそう説明したはずだ。違うか？」

「で、俺は、それは俺の問題ではない、と説明した。おまえが金を親父さんの金玉に隠したにせよ、おふくろさんの穴に突っこんだにせよ、それはおまえの問題であって、俺には関係ない、と」

まっすぐに切られた長い髪が、スエード革のジャケットのフリンジと同じリズムで揺れる。リバルド・トジャスの外貌は前回と変わらない。その理屈も前回と同じだ。

「そっちの人間がたれこんだせいで、俺が注文した品は最終目的地に届かなかった。前にも言ったとおり、俺はケツでものを考えるやつと交渉はしない」

エル・メスティーソはもう、それ以上はほとんど前のめりになれないところまで来ていた。

だから最後のほうは首を曲げ、あごを前に突き出した。彼のほうがはるかに上背があるので、その息はトジャスの額を湿らせた。そして、あっという間に、唐突に——エル・メスティーソが脅しをかけるときはいつもそうだ——彼はホルスターからリボルバーを抜き、トジャスの右こめかみに突きつけた。

「おまえは俺に注文してブツを買ったんだ。話をする相手は俺だ。金を払う相手も」

リボルバーをトジャスのこめかみに向けたまま向きを変え、まずトジャスのボディーガードを見て、彼が状況を理解していること、手を出す気配がないことを確かめてから、ホフマンのほうを向いた。

「ペーテル、あの子を連れてこい……ああ、なんだったっけ、名前……ミルハだ。小さな小さな、かわいいミルハ！」

それから、トジャスに向き直った。その息が、今度はトジャスの頬にかかる。エル・メスティーソが少しひざを曲げたからだ。

「そうなると、ちょっと問題が出てくるな、トジャス。おまえを殺しちまったら、俺には金が入らない。なにかべつのやり方で解決しなきゃならない——というわけで、おまえの家族を殺す。ひとりずつ」

ピート・ホフマンはその場にじっと立ったまま、前回の訪問を思い出していた。自分の息子たちより少し年下の、小さな女の子が、美しい彫像に変えられた。処刑のまねごとをする場面の小道具にされた。

「ペーテル?」

エル・メスティーソが邸宅の中を目で示す。前回は彼が自ら、あの中から女の子を連れてきた。

「だめだ」

「だめだって……なにが?」

「わかってるはずだ」

「おまえこそわかってるはずだ。車の中で話したじゃないか」

〝今日はそういう状況にはならないだろう。

トジャスは大馬鹿者だが、俺が自分の娘を愛してるのと同じように、やつも娘を愛してる〟

「どうした、ペーテル? いますぐやれ!」

キッチン。ピート・ホフマンはそこで女の子を見つけた。

鮮やかな黄色のワンピースを着て、高さのあるスツールから調理台によじ登り、流し台やコンロを眺められる場所に座っている。ていねいに服を着せた人形三体のために、包丁立てやまな板を脇に押しやり、スペースをあけてやっている。よくわからないが、人形たちはどうやらパンかなにかを焼いているらしい。生地をめん棒で伸ばしている。

〝あいつは金を払うだろうから、あの子はいまやってる遊びをそのまま続けられる〟

ミルハにはホフマンの姿が見えておらず、忍び寄った彼に体をつかまれて初めて気づいた。調理台から抱え上げられてキッチンの出口あたりまで運ばれたところで抗議を始めたが、ホフマンが戻って人形たちを持たせてやると、少しおとなしくなった。腕を振りまわす力が弱まり、ホフマンが少女の口を手で強く押さえる必要もなくなった。

「ミルハ?」

エル・メスティーソの体勢は、ホフマンが彼のもとを離れたときからまったく変わっていなかった。玄関ポーチの真ん中に立ち、トジャスの頭にリボルバーを強く押しつけている。

「おお、かわいいミルハ……ジョニーおじさんだよ、覚えてるかい?」

それで、ようやくミルハが大声をあげた。

「パパ!」

人形を手放し、ホフマンの腕を引っかき、泣きだした。

「パパ、パパ、パ……パ!」

エル・メスティーソは空いている手をホフマンのほうに伸ばし、ミルハの頰を撫でた。

「さあ、トジャス？　どうする？　払うか？　それとも……娘を手放すか？」

リバルド・トジャスは答えなかった。

いや、答えはしたのだろう――唾を吐き、エル・メスティーソの肩に命中させた。それが答えだ。

「いいだろう、トジャス。おまえが決めることだ。ペーテル？　その子を下ろしてやれ」

「下ろすのか？」

「そうだ」

ピート・ホフマンは少女をそっと床に下ろしてやった。また、あの影像が現れた。だが、動く影像、走る影像だ。逃げたのではなく――逃げるべきだったのだろうが――父親のほうに、彼の手のほうに向かっていく。

エル・メスティーソの予測どおり。

また、あっという間だった。

気がつくと、彼は.357マグナム・リボルバーを少女の額に向けていた。

「さあ、ミルハ。これ、覚えてるかい？　覚えてる？　そりゃよかった。いいことだ。この前のゲームを、またやるからね。きみと、俺とで。覚えてるかい？　きみが目をつぶってるあいだに、パパをちょっとからかってやるんだ」

少女は父親を見る。小さな頭を、そっと上に向けて。

リバルド・トジャスは怒りと屈辱のあまり震えていたが、それでもまず、娘に危険があるうちは落ち着け、と自分のボディーガードに向かってうなずいてみせ、それからできるかぎりの笑みを娘に向けた。

少女もかすかな笑みを返し、言われたとおりに目を閉じた。

「トジャス、この大馬鹿者めが。よく聞け！　十日前にはもう、おまえは支払いを済ませてるはずだった。なのに、払わなかった。だから俺がわざわざ来て、最後の警告をしてやった。おまえはそれでも払わなかった」

幼い少女は泣いている。ホフマンはまた抱き上げてやりたくなった。そのままキッチンまで運んでいって、遊びを続けさせてやりたい。

もうすぐ、そうするつもりだ。

トジャスが金を払うことにしたら。

「どういう仕組みかも教えたよな、トジャス」

エル・メスティーソは前回と同じように、リボルバーの銃口を少女の頭に這わせ、頭頂で止めて、豊かな髪に銃口をうずめた。

「俺は命令を受けてるし、おまえも命令を受けた。止められるのはおまえだけだ。いいや、いまだけだ」

「ちんけな雑種犬の分際で、俺に指図するのか？」

麻薬王は、ホフマンに銃を向けられ、娘の頭頂にリボルバーの銃口を向けられている状況だが、それでも自分が正しいと信じて疑っていないし、ものごとの境界線がどこにあるかもわかっている。この種の脅迫が、儀式としてどういうふうに進むものか、彼は知りつくしている。

「ヨーロッパから来たちんけなエスコートガール《チカ・コンパニェーラ》の陰に隠れてる、ちんけな雑種犬の分際で？」

こわばった口元に浮かぶ、偏狭な、それでいて満面に浮かんだ嘲笑。

「ああ、そうか……そうだったな――俺にそんなふうに呼ばれるのはいやなんだったか。混血。雑種犬。白人の男がそこらにぶちまけた種のなれの果て。だがな、それがおまえだろう！　なんなら撃ってみろ。撃ちやがれ！　ただの茶番なのはわかってる。ゲリラの幹部が承知するはずが……」

一瞬だった。

凍りつかせることのできた一瞬。自ら凍りついた一瞬。

ピート・ホフマンは早くも理解した――この一瞬は、これから長く伸びて、いくつものの瞬間となり、ずっと、ずっと続いていくだろう、と。

エル・メスティーソが引き金を引いた瞬間。

銃弾が少女の頭を貫いた瞬間。

トジャスが娘を抱きしめ、少女が父親の腕の中でぐったりとなった瞬間。小さな縫いぐるみ人形のように、命なく。

あまりよく思い出せない。いったいどうやってここまで来たのか。少女が父親の腕の中で人形のようにぐったりしていたあのときから、ここに来るまでの数時間に、いったいなにがあったのか。汚れた階段からは市場が見渡せ、大人たちが野菜や果物や魚や肉や鞄やベルトを売っている。そして、子どもたちが死を売っている。

ピート・ホフマンはその階段に座っている。熱いコーヒーの入ったカップを手に持って。しばらく前からここに座り、同じように座っている少年たちを遠くから眺めている。市場が果てたところに広がっているアスファルトの空間で、だれかが置いた木のテーブルに向かい、待っている少年たち。社会の一部として、拳銃と住所を受け取ることで役目を果たしている少年たち。人間に価値はなく、麻薬と、麻薬がもたらす金がすべて、そんな世界で、道具として生きている。

いくつかの建物は思い出せる気もした。それから、大聖堂の白いシルエットも。カルタゴと記された標識も。それは思い出せるが、なにより記憶に残っているのは、あの縫いぐるみ人形だ。光の消えた少女の瞳に取り囲まれ、つきまとわれ、揺さぶられ、その瞳とともに車の運転席に沈みこむと、カリに帰るため南へ向かう代わりに、突然、エル・メスティーソにこう告げた――メデジンに用事がある。だから自分はここで車を降りる、メデジンへはべつの車を調達して行く。そして、北に向かって二百五十キロ走り、やってきた。ここへ。一度しか来たことのない、奇妙な場所へ。

まだ歳若い少年たちを眺める。大半は自分の息子たちとそう変わらない歳だ。息子たちに似ている気もするが、それでいてまったく違う。そして、ホフマンは思う――ひとりの人間が、どうしてふたりの人間になれるのだろう。あの幼い少女を撃った男がどうして、かつてのある午後、所有する大農園《アシエンダ》の片方で自分とソフィアを迎えてくれた男と、同じ人間でありうるのだろう。あれは、エル・メスティーソがやや歳を重ねているほうの女性と暮らしている、カリの東側にある大農園《アシエンダ》だった。エル・メスティーソは門のところまで出てきて、サネータと娘とともにホフマン一家を迎えてくれた。リラックスしていて、ユーモアにあふれていた。その振る舞いは愛情深げで、自分の娘と接するときにも、ホフマンの子どもたちと接するときにも、繊細とすら言っていい態度だった。無防備で、やわらかい。演技ではない愛情。彼はラスムスとヒューゴーの額にキスをし、ふたりを抱き上げたかと思えば、だしぬけに子どもたち三人を連れて太陽のもとへ出ていった。〝ちょっとだけ〟が一時間になり、二時間になった。馬たちに会いに厩舎へ行ったという話だった。そのあいだ、ピートとソフィアとサネータは話をし、笑い、コロンビアでつくられる色の濃いラム酒、その時点でホフマンがすでに相当気に入っていたラム酒を飲んだ。やがて子どもたち三人を連れて戻ってきたエル・メスティーソは、とても幸せそうに見えた。ピート・ホフマンが彼の瞳にそんな表情を見たのは、あれが最初で最後だ。

嘘偽りのない、心からの喜びがそこにあった。

それなのに、さっき。あの女の子。同じ子どもだ。だれかの娘だ。歳ごろも同じだ。それが、父親の腕の中でぐったりと動かなくなった。

同じ男が、子どもの命を奪う。自分の子ども、ホフマンの子ども、売春宿にいる女たち数人が連れてくる子どもには、心からの慈愛をもって接している男が。彼は売春宿の一室を改装して、赤い寝具で揃えたベッド、ディルドやボールギャグを入れる戸棚を運び出し、代わりにベビーサークルや子ども用の椅子、子ども用の玩具の入った箱を運び入れて、保育係として年配の女性をひとり雇った。そうして売春宿の中で託児所を運営する資金を、わざわざ収入から割いて確保することまでしたのだ。

同じ男が。

カップの熱い飲みものがなくなり、ピート・ホフマンは立ち上がった。あそこ、ここから少し離れたところ、市場の端にある屋台――小さな食堂らしく、ひとつしかないテーブルの真ん中に、どうやらコーヒーの入ったポットがあるようだ。おそらく間違いない。

ゆっくりとそちらへ向かう。待っている少年たちのいる方向だ――彼らは小さな食堂の向かいに座っている。エル・メスティーソが二十年近くにわたって仕事を任せてきた子どもたち。そのあいだに何百人もが現れては去っていくのを見たことだろう。相場は百ドルから二百ドルになったが、依頼する仕事は変わらない。少年たちのひとりにリボルバーを渡す。リボルバーを向ける先を指し示してやる。任務が遂行されているあいだ、待つ。訓練された犬を使うようなものだ。そして、あの少年たちにとっては――いま、ここで、すべてが始まる。彼らがそう思っていることをホフマンは知っている。キャリアを築くチャンスなのだ。将来、もっと大物と仕事ができるように。シカリオ。殺し屋。金を払うから、俺のために人殺しになれ。ピート・ホフマンはコーヒーカップを受け取った。思ったとおり、かなりの濃さだ。そう、人殺し。自分もまた人殺しだ。とはいえ、この子たちとは違う。人殺しにもいろいろあるだろう？ 生き延びるために人を撃つのは、べつの種類の人殺しではないか？ 自分はそうしてきた。生き延びるために、スウェーデンの刑務所で人を殺した。生き延びるために、この国でも人を殺した。いや、ひょっとして、そうではないのだろうか？　人殺しは、人殺しでしかないのでは？　ピート・ホフマンもまた、二百ドルを受け取って仕事をする連中、帰り道にその金で母親にプレゼントを買い、死についてはいっさい考えることのない連中の、ひとつの変形にすぎないのでは？　彼らと、ほかに選択肢がないから人を殺すピート・ホフマンと、どこが違うだろう？　あの少年たちに選択肢はあるか？　エル・メスティーソはただ、境界線を少し動かして、子ども、女、だれであろうと、人間を単なる任務とみなすようになった。俺が座って眺めていたあの子どもたちも、同じだ。だとしたら、俺はいつ自分の境界線を動かすだろう？　俺自身、ここにあとどれくらいいたら、父親の腕の中にいる女の子を撃つようになるのだろう？

帰ろう。俺たちはこれから、帰るのだ。

カップにコーヒーをもう半分。食堂の女性はしわくちゃになったペソ紙幣を受け取ると、うなずき、コーヒーを注いでくれた。

ピート・ホフマンは、エル・メスティーソがこれまでに雇った少年たちの記録をつけているのを見たことがある。雇い主であり、潜入捜査の対象でもある彼はある晩、少々酒が入りすぎたのか、売春宿の金庫室に置いてある金庫をひとつ開けて見せてくれた。まず誇らしげに見せてきたのは、ここコロンビアとパナマにある銀行口座の残高だった。それから、あのおぞましい帳簿。暗号で書かれているそれがなにを意味するのかも説明してくれた。ページの上から下までびっしりと埋まった文字。ファーストネーム。名字。銃撃の回数。銃撃一回ごとに使った銃弾の数。最後に、何年か仕事を続けた少年たちの欄にはほぼかならず、死亡日が記してあった。

ピート・ホフマンは空になったカップをテーブルに置き、親切に応対してくれた女性に礼を言ってから、少年たちの姿がもっとよく見えるよう、狭い通路を抜けて何歩か進んだ。そこで座って待ってるおまえたち、全員。十年後にはもう死んでるんだ。存在する唯一の統計によれば。

あの夜、エル・メスティーソとともに計算した。

歳若い殺し屋の寿命を示す、暗号化された数字をもとに、確率を割り出した。

おまえたちのうち三人は、依頼されて殺そうとした相手によって、逆に殺される。二人は、死んだ家族の仇討ちで殺される。二人は麻薬を吸いすぎて死に、二人は麻薬を注射しすぎて死に、三人はいろいろと知りすぎたせいで死に、三人はおまえたちを駆除しようとする警察官に撃たれて死ぬ。そして、二十歳を迎えるまで生き延びた数少ない連中は、自ら命を絶つ。任務のために選ばれることの誇らしさが尽きて、任務を遂行したことの恥が代わりに入りこんでくるから。

そういうものなのだ。

麻薬の取引は、それによって得られる利益は、人間のもっとも暗い部分に通じる扉を、すべて開け放つ。

もっとも暗い部分。

い、い、い、

もっとも暗い部分。

また少年たちに向かって歩きだし、今度こそ彼らのもとに行こうとしたところで、女に先を越された。身なりがよく、褐色の長い髪をていねいなシニヨンにまとめている、三十代半ばの女だ。商品のあふれかえった屋台を切り分ける通路、そこですれちがう人々とは一線を画している。沸きかえるような人の群れを縫って進む、その歩き方に、なにか独特なものがあるのだ。力を握っている人間の歩き方。だれが死ぬべきかを決める立場にある人間の歩き方。ホフマンはその女が少年たちに近づいていくのを、少年たちが女のまわりに群がるのを、やがて女がその中のひとりを選んだのを目にした。かなり背の高い少年で、〝バン、バン、あの人に撃たれ〟（シェールの曲『バン・バン』の歌詞。ナンシー・シナトラによるカバーが映画『キル・ビル』に使われた）と書かれたキャップを後ろ向きにかぶっている。ほかの少年たちはがっかりしてテーブルに戻り、また待つ態勢になった。〝バン、バン、あたし倒れたの〟

ピート・ホフマンは女が用事を終え、任務を引き受けた少年とともにその場を去るまで待った。それから、歩きだした。群れが近寄ってくる前にそれを制し、ひとりを指差して手招きした。

「俺のこと、覚えてるか？」

「もちろん」

「ほんとうに？」

「あの混血の人の友だちですよね」

ホフマンは長いこと座っていた階段を目で示し、あそこに行こうと合図した。ふたりは階段へ向かった。

「座れ」

「ここに？」

「ああ」

やや大きすぎるTシャツを着ている十二歳の少年は、自分と同じ仕事をしている競争相手たちを眺めた。ここから彼らの姿がはっきり見えることに驚いているようだった。

「名前は、カミロだったか？」

「はい」

「仕事を待ってるんだな？」

「はい、毎日。どんな仕事ですか？」

威厳。前回もそういう印象を受けたことを思い出す。この十二歳の少年、さして大柄ではなく、凶暴そうにも見えないこの少年は、さっきの女に通じる自信を放っている。人の命をコントロールする人間の自信だ。

「おまえは、何回……」

「これまでに?」

「ああ」

「二十五回です、セニョール」

ごく自然に醸し出される威厳。それでも、回数を口にしたとき、彼の背筋が少し伸びた。

〝二十五回です〟

「それで……どんな仕事なんですか? 俺、仕事早いですよ、セニョール。二発でやります」

右手が拳銃の形になり、少年はその手を上げ、引き金を引いてみせる。自分の胸と、自分の額に向かって。

「仕事をして、金をもらったら。その金はいつもどうしてる?」

「俺の勝手だと思いますけど」

「仕事が欲しいなら答えろ」

プロの殺し屋である子ども、カミロという名の少年は、ホフマンを品定めするようにまじまじと眺めた。やがて肩をすくめた。

「百ドル札、一枚はママに渡します。もう一枚はブリキの箱に」

「ブリキの箱？」

「平らなやつです。薄いチョコレートが入ってた箱」

「で……その金はどうするんだ？」

「貯めておくんです」

「貯めておく？　なんのために？」

「これからのために」

ピート・ホフマンは生命に満ちたにぎやかな市場に顔を向けた。この少年が見ている日常とは、まるで正反対だ。貯めておく？　これからのために？　おまえはもうすぐ死ぬんだぞ、みんな死ぬんだ、知らないのか？

「わかった。それじゃ、仕事をやろう」

道具となり、役目を与えられる。何者かになれる。しばらくのあいだは。少年の目が輝き、上着の内ポケットから百ドル札の小さな束を出したピート・ホフマンの手を、じっと追いかけた。

「これが報酬だ」

ホフマンは札を二枚抜き取って差し出し、少年はそれを受け取ったが、手を出したまま座っている。ほかのものを待っている。

「で……?」

ほかのもの——だが、それは来なかった。

「あの……リボルバーが要るんですけど」

「今日は渡さない」

「ピストルは?　ふつうのピストルもうまく使えますよ」

「なにも渡すつもりはない」

カミロは雇い主を見つめ、それから両手を自分の首へ向けると、つかみ、絞めるふりをした。

「なにも?　それは、あの……つまり……素手で殺せってことですか?」

「殺さなくていい」

「意味がわかりません」

「殺さないでほしい」

「仕事をくれるんですか、くれないんですか?」

し出した。

ピート・ホフマンは百ドル札をさらに二枚、しわくちゃになった札束から抜き取って差し出した。

「おまえの今日の仕事は、だれも撃たないことだ」

「まだ意味がわからないんですけど」

「いますぐ家に帰れ。今回の報酬はいつもの倍だ。お母さんに二百ドル渡す。残りの二百ドルをブリキの箱に入れる。で、一か月はここに戻ってくるな」

「一か月？　そんな馬鹿な」

「そのために金を払うんだ。いつもの倍の金を。一か月間、おまえがだれも撃たないように」

カミロは汚い階段の踊り場に座り、宙を見つめている。市場の混雑はいつものことなので目に入っていないし、喧騒もいつもあるものだから耳に入っていない。たったいま、なにもしない報酬として四百ドル払う、と言われた。彼の世界では途方もない額だ。

笑い声を、歓声を上げ、踊って喜ぶべきところだろう。だが、カミロはそうしなかった。

「あそこにいるやつら――あいつらは、ただのひよっこだ」

石階段から立ち上がり、ベンチを指している。年少組の席らしいとホフマンが理解した側だ。

たちを指した。

カミロは細い腕の向きを少し変え、ベンチの反対側の端に座っている、やや年長の少年
「で、あいつらは……」

「……あいつらは、何人か撃ったことがある。でも、俺は……」

指していた手を使って、自分の胸を強く叩いた。

「……俺は、殺し屋《シカリオ》なんだ」

「そうか」

「二十五回やった。毎回、ちゃんと相手の目を見て。ひとり撃つたびに二百ドルもらって、
それで……」

「わかってる。今回は、人を撃たないのが仕事で、報酬は四百ドルだ」

年端もいかない少年が、自分の胸を叩いている。この腐った社会の腐った部分、その中でもとりわけ腐りきった部分を担っている、この子どもは……そのことを誇りに思っている。もちろん金のためにやっていることだ。が、もっと大きな動機もある——人から認められること。アイデンティティー。シカリオであるということが、この子の自己像なのだ。

それがいま、奪われた。殺しの依頼なしに報酬を与えられる、というできごとによって。

「いいな？」

もはやなにひとつ理にかなっていない。人の道に反している。

ピート・ホフマンは、少年が傷ついたようすであるひとつの妙な問いを吟味し、秤《はかり》にかけているところを見守った――人の命を奪わないほうが、金を稼げるというのか？

これが、麻薬取引のなにより醜悪な面だ。人間の命の価値は数百ドル、死刑執行人は十歳、十二歳。利益の追求が煮詰められて、幼いシカリオを生む。なにより暗い闇を示す、あまりにも明らかな症状。

「わかった」

痩せた少年はうなずき、手を差し出して、追加の紙幣を受け取った。

「ずっと家にいる。一か月」

そして、去った。

カミロ、二十五回。

いつになったら終わるんだ？

三十回？　四十回？　五十回？

あと何人殺したところで、逆におまえが殺される番が来るのだろう？

少年が市場の混雑にのみこまれて喧騒の一部となると、ピート・ホフマンも歩きだした。

車へ。家に帰る時間だ。

スー・マスターソンは暖気の壁にまっすぐ向かっていった。あたりを這う淀んだ湿気によってかたちづくられ、建てられた壁。この季節、DEA本部で過ごす長い一日を終えて、制服姿の警備員たちのそばを通り過ぎ、出入口の扉を押して帰宅への第一歩を踏み出すときには、いつもこの壁にぶつかる。それがワシントンDCでの生活だ。エアコンの効いた涼しい室内で何時間も過ごすたびに、亜熱帯気候の現実が外にあることをすっかり忘れてしまう。ほんの数百メートル歩いただけで、髪の生えぎわに汗の粒が浮かび、そろりそろりと額を流れだす。それでも彼女は、このひとときを気に入っている。というより、必要としている。自分が危険にさらされている時間、つねにボディーガードがそばにいる時間は、もう終わったのだと実感したいのかもしれない。毎日、季節にかかわらず、ジョージタウンのレザヴォア・ロードにある自宅と職場とのあいだを、徒歩で往復するのが習慣になっている。早朝と夕方、それぞれ四十五分、自分だけの世界に没入しつつ、まわりの世界にも参加する。頭を空っぽにして、混沌を吸いこみ、平穏を吐き出す時間だ。

店主夫妻がよく大声で喧嘩している角の小さな店で、いつものミネラルウォーターのボトルを買う。互いの存在がすっかり染みついた夫妻で、待っている客の前でおおっぴらに家庭内の文句を言いあうことを、なんとも思っていない。そのとき、電話が鳴った。私用の電話。見知らぬ番号からの着信。だめだ。早すぎる。歩きだしたばかりで、これから帰るのだという実感はまだ遠い。いまは自分だけの時間だ。この電話と同様、まったく私的なものなのだ。彼女はいつもリュックサックのように両肩に掛けている鞄に電話をしまった。が、また鳴った。同じ番号だ。

「もしもし？」

苛立った声になっている自覚はある。それでいい。

「こんにちは、スー」

だが、向こうの声は彼女の口調に気づいていないようだ。

気づいていたとしても、気にとめていない。

「いや、こんばんは、か？　もうさっぱりわからん。この時差ってやつはまったく理解不能だ。少なくとも体は理解してない」

男の声。アメリカ人ではなさそうだ。

「あんたの知り合いだよ。ええと、昨日カフェで会った」

グレーンスだ。スウェーデン人の警部。

「どうもこんばんは。話は昨日で終わったと思っていたけれど。あなたはもう……戻ったのだろう、と」

「気が変わったんだ。実に楽しかったからな。またここにいる。同じ場所、同じテーブルだ。三十五番ストリートの〈サックスビーズ・コーヒー〉。今日は長いこと、ここに座ってた。いや、正直に言えば、一日中ずっとだ。朝食が実に美味い。昼食も美味かった。知ってたか？」

「いいえ。知りませんでした」

「コーヒーも。ドーナツも。知らないなんて大損したな、スー」

「なにかほかに用があるの？　メニューを知らせたかっただけ？」

ガチャガチャという音。陶器のカップが陶器のソーサーに当たっている。恥ずかしげもなく飲みものをすすり、のみこんでいる音。

「会いたいんだ。もう一度。コーヒーをもう一杯おごらせてくれ」

スー・マスターソンは湿気と暖気の壁を突破しつづけた。グレーンスは酔っているようには聞こえない。訛りのきつい、いかにも学校で習ったらしい英語だが、それでも自分が誤解しているとは思えなかった。

「残念だけど、警部。家に帰って、冷たいシャワーを浴びたくてたまらないので」

「それなら……今日は少し遅く帰ることを検討してくれないか」

そわそわと落ち着かない車の列。赤信号。水のボトルはすでに空だ。

「グレーンスさん、もう一度だけ言うけど……」

「ぜひここに来てほしい、スー。ほら、ボウリングだ」

「ボウリング？」

「俺たちの共通の関心事。まだ話は終わってない」

グレーンスはほんとうに同じ場所に座っていた。ブラックコーヒーに、少なくとも三種類の菓子パンのくずの残った皿が見える。彼女の椅子の前には大きめのカップが置いてあり、グレーンスは飲みものが冷めないよう、皿をその上に置いて蓋をしていた。彼女のために椅子を引いてやることさえした。

「どうぞ、マダム」

スー・マスターソンは立ったまま、しばらくためらった。あまりくつろげる状況ではない。これは口説かれているのだろうかと思えてくる。

「ちょっと、グレーンス警部、ひょっとしたら誤解されたのかもしれないけど、念のため……私は独身で、それで満足しているのよ」

グレーンスは手で椅子を示した。そして、彼女に微笑みかけた。少々長すぎるほどに。

「まあまあ、座ってくださいよ、マスターソンDEA長官どの。確かに、あんたを見ると、エリック・ウィルソンがあんたに惚れたわけは理解できる。俺も独身で、しかもまたとない好物件だ。二十歳みたいな体に、昨日と同じ服装ときてる。だがな、話したいのは、俺のことでもあんたのことでもない。俺たちの子どものことだ」

脚の悪い、太りぎみの男は、マスターソンが座るのを辛抱強く待っている。

「それに——俺も昔、あんたと同じように、警察の仕事仲間と恋に落ちて、それが……あまりうまくいかなかった。そこもあんたと同じだ。というわけで、俺に抗いがたい魅力があるのはわかるが、ここはぜひプロに徹してもらいたい」

グレーンスはまた微笑み、スー・マスターソンは腰を下ろした。皿を取り、たちのぼってくる熱気を感じた。

「それで？」

カップ半分のコーヒー。

「グレーンスさん？　あなたもそうでしょうけど、意味のない尋問には慣れている。そして、うんざりもしている。だから、単刀直入にお願い……用があるんでしょう？　シャワーが私を待っているんだけど」

　ブラウニーを半分。

「ああ。俺のためにやってほしいことがある。俺たちの共通の友人のために」

「それなら、昨日やったでしょう。時間の切れ目が彼に伝わるようにした。今日もほとんどの時間を、彼のために費やした——炭素繊維の糸、潜水艦の音、戦闘訓練を受けた八人、これはわりあい簡単に手配できた。セシウム137はもうちょっと時間がかかった。あなたには想像もつかないほどのリスクを冒した。でも、やり遂げた」

「まだだ」

　彼女は持ち上げたばかりのカップを下ろした。

「なんですって？」

「もうひとつ」

「もうひとつ……なに？」

「あんたがやらなきゃならないことが、もうひとつある。あいつが生き延びるために。ふたりとも生き延びるために——ジャングルにいる、例の男も含めて」

「もう力は尽くしました」

「あと、もうひとつだけ頼みたい。それが終わったら、ほんとうに終わりだ」

彼女の視線は鋭く、グレーンスを探るように見つめ、迫ってくる。昔、彼がなにか言いすぎたときに、アンニが向けてきたのと同じまなざしだ。いまなお日々恋しく思っている、あのまなざし。

「それなら、グレーンスさん……どうして昨日言わなかったの？」

グレーンスはその視線を受け止めた。それに突き刺されながらも。

「あんたをまず、この一件に引き入れたかったから。いろいろ考えたり、感じたりする時間を与えてやりたかった。そのまま一晩寝て、目を覚ます時間をな。これから言うことを昨日言ってたら。全部を一気に伝えてたら、あんたには衝撃が強すぎて、抗議されて断られて終わりだったろう。そうしたら、ここまで成し遂げることはできなかった」

彼女は長いこと黙っていた。

「あなたという人は、なにはともあれ正直ね」

「それで得をするならな」

ふたりの知らないうちにウェイターが近づいてきていて、食器を下げ、なにか追加で注文するかと尋ねてきた。

エーヴェルト・グレーンスは、不本意そうにコーヒーをともにしている相手を見た。

「どうだ？　なにか注文するか」

「結構よ」

グレーンスはウェイターに向かってうなずいた。

「俺は注文するぞ――コーヒーだ。いままでどおり、ブラックで。それから、ブラウニー。極小のでいい」

「大きさはひとつしかないんですよ」

「じゃあ、それで」

警部は両腕を広げ、マスターソンに向かって片目をつぶってみせた。

「二十歳みたいな体だからな。菓子はひとつずつにしないと」

それから、テーブルの上に身を乗り出した。

「というわけで、俺たちの友人はもうひとつだけ助けを必要としてる。ホワイトハウスとの正式な申し合わせだ」

「申し合わせ？」

「あいつが下院議長を救出して、無事に引き渡すのと引き換えに、あんたらはあいつの名を殺害対象者リストから削除する。それを取り決めた、署名入りの書類が欲しい」

遠くのほうで、ガラスの割れる音。トレイが床に落ちたらしく、ウェイターが恥ずかしそうに頬を赤くしてキッチンから顔を出した。そうして会話が途切れていたあいだに、スー・マスターソンの鋭い視線は、凍てつくような冷たさに変わっていた。かつてグレーンスがさらに言いすぎたときにアンニが向けてきた視線と、まったく同じだった。

「それで、グレーンスさん、だれがそれをホワイトハウスに提案するの？」

「DEAの長官なら、交渉術の訓練ぐらい受けてるだろう？　候補者としては申し分ないんじゃないか？」

「それはつまり、犯罪分子との交渉を提案するということよ」

「それを言うなら、ホワイトハウスのホフマンの扱いはどうなんだ？」

夜更け。かなり前から埋まっている一日のスケジュールが終了するまで待つよう、辛抱強く促されたので、それまで時間をつぶすため、家までの残る道のりを歩き、長い時間をかけてシャワーを浴び、少し食事をしてから、またゆっくり時間をかけてここまで歩いてきた。いま、スー・マスターソンはまたもやホワイトハウスの廊下を歩いている。音のこだまする床、高いのに重苦しく垂れ下がっているような天井。前回と同じだが、それでいて同じではない。今回は警備員がふたりいた。黒い制服の胸元に金のバッジをつけたシークレットサービスの彼らは、今回、新たな指示を受けている——ひとりが彼女の前を歩き、ひとりが彼女の後ろを歩くこと。前回は礼儀正しく付き添っているだけだったのが、今回は疑念があらわになっている。

〃サバイバーズ・ギルト〃

そう呼ばれている。だれかを死ぬのを救えず、自分だけ生き残ったときの罪悪感。

グレーンス警部のとんでもない要求を断れなかったのはそのせいだ。今後いっさいかかわるなと強く念押しされた、まさにその件について会議をしろ、だなんて。

　前回訪ねたときには開いていた副大統領執務室の扉は、今回は閉まっていて、スー・マスターソンはノックをすると、〝どうぞ〟という声を待ってから扉を開け、オーク材の机に向かっている女に目礼した。今日は金髪を肩に下ろしていて、赤いフレームの眼鏡を紐で首から掛ける代わりに、予備の目がふたつあるかのごとく額の上に置いている。大統領首席補佐官は白い布張りソファーのもう片方の端に移動し、ふわふわのクッションを床に追いやっているが、軽く手を振って挨拶に応えるその態度は、前回と変わらず友好的だ。

「トンプソン副大統領。ペリー首席補佐官。急な連絡にもかかわらずお時間をいただき感謝します」

　暖炉はしんと静まりかえっていたが、大きな金縁の鏡の前を通ったときに、鏡の中でなにかが動いた。スー・マスターソンはとっさに、だれだ、と考えたが、すぐに自分の肩だとわかった。前回CIA長官が座っていた青のひじ掛け椅子と、FBI長官が座っていた緑のひじ掛け椅子のあいだで立ち止まり、座るよう促されるのを待った。

「マスターソンDEA長官」

　口を開いた副大統領は、頬も首筋も赤くなっていた。

「〝仕事を辞めさせられたくなかったら、例の潜入捜査員との連絡は断ちなさい〟と伝えたはずです。どこが理解できなかったの？」

「よく理解できました。したがって彼には連絡していませんし、彼からの連絡も受けていません」

「私の秘書を通じて伝わってきた、話がしたいというあなたの要求を聞いたかぎりでは、そうは思えなかったけれど。〝コロンビアでの作戦、国の安全を左右することだ〟と言ったそうじゃないの」

スー・マスターソンはまだ立ったまま、待っている。だれも座るよう促してくれはしないだろう。

「第三者を通じて情報を得ました」

「同じことでしょう？」

「まったく同じことではありません」

「ずいぶん幅の広い解釈ね」

「ご理解いただけるはずです。私の行動は、あなたがたの方針に反していないと」

まるでそこらの人工衛星のように、権力者たちの姿を上から眺めるのは、なかなか不思議な感覚だった。副大統領の金髪が地肌近くは白髪になっていて、染めてあるのがはっきりわかる。ソファーに座って背を丸め、書類をめくっている体格のいい男のほうは、頭頂部が少し禿げはじめている。

「交渉に向けて、とある申し入れを伝えてほしいと頼まれました」

ふたりとも、なにも尋ねてこない。なにも答えない。

同時にふたりを見て話すのは難しく、スー・マスターソンは副大統領のうつろな、底の知れない目に視線を据えることにした。あの中に落ちて溺れることだけは避けたい。

「つまり、いまの私は……代理人としての役目を担っています。コロンビアで、拉致されたわが国の下院議長がいまどこにいるか、正確な場所を知っている人物の代理です。その人物が、交渉案を伝えてほしいと私に頼んできたわけです。アメリカ合衆国への、私たちへの申し入れです。その申し入れにあなたがたが応じれば、ティモシー・D・クラウズ下院議長は解放され、命を救われることになります」

「それについてはもう言ったし、べつの機会にもはっきり示したことがあるでしょう。アメリカ合衆国は、犯罪者との交渉にはけっして応じません」

「私も申しあげたはずです。私がいま交渉の代理を務めている人物は、私たちに雇われ、私たちから報酬を受け取り、私たちのために働いていた人物だと」

スー・マスターソンは、グレーンスがホフマンから受け取って彼女に渡したUSBメモリを、ズボンのポケットから出し、何歩か前に進み出て、副大統領の机の真ん中にそれを置いた。

「これをご覧ください——クラウズ下院議長がいま閉じこめられている檻です。私に交渉を頼んだ人物は、この檻がどこに隠されているか、どうすれば下院議長を救出できるかを知っています」

「クラウズ下院議長の……居場所を知っているというの？」

「はい」

「悪いけれど、スー。私も、おそらくペリー首席補佐官も、そんな話はとても信じられないわ」

「彼は、この檻の正確な位置座標を把握しているんです。ですが、作戦を実行するにあたって——つまり、クラウズ下院議長を救出するにあたって、書面での申し合わせを求めています。彼が下院議長を無事にこちらに引き渡してくれたら、あなたがたは殺害対象者リストからハートの七を削除する。命と命の交換です」

「だめだ」

今回、先に答えたのは大統領首席補佐官だった。

「きみの言うとおりだとしてもだ。説明したはずだぞ、スー。国際社会の信用はどうなる」

「下院議長が、この国の最高権力者のひとりが、救出されて、戻ってきて、全世界に中継されるテレビで米国の力量に感謝すれば、それこそ信用につながるのではありませんか」

「それは違う」

今度は副大統領の番だ。

「犯罪者と交渉することは絶対にありえない。それに、たったひとりの人間が、独力で、人質の居場所を突き止めて、敵を倒して、人質を救出して連れ帰ってくるなんて、それもありえない」

「彼の能力はご存じのはずです」

「私たちが知っているのは、あなたから聞いた彼の能力だけよ」

「ほんとうにおわかりにならないんですか？　私がDEA長官として、これまでの年月で雇った中で、彼の右に出る潜入捜査員はいません――ご存じのとおり、うちには犯罪者でもある潜入捜査員の比較対象がたくさんいるんです。クラウズ下院議長を拉致して拷問した組織の、あれほど奥深いところまで潜入した人物も、ほかにいません。そして、その彼だけが、下院議長の居場所を知っている。しかし、その情報は彼の命綱でもあります。引き換えに得られるものがないかぎり、絶対にその情報を明かすことはしないでしょう。彼の名を殺害対象者リストから消せば、彼は下院議長を無事に送り届けてくれる。あなたがたに失うものはありますか？　面目以外に？」

エレナ・トンプソン副大統領とローリエル・ペリー大統領首席補佐官は、歩調を合わせて歩いた。行進している、と言ってさしつかえない。肩を並べ、左脚を同時に前へ出し、右脚を同時に前へ出す。意識してそうしているわけではない。夜更けが真夜中になりつつあり、ふたりとも疲れ、苛立っていて、廊下を抜けて階段を下りる足取りが自然と速くなった。最下階にある〝シチュエーションルーム〟へ。ホワイトハウスの西棟《ウエストウィング》にある中でも、とりわけさまざまな伝説に彩られた一室。外見や広さのためではない——いくつもの部分から成り、合計すれば五百平方メートルほどの広さがあることは事実だが。そうではなく、その中でもっとも狭い部分、ジョン・F・ケネディ大統領が運びこませた会議用テーブルがまだ置いてある部屋で、開始され、展開され、完了に至った、数々のプロセスのためだ。この時刻、ほんの数分で行けて、すぐれた装備と訓練された職員をそなえている、唯一の場所。スー・マスターソンにはそのあいだ、副大統領の執務室で待つよう告げた。彼女がずっと立って待っているかどうかはわからない。ふたりとも、彼女に椅子を勧めることは結局なかった。

「対象の位置はあいかわらず？」

ひとりで詰めているオペレーターはうなずいて挨拶し、なかなか進まない単調な仕事を続けた。彼と、今夜は非番の同僚ふたりが担当している仕事——会議用テーブルの短辺側の壁に設置してある大きな画面を観察することだ。

「はい、副大統領。変わっていません。いまはもうひとりを待っているところです」

いま使われている唯一のプラズマディスプレイには、どこかの都市の街路をとらえた衛星画像が映し出されている。暗いが、まだまだ眠る気配のない都市だ。ホテルがいくつも並んでいて、その窓すべてに明かりが見える。いや、ずらりと並んでいるのは売春宿だ。コロンビア、カリという名の都市にある街路。〝対麻薬最終戦争〟の次なる標的。エル・メスティーソと呼ばれる男が所有する建物で、本人もここ丸一日ほど中にいる。ハートのジャック。だが、それでは足りない。いまは、この男につねに付き従っているボディーガード、エル・スエコがここに現れる時刻を待っているところだ。ハートの七。殺害対象者リストの人物を、今回もまた、同時にふたり仕留める予定なのだ。

「ふたりの行動パターンはわかっています。いつもここで会っているんです。もうすぐだと思いますよ」

「これなんだが」

大統領首席補佐官が、同じ壁に設置されているもうひとつの大きな画面を指差す。

「何分か借りてもいいだろうか」

「デルタフォースのヘルメットに装着されたカメラからの映像が映る予定ですが——使うのは、実際に攻撃が始まってからですので」

「よし。起動してくれるか？」

ペリー首席補佐官はUSBメモリをオペレーターに渡し、オペレーターはそれをコンピュータのひとつに接続して、画面のスイッチを入れ、訪問者にリモコンを手渡した。

「おうちの居間にあるごくふつうのテレビのリモコンと、機能は同じです。ここが再生、ここが一時停止、音量は……このボタンです」

これも衛星画像だ。となりの画面と同じ。だが、こちらはなんだかさっぱりわからない。いまスー・マスターソンは、ジャングル、泥、檻の屋根が映っていると言っていた。が、いま見える画像では、一部が緑、一部が茶色、一部が灰色がかっていて、小さな黄色い点のようなものが見えるだけだ。ピントの合っていない、ぼやけた、ほとんど動かない映像。なにが映っているのか、まったくもってはっきりしない。

二十五分間、そのままだった。

タイムラインのマーカーを、どんなに前後に動かしても。

「いま、時間はある？」

副大統領は、オペレーターの肩に手を置いていた。

「この映像を読み解くのを手伝ってもらえないかしら」

オペレーターは赤面した。たったいま、副大統領が自分の肩に手を置いたのだ。

「もちろんです、副大統領」

彼は一分ほど、無言で画面を見つめていた。それから、また一分ほど。

「これは……ジャングルですね、副大統領。衛星からの画像です」

「そこまではわかっているの。でも、あれは？」

トンプソン副大統領は、画面のほぼ中央にある黄色い部分を指差した。

その黄色い部分の中央に、もう少し濃い色の点がある。

「これを見て、なにかわかる？」

オペレーターは拡大用のツールを探し出し、画像を拡大した。

「残念ですが、副大統領……あまりお力になれそうになりません。この画像はすでに可能なかぎり拡大されています。あなたが指差していらっしゃる、その黄色い部分と、少し黒っぽい点は、加工しようとすると、画像が粗すぎて、たちまちなにがなんだかわからない状態になります」

「でも、なにが見える？　毎日画像を読み解いているあなたには」

手はオペレーターの肩に置かれたままだ。

「ひょっとするとですね、副大統領、もちろんこれは推測にすぎませんが……とても小さな家かもしれません。ジャングルの中に建てられた小屋です。ですが、もちろん、大きな岩という可能性もあります」

それから、大きな画面にさらに顔を近づけた。

「それで、もしかすると……もちろんわかりません、妙に聞こえるかもしれませんし、あくまでも、ちょっと想像をふくらませれば、ですが、屋根は竹でできているのかもしれません。で、ここの部分は竹が格子状になっているのかも。まったくの見当違いという可能性もあります。錯視かもしれない。ここまで拡大してしまうと、画像が粗くなってさっぱり見えなくなってしまうんです」

「それで、この黄色い部分の真ん中にある、黒い点は？」

「そうですね、少し、いや、大いに想像をはたらかせるなら……人間の可能性もあると思います。しかし、さっきも申しあげたとおり、たぶん単なる目の錯覚、デジタル画像の錯覚です。粗末な解像度の、粗末な衛星画像なので。もしかすると、たとえばですが、折れて枯れたゴムの木に、コンドルがとまって休んでいるのかも。あるいは、なにか大きめの猿が切り株に立って、あたりのようすをうかがっているとか。あるいは……まあ、おわかりいただけますよね」

「よくわかったわ。必死になってついた嘘だということが。ありがとう」

エレナ・トンプソン副大統領とローリエル・ペリー大統領首席補佐官は、しばらく無言でその場にとどまり、オペレーターはやがてもう片方の画面に集中しはじめた。こちらが彼の主な仕事だ――次なる標的を監視すること。ハートのジャックが所有する売春宿。そこにハートの七が到着するのを、辛抱強く待っている。到着したら、それがこのふたりに対する攻撃のゴーサインだ。

副大統領と大統領首席補佐官はやがて顔を近づけあい、小声で話した。

「スー・マスターソンは、連絡を禁じたはずの人物と連絡を取りあっている」

それが、ふたりの共通認識だ。

「そして、どうやら、でたらめを言うことも厭わないらしい」

DEA長官は、もうおしまいだ。

「辞めてもらうしかないわね」

なんの意味もなかったUSBメモリは副大統領の手に戻り、彼女が執務室に戻るため歩きだそうとしたところで、大統領首席補佐官が彼女を引き止めた。

「ちょっと待って」

トンプソン副大統領は言われたとおり、待った。

「スー・マスターソンには辞めてもらうしかない。わかってもらえるだろうが、エレナ、私にとっては実に心苦しいことだ。彼女のことは気に入っていたし、いまも気に入っている。それでも辞めてもらうしかないが、まだ辞めさせるわけにはいかない。この件に取り組んでいるあいだは、混乱を避けることが第一だ。長官をいま辞めさせて、彼女が公の場で怒りをぶちまけるようなことになってはまずい。マスコミ対策でいま大事なのは、報復戦争に賛成する世論を維持することだ。そうだね？」

彼の声はいま、さっきにも増して小さくなっている。

「だから、私たちはこれから、彼女のもとへ戻る。扉を開け、微笑んでみせる。話に応じる、と——交渉に応じる用意があると伝えるんだ。ハートの七が、つまり、現在われわれがまったくべつの理由で注目している男が、マスターソンの言う例の檻を開け、下院議長を保護してここまで送り届けてくれるのなら、取引成立だ、と」

大統領首席補佐官は、自分たちが使った画面のとなり、カリ西部にある街路の売春宿を監視している画面を、目で示してみせた。

「彼女をしばらく落ち着かせておくには、それでじゅうぶんだろう。問題の男をまもなく処理する予定であることなど、彼女には知る由もないわけだから。ハートの七が殺された経緯を、マスターソンが知ることはない。ただ、この男と連絡が取れなくなった、と思うだけだ」

　エーヴェルト・グレーンスは〈サックスビーズ・コーヒー〉に残り、ずっと同じ席に座っていたが、ついに店主が、コーヒーを飲み干して店を出てほしい、と愛想よく頼みに来た。今夜はもう閉店の時間で、しかも――店主はウインクしながら付け加えた――クッキーもコロンビア産コーヒーも売り切れなんですよ、当店にごく最近いらっしゃるようになった新しい常連の方が、今日で在庫をすっかり空にしてしまわれたので。ふたつ先の通り、三十七番ストリートに、夜中も開いているバーが見つかり、グレーンスは奥の隅のテーブルに席をとった。店内全体を見渡せるその席で、ミネラルウォーターと、黒オリーブとギリシャ産チーズの入ったオムレツのようなものを注文した。何度か、多かれ少なかれ酔っている客が近寄ってきて、空になったグラスをグレーンスのテーブルに置き、常連でもないのに夜中にたったひとりで来ている客と会話を始めようとした。が、グレーンスが肩をすくめてスウェーデン語で答えるばかりなので、全員が飽きて離れていった。

それを除けば、ひたすら待っているだけだ。答えを。ハートの絵札をめぐるこのゲームで、手持ちのカードはもう全部出してしまった。もっとも価値の高いカードも、もはや手元にない。スー・マスターソンがホワイトハウスの一室に携えていった交渉の申し入れが断られてしまったら、もう解決策はない。名前がひとつずつ着実に削られていく、あの殺害対象者リストに、ホフマンは載せられたままだ。

真夜中を三十分過ぎたとき、まだ同じ場所に座っていたグレーンスは、大きな窓の向こうに彼女の姿を認めた。時とともに暗く、うるさくなる一方のこの店に近づいてくると、扉を開け、店内のテーブルをざっと見まわしてから、グレーンスのもとに向かってきた。

エーヴェルト・グレーンスはその表情を読みとろうとした。無表情。プロの顔だ。手持ちのカードをすでに出し、対戦相手にはなにも明かさない。この女に尋問されるのだけは勘弁だ、と思う。人がひとり、死の危険にさらされている。生き延びられるかどうかは、彼女がこれから言うことにかかっている。それなのに……眉ひとつ動かさない。

だから、グレーンスも同じようにした。手を振って合図し、空いている椅子を引いてやり、表情にはなにも出さなかった。外へ出たがっているなにかのせいで、胸が締めつけられてたまらないのに。

「ビールでいいか？」

彼女は首を横に振った。

「いいえ、結構」

「もっと強い酒にするか？」

「結果を伝えに来ただけよ。すぐに帰るつもり」

グレーンスは残っていたミネラルウォーターをグラスに注ぎ、半分飲んだ。

「それで？」

「なに？」

「とぼけるな」

まだ無表情だ。断られたのなら、伝えるのがつらくて先延ばしにしようとしているのかもしれない。受け入れられたなら、ただ先延ばしにできるからそうしているだけだ。

「ああ、そうね……その話ね」

少々、相手をからかってやりたいから。

自分だって、いつも似たようなことをしている。

「さっさと言え！」

「グレーンスさん？」

「なんだ」

「ゴーサインが出たわよ」

「書面で？」

「交渉案は全面的に受け入れられました。口頭だけど。ああいう場所では、正式な契約であってもそういうふうに取り決められるものだから。というわけで、クラウズ下院議長の命と引き換えに、ホフマンの命は救われる」

エーヴェルト・グレーンスは相手を抱擁したくなり、立ち上がって腕を伸ばすところまで行ったが、そこでやめた。すでに一度、意気込んで会合を迫ったせいで、口説こうとしていると誤解されたのだ。そこでふたたび腰を下ろし、最後の乾杯とばかりにグラスを掲げてみせると、これからは自分も、自分が代理を務めている男も、いっさい彼女の邪魔はしない、と告げた。彼女が店を出てワシントンの夜に消えていくのを待ってから、会計を済ませる。それから、たったひとりの相手専用の電話で、連絡を取るつもりだ、と。

ゴーサインが出た。

ピート・ホフマンの案は受け入れられた。

彼は、これからも生きつづけることができる。

ピート・ホフマンは、たったひとりの相手専用の電話を折りたたみ、電源を切った。エーヴェルト・グレーンスとスー・マスターソンは、彼らに解決できるところを解決してくれた。これからは自分の番だ。

コムーナ6の隠れ家の外の車庫に車を駐めてから、夜の暗闇の中、まずそのブロックを一周した。見た目どおり穏やかであることを確かめるため、時計回りと反時計回りで少なくとも一回ずつまわるのが、いつもの習慣になっている。

もっと喜んでしかるべきだった。声には出さずとも歓喜しているはずだった。こちらの提案が受け入れられたのだ。命と引き換えに命を救う契約が。だが、ほんの一日ほど前にはすべてだと思っていたこの申し合わせが、もはやすべてではなくなっていた。これを片付けるだけでは足りない。しなければならないことがもっとある。

縫いぐるみ人形が邪魔をしていた。

一周目が終わった。彼は向きを変え、街灯のほとんどない、荒れ果てた貧しい界隈の暗闇を切り裂いて歩きつづけた。カメラの設置されている半径三百メートルの線、広げられた外郭警備のラインをたどる。二周目で、ここでは見たことのない車二台が目にとまった。乗用車が一台、ピックアップトラックが一台。電話を使って、車両登録簿と住民登録簿でナンバーを検索し、どちらもこの界隈で長いこと登録されている人物の所有とわかって、また歩きはじめた。共同玄関から中に入るところで、十四番カメラの前で立ち止まった。やや高いところに設置され、出入口のほぼ全域を映しているカメラだが、死角があることに気づき、それを最小限にするためレンズの向きを一、二度右へ動かした。ゴミ捨て場への通路と、自転車置き場のはずだが主に古くなった家具やタイヤを捨てるのに使われている場所への通路、ちょうどその交差点のあたりだ。

三階分の階段を上がり、夜と同じ暗さのアパートへ。三人とも眠っている。耳を傾けているのが心地よくてたまらない、この息遣い。

みんな、生きている。

みんな、あの場面を知らずに済んでいる。幼い少女が床に倒れなかった、あの場面。少女の父親が、少女を必死に抱きしめていたからだ。なにが起こったのか理解しきれないいま。

自分も、キッチンのテーブルに向かって座り、理解したいと思った。これからは計画を基準にして動き、やるべきことを片付けていかなければならない。自分も家族も生かすためのその計画に、すでにどっぷり浸かっている。そして、エル・メスティーソが金をめぐる交渉の一環として、子どもの命を終わらせたあの瞬間、計画の意味はいっそうはっきりした。

だが、力がなくなっている。いつでも、どんなことがあってもエネルギーを失わない人間なのに、いまはもう気力がない。ここでは、愛する家族のいるこの家では、つねに周囲に目を光らせる必要がなく、警戒が緩む。玄関のドアを開けた瞬間にはもう、自分ががくりとうなだれ、縮んだのを自覚していた。もっと先へ、もっと前へと煽りたててくる緊張が解けて、自分が何者でもなくなり、全身を支える骨組みが失われた。寝室への短い道のりで二度足を滑らせて転びそうになり、ドアの枠にひじと額をしたたかぶつけて、服を着たままベッドに倒れこむと、妻の温かい裸体のそばに潜りこみ、その体に腕をまわしたとたん眠りに落ちた。

そして、夢を見た。

金のことで言い争ったせいで撃たれ、眉間に大きな穴があき、地中深く掘った穴に埋められるはめになった人間。他人の命を奪う任務を与えられた子ども。檻に閉じこめられて、電気や有刺鉄線を逃れようと、おぞましい地獄の叫び声をあげつづけていた男。みんな戻ってきた。こっちに向かってくる。歩いて近寄ってきて、しばらくすると駆け足になった。だから、彼は銃の引き金を引いた。二度。三度。狩猟用ナイフで刺しもした。何度も、何度も。みんな倒れるが、また立ち上がり、脇目も振らず追いかけてくる。どんなに殴っても、どんなに刺しても、みんな倒れてはまた立ち上がる。なのに自分だけはまったく走れず、脚が言うことをきかない。足を滑らせ、その場に倒れる。みんな近づいてくる。

「ピート？」

何度もはっと目を覚ました。体は汗だくで、寝具は足元に丸まった状態で。

最後に寝入ったとき、あの縫いぐるみ人形が夢に出てきた。こちらを見つめ、話しかけてきた。頭がなくなっているのに。

「ピート？　ねえ」

目を覚ますと、ソフィアがそばにいて、ベッドの縁に腰掛け、彼の腕を引いていた。そして、泣いていた。彼があげた悲鳴のせいで。ピートは彼女を抱きしめた。もう一度寝てくれ、大丈夫だ、悪い夢を見ただけだから。それから彼女にじっと寄り添い、その腰に腕を添わせて、彼女が緩やかな寝息に揺られて眠っていると確信できるまで、待った。

キスをひとつしてから、まだ夜明けには遠い暗がりの中で起き上がり、キッチンへ向かって、コンロの上の電灯をつけた。あまり明るくない電灯を。

　こんなふうに追いつかれ、つかみかかられるのは、いつも夜中、眠っているときだ。身を守るすべのないとき。コロンビアで初めて人を撃ったころの夢を見ることもある。いちばんよく出てくるのは、ゲリラの雇われの身となった最初の月、売春宿で始末した男女だ。あとになってから、あれは自分を試すテストだったのだとわかった。スウェーデンのアスプソース刑務所で、自分が生き延びるために殺した囚人ふたりも、ときどき夢に出てくる。

だが、今回のこれは、まったくの別物だった。縫いぐるみ人形の夢。

キッチンテーブルに向かい、クロスワードパズルのページが開かれた新聞を前にして座った。ソフィアが――この狭いアパートと同じように――結局最後まで自分たちの家とは思えずにいた、それでもなんとかうまく折り合いをつけようとしていた、あの家から持ってきたものだ。ほんの数日前の晩には全然解けていなかったそのパズルは、いま半分ほど埋まっている。鉛筆で。

　少女は、父親の腕の中にぐったりと横たわったままだった。父親は少女を離そうとしなかった。離してしまえば、命をも手放すことになるから。

　トジャスはコカインを売って暮らしている。金を払うべきだったのは彼だ。

　エル・メスティーソはコカインを警護して暮らしている。撃ったのは彼だ。

だが、エル・スエコと呼ばれている男も、これで暮らしているのだ。それどころか、コカインのおかげで、二方向の雇い主から報酬を受け取っている。だから、まず品物を船まで運び、次いでそれが没収されるよう取りはからった。大農園《アシエンダ》の邸宅のキッチンにずかずか踏みこんでいって、五歳の少女を連れてきた。

あの銃弾が放たれる前提をつくったのは、自分だ。

撃ってはいない。

だが、止めもしなかった。

ピート・ホフマンはすでに境界線を踏み越えている。今後、寝入る勇気があるかぎり、このことを夢に見るだろう。それが自分への罰だ。夜を、眠りを招き入れるたびに、あの少女をも招き入れる。ぐったりとしたまま、自分を追いかけてくる少女を。

手書きの文字が記された紙切れは、肌寒いジャングルから出てくるときに隠したのと同じ場所にあった。狩猟用ナイフの革ホルスターの底に、タイプライターで書いた紙といっしょに折りたたんで入れてある。すでに片付けた項目をさらっていった。座標。地球低軌道。時間の切れ目。セシウム137。まだ残っている項目。成形炸薬弾。磁石そり。そして、いちばん下に、新たな行を付け加えた。これからすぐに片付ける項目だが、書き留めておくスペースはある。

トランク
ソフィアの言うとおりだ。
ここを去らなければ。
帰らなければ。

夜明け。家族はまだ眠っている。自分のすべてである三人。ソフィア。ヒューゴー。ラスムス。ほんとうに、すべてなのだ。家族がいなければ、なにも、だれも存在しないと同じ。自分も含めて。自分は、この三人を通じてしか存在しない。

家族は眠っているが、彼は眠れなかった。計画のことを考えていたせいで。

寝室のドアがキィと音をたて、きしむ床を歩く裸足の足音が聞こえる。ソフィアだ。寝起きの温かな腕を彼の首にまわし、うなじに二度キスをした。

「なにしてるの？」

「ちょっと……考えごとを」

「こんな時間に？」

「もうすぐ出発する」

ピートはソフィアの両手を取り、それぞれの手に二度ずつキスをした。

「一週間、時間をくれただろう、ソフィア。もう二日使ってしまった。あと何日か要る。だが、次に帰ってくるときにはもう、俺に対する死刑宣告はなくなってる」

最初の立ち寄り先までは、さほど遠くなかった。カリの南の郊外へ、車で三十分ほどの道のり。ハムンディを少し過ぎたところだ。ひとりで車に乗っているときは、なんの装備も、防御も要らず、ありのままにものごとを考えられる。真実が見えてくる。すべて解決できる、とソフィアに信じこませようとしたが、実はそこまでの確信がないという真実。そもそも彼女は信じているのだろうか？　わからない。おそらく信じていないだろう。ソフィアのほうが、彼という人間を知りつくしている。声から、動きから、本人が意識していないことまで読みとってしまう。だが、信じていないのだとしても、彼女はなにも言わず、なにも顔に出さない。ピートと同じように、いまふたりで不安になってもしかたがないとわかっているのだ。

停車したのは、ぞんざいにアスファルト舗装された敷地内にぽつんとある、小規模な工業施設のそばだった。つい最近、印刷所が破産して廃業した場所だ。移動型ラボはこういうところに設けられる。所有者が新しい店子を探しているあいだ、一時的に空いている施設を、数か月分の家賃を払って使うのだ。ここのカルロスに――化学者はみんなこの名だ――ホフマンは二度会ったことがあるが、ここで会うのは初めてだ。ここが拠点になってから、まだ一か月ほどしか経っていないし、これからまたほんの一か月ほどで、事業はメデジンの似たような施設に移されるだろう。需要はつねにある。コカインを、旅行用トランクの形をした無臭のサンプルに変えることのできる、コロンビアでも数少ないラボなのだから。

ピート・ホフマンはドアをノックした。これから化学者が監視カメラをすべてチェックし、この客を招き入れるかどうかを決めるのに、数分はかかるだろう。

やがてふたりは挨拶を交わした。親しみはとくにこもっていない。そこまで互いをよく知っているわけではないのだ。簡単な握手だけで終わった。

ここの化学者は太っていて、白衣の下にスーツを着込み、きちんとした言葉遣いで、マドリードのスペイン語に似せようとしているようだった。態度もていねいで、ヨーロッパのことを、ここよりもよい、格調高い場所だと思いこんでいるらしい。ホフマンを招き入れるときにも、上品そうな、金のありそうなだれかを真似ているのか、偉ぶって唇を鳴らしながら話した。

建物の中は、基本的に、下がったブラインドに隠された広い部屋がひとつあるだけだった。くねくねと曲がった太い管が至るところに見える。かつて印刷所の機械に水を送っていたものだが、いまは封をされ、閉ざされて眠らされている——コロンビアの一部では、水が泥棒を惹きつける貴重な商品なのだ。というわけで、いまは水を溜めたプラスチックタンクが、錆びついたガスタンクや化学物質の入った青いプラスチックタンクとともに並んでいる。木の馬脚二台に渡した簡素な木の板の上にガスコンロがあり、そこまでの通路に印がつけてあった。

旅行用トランクは、この部屋に隣接する唯一の空間、いまは乾燥室として使われている簡易キッチンのようなところに、準備の済んだ状態で置いてあった。ブーンと歌うような換気扇が、冷たい空気をかきまわしている。

「三キロ。注文どおりです」

「純粋なコカインか？」

「これ以上のは見たことありませんよ」

「どのくらい？」

「九十四か、九十六か」

つまり、俗に百パーセントと呼ばれている品だ。これ以上の純度にはなりようがないから。これまでにコロンビア中のラボを訪れてきたが、九十六パーセント以上のものは見せられたことがない。スウェーデンの街角で自分が昔売っていたような、はなはだしく薄められた品と比較すると、まったく別次元の質と言ってよかった。

〝一グラム当たりの中身は、末端のジャンキーに近づくにつれて薄められていく。その一方で、値段はどんどん上がっていくんだ〟

旅行用トランクの形をとった、三キロ。ジャングルで見たあの茶色い革と同じだ。

ピート・ホフマンは封筒を差し出した。なんといってもものを言うのはこれだ。

「報酬だ」

「変換のしかたはご存じで？」

「ああ」

「とにかく慎重に、慎重にお願いしますよ。でないと焦げてしまう。そうすると……まあ、使えなくなってしまうのでね。元に戻すすべはない。そうなったら、もう台無しです」

車に戻り、つややかなトランクを荷物スペースに入れているあいだに、ホフマンは頭の中で計算した。キロ数、パーセンテージ、ユーロ、グラム、クローナ。スウェーデンの街中で売り買いされているコカインは、純度三十パーセントだ。純度九十六パーセントのコカイン三キロを薄めれば、少なくとも九キロにはなる。一グラム当たり七十五ユーロ、一キロ当たり七万五千ユーロ。つまり、トランクひとつ当たりの価値は、六百二十七万七千クローナだ。

エル・メスティーソ専用の駐車スペースは、一年ほど前からふたつの枠に分かれている。片方は売春宿のオーナー本人が使う枠、こちらのほうがやや大きめで、黒いメルセデス・ベンツ・Gクラスが駐まっている。もう片方は、エル・メスティーソがペーテル・ハラルドソンと認識している男のためのスペースだ。ホフマンはそこに車を入れ、降り、荷物スペースの鍵がきちんと閉まっていることを確かめた。さらに、ついいましがた訪れた工業施設、コカインラボの痕跡が、自分の体についていないことも。過マンガン酸塩や硫酸の顕著なにおいが、布の繊維に入りこんでしみついてしまうことがあるのだ。どろどろの塊をトランクの革に変え、トランクの革をどろどろの塊に戻すプロセス、死なせたり生き返らせたりするプロセスのせいで、自分でも気づいていないことが明るみに出てしまいかねない。だからここに来る途中で小さなモーテルに立ち寄り、服を着替え、体を洗った。エル・メスティーソの側近が逃亡を企て、計画を進めていることが、いずれエル・メスティーソ本人の知るところとなるにしても、少なくともこちらの不注意によって知られてしまうことは避けたい。

ピート・ホフマンは入口の手前で立ち止まり、ゆっくりと息をついた。これから朝のミーティングのため、売春宿の広間に向かう。一日の仕事に取りかかる前の習慣だ。そして、今日のミーティングでは、いつもとなんら変わらないところを見せなければならない。なぜなら、自分がなにより心配すべきなのは、エル・メスティーソのことだと思っているから。エル・メスティーソこそ、明日この計画を実行するにあたって、回避しなければならない第一の障壁だから。ホフマンは入口のドアを開けた。が、そこでまた立ち止まった。その場でくるりと一回転し、あたりを見まわす。もう一回転。監視されている、という妙な感覚があったが、結局そのまま振り払った。

実際そのとおりであることなど、彼には知る由もなかった。

ホワイトハウスのシチュエーションルームにひとりで座っているオペレーターは、会議用テーブルの短辺側の壁に掛かっている大きなプラズマディスプレイに向かって身を乗り出し、顔を近づけた。

〝あれは〟

たったいま駐まった車。たったいま降りてきた男。

〝あいつだ〟

ずっと根気よく待ちつづけていた、もうひとりの攻撃対象。このテロリストたちふたりはコンビを組んでいて、同じ場所にいることが多い。したがって、またふたり同時に仕留めるのが理にかなっている。

オペレーターは、あらかじめ指示されていた番号に電話をかけた。

「失礼します」

「なんだね」

「時間です。いつもいっしょにいる男が、たったいま到着しました」

あくびを押し殺す。時計を見やる——単調そのものだった十二時間の勤務シフトも、もうすぐ終わりだ。そのあいだずっと、ほぼ休みなく、この画面を、その中央に映っている建物を、じっと見張ってきた。衛星から送られてきた一連の画像は、ここから数十キロ離れたところにあるNGAのクラウズ・ルームという場所で、べつのオペレーターによって暗号化される。それから、ここへ、はるかに強大な権力を擁するこの部屋へ送られてきて、さらに分析され、決断の根拠となる。映っているのは、売春宿がずらりと並ぶ街路。次なる攻撃対象。それを、ほぼ休みなく監視してきたわけだが、一度だけ例外があった。昨晩遅く、副大統領と大統領首席補佐官がいきなりやってきて、首尾はどうだと尋ねてきたのだ。そして、攻撃が始まってから使うはずだったもうひとつの画面を使わせてほしい、と頼まれた。

攻撃が始まってから使うはずだった画面——つまり、いまだ。

オペレーターはリモコンをつかみ、そちらの画面のスイッチも入れた。映し出されたのは、デルタフォース隊員四名のヘルメットに装着されたカメラ、そこから送られてくる四つの映像を組みあわせたコラージュだ。四人全員が売春宿の正面、道路をはさんだ向かい側にいる。

売春宿の広間での、朝。

昨夜の最後の客が去ったあと、午前の最初の客が来る前、その数時間のあいだだけに生まれる平穏。

だが、それは表面的なものだ。

ほどなくオーナー用テーブルでともにコーヒーを飲むことになるふたりの内側では、不安がほとばしり、あちこちにぶつかっては跳ね返っている。

エル・メスティーソのほうがそれは顕著だった。ちょうど今日、彼の賄賂支払いリストに名を連ねている公安警察官たちが、月に一度タダで売春宿を利用する権利を行使することになっていて、彼らはときに少々馴れ馴れしく、よけいなことにまで首を突っこんでくるきらいがあるのだが、それが理由ではない。そんなことはまったく気にしていない。不安なのは、ここ数日、自分の側近に変化が起きたことを感じているのに、その正体がはっきりしないからだ。考えすぎだ、被害妄想だと他人には言われるだろうが、彼にとってはごく健全な疑念にすぎない。例のいまいましい殺害対象者リストが発表されて以来、ペーテルが揺らいでいること、まだはっきりしないがなんらかの形でどこかに行こうとしていることを、ずっと感じている。そして、本気で被害妄想にとらわれたエル・メスティーソが、こういう行動に出るのはいつものことだ。濡れた雑巾を持って走りまわり、バーカウンターをこすり、テーブルを拭き、机に上げられていた椅子をひっくり返して床に下ろす。広間のだだっ広い床に掃除機をかけることまでした――彼がそんなことをするのは、そうせずにいられないときだけであって、売春宿に掃除機をかける必要があるときとはかぎらない。

入口の扉が開く。ピート・ホフマンは階段を下りて広間を横切り、オーナー用テーブルのそば、ほぼ自分の席と化した椅子に座った。おはよう、とジョニーに声をかけたが、答えは返ってこなかった。初めての経験ではない。理由はわからないが、ジョニーも自分と同じぐらい不安を抱いているらしい。とはいえ、ジョニーが自分からその話をするとは思えないので——いつも手遅れになるまでなにも話さない男だ——待つしかなかった。しつこく尋ねたり迫ったりしても無駄だと学んでいる。自分の雇い主はこういう男なのだ。なんの意味もなく拭き掃除をするのは、まず心を落ち着かせ、そこから懸念の源に近づいていく、彼なりのやり方だ。それに、いまはそれでちょうどいいとすら思う。自分自身の不安を封じこめ、隠す時間が与えられた。旅行用トランクを買ったことへの不安、命のかかった交渉を警部に頼んだことへの不安。そして、そうした仕事をすべて、だんだん忌まわしく思えてくるこの男に、いっさい気づかれずに済ませなければならない、という不安。

やがてジョニーが近づいてきた。両腕を大げさに振って角張った体を揺らしながら、オーナー用テーブルまで歩いてくる。ホフマンの向かい側に置いてあったカップからコーヒーを飲み、苛立たしげに悪態をついた。勢いよく後ろに押した椅子の脚がきしんだ。

「すっかり冷めてやがる。新しいのをいれてくる。そのあいだに、これでも見ておけ」

エル・メスティーソはぶかぶかの上着のポケットからピンク色の封筒を出した。

「何日か前に見せただろう。覚えてるか？　メデジンのロドリゲスのところに行く前」

「覚えてるが……」

「あのときちょうど受け取ったばかりで、おまえに見せてやろうと思って出した。ところが酒のトラックが来て邪魔された」

封筒の中から出てきたのは数枚の写真で、エル・メスティーソはそれをテーブルの上に半円形に並べてから、さっき磨いたばかりのバーカウンターへ、その向こうに置いてあるコーヒーマシンへ向かっていった。熱いコーヒーを持って戻ってくると、それを一気に飲み干してから、頭を下げ、下から見上げるようにピート・ホフマンを見つめた。

「それで、そのまま忘れちまった。だが、あのときはいろいろあったから……おまえも見ておきたいんじゃないかと思ってな。どうなったか。あのいまいましいアムステルダムの話だ」

エル・メスティーソはまるで、ふたりが感じている緊張を和らげようとしているようだった。計五枚の写真に表れている、ふたりの共通の勝利について語ることで、結束を強めようとしているような。わりあい質のよい、拡大されたカラー写真だ。

その意味を読み解くのには、しばらく時間を要した。

床が写っているのはすぐにわかった。そして、人間がそこに倒れていることも。全員が仰向けだ。一枚ずつ、それぞれ違う人物が写っていることも、まあ容易に理解できた。

だが、そのあとが難しかった。

なぜなら、全員に頭がなかったからだ。腕もない。彼らの革ベストが床に落ちているが、体からは少し離れたところにある。

着せ替え人形。

ピート・ホフマンはとっさにそう連想した。妹を思い出す。子どものころ、母親が定期購読していた週刊誌の付録として、ときどき紙の着せ替え人形がついていて、妹がそれを切り抜いて遊んでいた。体と、それに合わせた服。組みあわせて人間をかたちづくる。

やがて、意味がわかってきた。

頭も腕もちゃんとあったのだ。写真に少し目を凝らしてみれば。床に広げられた革ベスト——背中には〝ヘルズ・エンジェルズ・ホランド〟とあり、左胸には〝アムステルダム〟の文字が入っている——それをはさんだ反対側に、欠けた部位がきれいに並べて置いてあった。写真が拡大されているおかげで、プロの手になるまっすぐな切断面が見てとれる。切り離された頭は、どれもこめかみに銃弾の射入口があり、後頭部に射出口があるのも見えた。

「つまり、おまえじゃなかったわけだ。うちの人間じゃなかった」

笑い声。クックッと喉を鳴らすような、小さな声。

エル・メスティーソは写真を手に取って目に近づけ、一枚ずつじっくりと観察した。

ヨーロッパの一国の首都にあるオートバイクラブ。昔から取引を続けている上客だった。

ところが、数か月前。いつもどおりの手順で三百キロを送った。コンテナ三つに分け、それぞれ別々の船に載せて、別々の目的地へ。ロッテルダム港、アムステルダム港、ベルギーのオーステンデ港。

それなのに、メッセージが送られてきた。

オランダの連絡窓口が自ら、エル・メスティーソに電話をかけてきた。

《ブツがないぞ。コンテナ三つとも消えてなくなった》

《なにを馬鹿な……》

《ブツが来ないんじゃあ、金も払えない》

そのときは、エル・メスティーソもさすがにいっさい笑わなかった。苛立ちがふくらんで激しい怒りとなり、さらにふくらんで憎しみとなった。彼は自ら大がかりな調査を始め、だれが死ぬべきかを突き止めようとした。

答えはすぐに得られた——

品物はすべて、間違いなく船に載せられていた。

三百キロのコカインは間違いなく木の箱に入れられていた。輸送の際はいつもそうだった。

箱の内容品として、コロンビアのコーヒー生産者連合会、FNCと連携して輸出されるアラビカ種のコーヒー豆、と記載され、間違いなく封印が施されていた。輸送の際はいつもそうだった。

《金を出せ。さもなくば死だ》

連絡窓口への電話。すると、向こうが言い返してきた。

《もともとなかった三百キロ分の金を払えっていうのか？》

《それはあんたらの問題だ》

《詐欺もいいところだ》

《ブツを船に載せて、その船がコロンビア領を出るまでが、俺の責任だ。あんたもわかってるはずだぞ。期限は二週間！》

エル・メスティーソはその一方で、調査をさらに続け、深めていった——仲間内にたれ込み屋がいる、という前提のもとに。

〝ブツが届かなかった、だと！〟。追及した。〝どこかの馬鹿野郎がたれこみやがった！〟。脅しをかけた。〝いったいどいつが俺たちを売りやがった？〟。死刑宣告を出した。〝この件を知ってたのはだれだ？　もう生きていたくないのはだれだ？〟

船長三人。ＰＲＣのメンバー七人。そして、彼の腹心、エル・スエコ。

全員がこの件を知っていた。

エル・メスティーソの被害妄想はエスカレートした。二年以上の年月をともにしてきたピート・ホフマンのことも、初めて疑った。が、ピート・ホフマンはいつもどおり、揺るぎない自信と落ち着きをもって彼に接した。内心は逆だったにもかかわらず。なんといっても、三百キロのコカインなどよりもっと重い、べつの秘密を抱えているのだ。

《ペーテル……エル・スエコ……おまえがいったい何者なのか、俺にはもうわからない！》

《わかってるはずだぞ》

《いったい何者だっていうんだ！　答えろ！》

《あんたのそばにいて、あんたを支えてる男。あんたが信頼することにした、命を預けてすらいる男》

とっくに学んだことだ。嘘で疑念を晴らすことはできない。自分ではない人間に、完全になりきるしかない。

嘘が通用するのは、じゅうぶんな真実を含んでいるときだけだ。

《そうだな、ペーテル。おまえは俺のそばにいる。だが、おまえは味方なのか――それとも敵なのか？》

ほんとうの犯罪者だけだ。

《俺がたれこんだと思うなら……》
《おまえなのか、この野郎、俺を陥れやがったのは。そうなんだな？　そうなんだな！》
犯罪者を演じられるのは、ほんとうの犯罪者だけだ。
《……そう思うんなら……俺を撃てばいい》
そうしてホフマンは、エル・メスティーソの視線を、思考を、脅しを、憎しみを受け止めた。外には力強さを放っていたが、胸の内には不安しかなかった──もしこの男に、ほんとうに見透かされたら。ちんけなコカインの奥にある真実を探られたら。一巻の終わりだ。それが潜入者の現実だ。正体がばれれば、死ぬしかない。
そこで、風向きが変わった。
疑問に、べつの答えが出た。
ヨーロッパでPRCから報酬を受け取っている中でも、かなり上のほうにいるインターポール所属のドイツ人刑事のひとりから、情報が入ってきた。フランクフルトの警察が大量のコカインを押収したので、それを鑑識のラボで調べたところ、エル・メスティーソの送ってきたサンプルと一致したのだという。PRCの化学者たちが、コカインをどこかに送るたびに埋めこむ合成DNA──つまり、それぞれの積荷に独特のDNAプロファイルがあるわけだ──そのおかげで、問題のコカインが船から下ろされていたこと、間違いなく大西洋の向こう側にあることが判明した。

ちゃんと届いていたのだ。

エル・メスティーソはオートバイクラブの総長に連絡し、その総長が行動を起こした。

勝手に仕事をして稼いでいたメンバー五人の処刑。いま、ここでふたりが見つめている写真、オーナー用テーブルに広げられた、頭も腕もない死体を写した写真は、オートバイクラブがPRCとの取引関係を重視していることを示す、明確なメッセージだ。インターポールのドイツ人刑事は、息子の大学の学費全額というボーナスを与えられた。それがユーロ換算で妥当な報酬というわけではないが、取引においてだれを信用できるか、だれを信用できないか、というのは決定的な情報だった。

「どうだ、ピーター・ボーイ」

「なにが？」

エル・メスティーソは微笑んでいる。不安は消えたようだ。いまは主導権を握っている。主導権を握るのは気分のいいものだ。

「もう一度、この写真をじっくり見てみろ、ピーター・ボーイ。そのあいだに俺は掃除を終わらせる。そのあとに、おまえがなにを考えたか聞かせてくれ」

エル・メスティーソはバーカウンターに戻り、掃除を再開した。

今度は、流し台に置いてあったグラスをひとつずつ、天井からグラスを下げるラックに移している。やや距離があり、ホフマンは声のボリュームを上げて尋ねるしかなかった。

「なにを考えたか？　なんについて？」

「裏切り者がどうなるかについて」


ペリー大統領首席補佐官は携帯電話を閉じて上着の内ポケットに入れ、権力の長い廊下を急ぐ覚悟を固めた。

〝失礼します。時間です。いつもいっしょにいる男が、たったいま到着しました〟

そのとおりだ。時が来た。リストからさらに二名を消し去る時が。

だが、その前に、机に向かったまま、しばらくひと休みしなければ。彼は自分でも大いに気に入っている執務室をぐるりと見渡した。

大統領首席補佐官として、大統領の耳となり目となる仕事を始めるため、ホワイトハウスに足を踏み入れたあの日は、生まれて初めてホワイトハウスに足を踏み入れた日でもあった。選挙の結果がどうあれこの建物にいる人たちには、それまで一度も会ったことがなかった。ワシントンDCに引っ越してきたときも、似たような感じだった――州の境界を越えたことすら、一度もなかった。自分で運転して引越し荷物を運び、デンバーから、それまで見てまわる時間のなかったアメリカを横断した、あのときが最初だった。

高い天井、木の床、機能的な家具のある部屋。すべてが明瞭だ。その価値が時とともにわかってきた。明瞭でないものを見きわめるには、明瞭さが必要だ。

本棚に覆われた壁を目でたどる。世界を擁し、世界に包まれ、自分が世界に及ぼしている影響を理解すること。本棚はある——が、本はない。さまざまな厚さのファイル、鮮やかな色のフォルダー、資料、束ねていない書類の山——いちばん右はA3、いちばん左はA5、さらにハンドブックの類や、国内外の日刊紙の束、専門誌の束もいくつもあり、最後にデジタル形式でのコピー、CDやDVD、USBメモリを収めた収納ボックスがずらりと並んでいる。帰宅前に日々の仕事をコピーする習慣なのだ。電子機器が壊れて、思考が隠れたまま出てこなくなってしまうのではないかと、つねに不安だから。

いつでも、他人より少し多く、情報をつかんでいること。

いつでも、ペリーは自分たちの知らない答えを教えてくれるアドバイザーだ、と人に思わせること。

中央の棚の中央に、いま進行している件の資料が保管されている。机に向かって座り、まっすぐ前を見ると、ちょうど目に入るところだ。いまのところ、ファイルは十三冊。ひとつひとつに赤いハートがついている。その下に、シンボルマークがひとつ、数字がひとつ。彼はそのうちの二冊を引っぱり出した。ハートのジャック、ハートの七、と記された白い紙切れがついていて、プラスチックで覆われている。

〝第四の標的。第五の標的〟

ファイルを片方の前腕に載せて廊下に出た。ただの書類の束ではなく、もっとはるかに重いものを抱えている気がする。思いは複雑だ。攻撃対象のうち、ひとりは死ぬべきではないとわかっているのだから。

〝政治的な決断。それ以外のなにものでもない〟

ペリー首席補佐官は権力を擁するほかの部屋の前を通り、エレベーターに乗ると、自分の写真の入ったプラスチックカードをカードリーダーに通した。ホワイトハウスのどこにでも出入りできるカード。大統領の任期の二期目もまだ終わっていないのに、カメラをまっすぐに見つめている写真の男は、それ以上にひどく若く見えた。

地下階。到着だ。シチュエーションルームに続く、最後の狭い通路。全員がすでに集まっていた。ジョン・F・ケネディの会議用テーブルの片側に、副大統領とCIA長官。もう片方の側に、FBI長官と、いままで会ったことのない新顔がいた。

ペリーは新しく現れたその人物に握手を求めた。男で、年齢は四十歳ほど、軍服を着ている。だが、典型的な軍人の容貌はしていない。それにはやや背が低すぎ、やや髪が長すぎる。彼の威厳はむしろ、その瞳、声の調子、あえて強く握ってこない手にこもっていた。

「ようこそ。大統領首席補佐官、ローリエル・ペリーだ」

「ありがとうございます。お顔は存じあげています。デルタフォース司令官、マイケル・クックです」

「テロとの戦いの最先鋒だね」

「それはどうも――これが仕事ですから」

「いつここに？」

「最初に来たのは……そうですね、ほぼちょうど二十時間前です。うちの分隊をあそこに配置したときですね。以来、ここのテレビ画面と、この近所にある会議室を行ったり来たりしています」

ペリー首席補佐官はすでにこの軍服の男を気に入っている。ノースカロライナ州から飛行機でやってきた彼は、この部屋にいること、ここで作戦を指揮することが、まるで日常であるかのような平静さは、いっさい装っていない。

「クック君……睡眠は？」

「もうすぐとりますよ」

デルタフォース司令官は微笑み、ふたりは壁の大画面に目を向けた。片方には上空からの映像が映し出され、ずらりと並ぶホテルのような建物に焦点が当たっている。うち一軒の、いまはだれも泳いでいない屋上のプールを指して、赤い矢印が点滅している。コロンビアのカリという都市を映したこの映像は、昨晩、これとはべつの目的でべつの衛星映像を見るため、ペリー首席補佐官がトンプソン副大統領とともにこの部屋を訪れたときに目にしたのと、まったく同じものだ。いや、見方によっては、まったく同じとは言えないかもしれないが。もうひとつの画面、昨日借りたディスプレイの映像は、大きさの同じ四つの部分に分かれている。隊員四人のヘルメットに装着されたカメラは、つねに動いている状態で、映像があちこちをさまよっている。だが、四人ともどこかのホテルにいるらしいことは理解できた――ときおりダブルベッドや大きな鏡、殺風景なバスルームへの半開きのドアが映る――そして、彼らのカメラが、つまり彼らの視線が、基本的にはずっと、道路をはさんだ向かい側にあるべつのホテルに向けられている、ということも。

ローリエル・ペリー首席補佐官は、ほかに場所がないせいでふたつの画面のあいだにねじこまれている、赤字で時刻が表示されている時計を見やった。

08・51・10。

残り、八分五十秒。

二十二人の体が、長官室に、彼女の執務室にひしめいている。これほどの人数は想定していない部屋だ。窓を閉め、ドアも閉めると、ひどく暑い。だが、彼女が信用している唯一の部屋、けっして情報が漏れることのない部屋でもある。

スー・マスターソンは、中庭に面した壁の前、四色刷りのアメリカ合衆国地図に覆われた壁の前に立っている。地図上では、国が二十一の区域に分かれている——いまここに来ている訪問者と同じ数だ。DEAの国内支部長である二十一人に、それぞれひとつずつ割り当てられている。どの区域にも、印のついた場所がいくつもある。この暑さの中でかぞえる気力のある人がいたら、それが計百九か所にのぼっていることを突き止めただろう。印はそれぞれ、いまの米国でとりわけ活発な麻薬取引業者の拠点を示している——白はコカインからクラックを製造する工場、黒は卸売業者の倉庫、緑はキーパーソンの居場所、黄色は輸送業者の拠点。彼女の仕事は往々にして、丘の上まで岩を転がしていき、それが転がり落ちるのを眺めてから、また取りに行って丘の上まで転がすようなものだが、それでも今日のような日には、今日のような会議では、大きな意義のある仕事だと思える。国内にある百九か所のこうした拠点で、同時に取り締まりを行う準備を進めているのだ。サプライチェーンの第二の部分、麻薬が南米の生産者の手を離れたあとの部分を、そうして破壊する。いくつもあるメキシコの麻薬カルテルのひとつ、その流通事業を打ち砕く。

すべてに意味がある、と思える日。

こういう話を、同僚としたことは一度もない。エリックとはときおり議論した。禁断のテーマだ。自分たちのような人間が、実のところどんな力に駆り立てられて動いているか。犯罪は人を死なせるものだ、だから犯罪を止めようと思う、そのために生きている。だが、むしろ、犯罪がなければ自分たちのほうが生きていけないのではないか。

彼女の前に並ぶ、二十一の顔。酸素の足りない部屋で全員が疲れてきているのは見ればわかった。どんなに席を立ちたがっているか、どんなに新鮮な空気を吸い、脚を伸ばし、場合によっては煙草を吸いたいと思っているか。だが、いまはまだ、それを許すつもりはない。廊下でなにを言われているかは知っているが、ここまで来るともう気にしなくなっている。端的に言って、彼女は自分に厳しいのと同じくらい、他人にも厳しかった。

もう一度、すべてを見直しておきたい。

スー・マスターソンは、百九か所の取り締まりをひとつの任務としてとらえ、部下たちとともに最初から最後まで検証したいと考えた。捜査員による偵察という出発点から、逮捕したあとの諸々という終着点まで。例として、サンフランシスコ支部、フレズノにある倉庫を選び、突入を決行するグループの動きを示したフローチャートに没頭しようとしたところで、電話が鳴った。かならず電源を切っておけと命令したのに。まだ鳴りつづけている——呼び出し音が、三回、四回、五回。そこでようやく、音が自分の上着の内ポケットから聞こえることに気づいた。

私用の電話だ。

「もしもし？」

「いま、おひとりですか？」

だれの声か、しばらくはわからなかった。親しい相手ではない。だが、これまでに電話で話した数少ない機会、この声にはいつも同じ焦り、同じ恐怖がにじんでいた。

「いまはちょっと都合が悪いの。三十分後にかけ直させて」

「それだと、たぶん……手遅れです」

スー・マスターソンは顔を上げ、自分を見ている二十一対の目を見た。

「ちょっと待って」

そして、電話を下げた。

「みんな、休憩したかったわよね。ここで取ることにしましょう」

彼女が気を変える間もなく、全員があっという間に立ち上がり、椅子が床を擦る音が響いた。彼女は、全員が間違いなく外に出るまで待ち、ドアを閉めた。

それから、電話を耳に当てた。

「もしもし？」

「長官……あの、エディーと申します。一昨日、クラウズ下院議長のため、外国人に情報を渡すよう、あなたから指示を受けました。そのあとも、ある特定の人物を見かけたら、その確信がなくてもあなたに知らせるようにと」

「ええ、覚えているわよ」

「いま、その人物を見かけたと思うんです」

クラウズ・ルームと呼ばれている部屋でしか会ったことのない相手。勤務時間中ずっと、コロンビア上空のどこかにあるカメラからの画像を映し出すモニターに囲まれている、NGAのオペレーター。いま準備している取り締まりも、サプライチェーンの第二段階、ここ米国での流通拠点が対象だが、そうして流通しているコカインは、まさにそのコロンビアで製造されたものだ。

「それで？」

相手の声を待つ。さっきよりもさらに弱々しい声だ。

「何時間か前から、うちの衛星はカリにある建物に注目しています。ホテルだと思います。あるいは……売春宿かもしれません。ほかにも売春宿が並んでいる通りにあるんです。これはホワイトハウスからの直接の命令で、うちから画像をホワイトハウスに送ってもいます。正確には、シチュエーションルームに、です。そこには、副大統領の指示で、べつのオペレーターが詰めています。で、いまから三十分弱前――そのころから僕は長官のほかの番号に電話をかけていたんですが――ある人物が、長官が注目してほしいとおっしゃっていた、まさにその人物らしき人が、その建物に入っていったんです」

回線の向こうから伝わってくる、切羽詰まった息遣い。人工衛星がカバーしていない空白の時間という機密情報を、スウェーデン人警部に伝えたあと、彼がどんな表情でどんな声を出していたかを思い出す。この若者も、彼女と同じように、なにが正しくてなにが間違っているか、自分なりの信念にしたがって行動している。彼の場合は、クラウズ下院議長救出の可能性に貢献したい、という思いから。彼女の場合は、自分の責任で雇った人を死なせたくない、という思いから。にもかかわらず、この若者はなにかひとこと口にするたびに、少しずつ引き裂かれていくかのようだ。

「それでですね、ついさっき、さらにいくつかの映像を処理して、ホワイトハウスの同じオペレーターに送るよう命令されました。映像は四つあります。攻撃準備をしているデルタフォース隊員のヘルメットに装着されたカメラの映像です。僕の仕事は、映像を受信して暗号化することとです。つまり、暗号化される前の映像も見ることができます。映っているのは、道路をはさんだ向かい側にある……同じ建物を、窓から見ているところです」

スー・マスターソンは電話を机に置いた。なにかを考えたいときには、いつもそうする。距離が必要なのかもしれない。ひとりになりたいのかもしれない。

「あの……もしもし？」

「もしもし」

「もうひとつ……その四つの元映像には、時計も見えます。右端に埋めこまれているんです。カウントダウン中で、いまは……残り四分二十秒です」

スー・マスターソンは、答えろと迫ってくる電話を凝視した。自分が責任を負っている潜入者に警告して、アメリカ人兵士の命を危険にさらすのか？

「もしもし？　長官？」

いいいいいカリ。売春宿。ハートのジャック。

「ありがとう、エディー……」

ハートの七。

「……電話をくれたのは、正しい判断よ」

朝の奇妙な不安がまだ続いている。ピート・ホフマンはがらんとした売春宿で、オーナー用テーブルにひとり残された。三杯目のコーヒー、グラスに入った水、これから考えをまとめて話さなければならない五枚の写真、それを除けば、あるのは沈黙だけだ。エル・メスティーソは掃除を続けていて、いまはバーカウンターの向こうに消え、空になったビール樽とホースをつなぐ部品をはずし、中身の入った新しい樽に付け替えている。そして、ビールサーバーがきちんと使えることを確かめるため、グラスに一杯注ぎ、味見した。

「ああ……クソが！」

中身を流し台に捨てる。

「こんなビール、女を買いに来る連中にすら売れやしない！　バクの小便だ。そういう味がする。いや、バクの古い小便だ！　こんなクソを納品してくるやつらには、あとで話をしてやらないと」

そして、戻ってきた。オーナー用テーブルに向かって。今日一件目の取り立てに出発する前に、聞いておきたい答えを求めて。

「どうだ――考えはまとまったか、ピーター・ボーイ？　この洒落た写真、どう思う？　裏切り者がどうなるかをよく表してるだろう」

「どう思うかって？　真っ白な体が、この話の結末を飾るにふさわしいな、と」

五枚の写真。真っ白な部分。読み解くのにいちばん時間がかかったのが、これだ。体を切断されたオランダ人たちの裸の上半身が、白く輝いている。

皮膚が、分厚いコカインの層に覆われているのだ。

ここからも、同じメッセージが伝わってくる。重要なのは金ではない。信頼関係だ。

「俺はこのとき、危うくおまえを信用しなくなるところだったな、ピーター・ボーイ。裏切り者は最初からずっと、この伊達男どもだったってのに」

エル・メスティーソは、ビール樽のにおいが少し残っている人差し指で、拡大された五枚の写真を指差した。

「だが、もしおまえが、俺をだましたら。裏切ったら。もし今後、そういうことになったら」

エル・メスティーソがこういう表情をしているとき、彼の意図はうかがい知れない。頭を下げ、首を前に突き出している。瞳は燃えているのに、口は微笑んでいる。

「判断力を、忠誠心を失うようなことがあったら。どうなるかは、これでわかったな？」

真剣なのか。戯れなのか。本人にもわかっていないのだろう。

エル・メスティーソは五枚の写真を集め、封筒に入れた。

そのとき、ふたりの耳に届いた。電話の呼び出し音。ベストのポケットに入っている。

ジョニーはそのポケットとピートをにらみつけ、話を中断されるのは気に食わない、と態度で示した。電話をかけているほうは、自分が話を中断していることなど知る由もないわけだが、それでも。

ホフマンは放置した。だが、呼び出し音はいっこうに鳴りやまない。ついに電話を出し、画面に表示された内容を読んだ。

〝え？〟

画面を握りしめて包みこむ。手のひらに電話の震動が伝わってくる。ジョニーにちらりと目をやる――この男にだけは、いったいだれからの電話なのか、絶対に、絶対に悟られてはならない。

〝向こうから……連絡を断ったのに？〟

呼び出し音と震動のせいで苛立ちが増し、ふたりのあいだの空間、オーナー用テーブルの上の空気が切り裂かれて、まるで冷たくも端麗なつららが落ちてきているかのようだ。ここ数日、彼女には何度も連絡を取ろうとした。話をして、彼女の助けを得なければならないと思ったから。自分が載るはずではなかった殺害対象者リストに、いったいどう対処したらいいのか、はっきりさせたかったから。だが、いまここで、エル・メスティーソの目の前で、それをするわけにはいかない。

ついに電話が沈黙した。ホフマンは腹の底まで深く息を吸いこみ、吐いた。ベストのポケットに戻そうとしたところで、ふたたび電話が鳴った。

〝まただ〟

呼び出し音が十二回。もう無視はできない。ついに応答する。

「もしもし?」

「だれかわかる?」

スー・マスターソン。ほんとうに、彼女だ。無理をしているような、そっけない声だった。

「ああ」

「これからホワイトハウスが売春宿に行く。一分四十秒後。客は四人」

シチュエーションルーム。

ローリエル・ペリー首席補佐官はあたりを見まわした。細長い会議用テーブルを囲む椅子のうち、埋まっているのが五脚、空いているのが八脚。つまり十三人分の席がある。自分たちが一枚ずつ片付けているハートの絵札と同じ数だ。

副大統領としばしば目が合う。というより、彼女のほうがしばしば目を向けてくる。ジャングルの中の檻を映したとされる画像についての、あの奇妙なミーティングの記憶を共有したがっているのかもしれない。この部屋にいる中で、あのことを知っているのは自分たちふたりだけだ。これからこの画面上で死ぬことになる、あの男を救うため、スー・マスターソンが必死になってついた嘘。だが、ふたりはその嘘を見破った。
完全な沈黙。
例外は、映像のいちばん下に表示された時計と一致している、単調でうつろな電子音声だけだ。この部屋にいる人間たちと、カリの狭いホテルの一室にいる人間たちのために、カウントダウンをしている声。

《残り六十秒》

歯を食いしばって集中しきった顔がいくつも、ホワイトハウスの一室の壁に設置された大画面ふたつに見入っている。CIA長官とデルタフォース司令官は、画面を四等分した映像のほうに、より関心を寄せているらしい。いつ解き放たれてもいいよう準備を整え、はやる気持ちを抑えながら待機している、精鋭兵四名のヘルメットに装着されたカメラの映像だ。

《残り四十五秒》

副大統領とＦＢＩ長官は、もう片方の画面に注目しているように見える。目を覚ましつつあるカリの街路を、上空から撮影した映像。ホテルが、というより、ホテルを装っているものが、何ブロックにもわたってずらりと並んでいる。そのうちの一軒がクローズアップされ、点滅する赤い矢印で指し示されている。ジョニー・サンチェス、通称エル・メスティーソ、ハートのジャックとされた男の所有する建物だ。

《残り三十秒》

彼の居場所は、ここ数日のあいだに、ゆっくりと時間をかけて絞りこまれた。そうして追跡が終わると、三か所の監視が始まった——カリ市街地の東側と西側にある大農園《アシエンダ》二か所と、街中にある売春宿だ。さらに監視と調査を進めた結果、売春宿のほうを主な攻撃目標とすることが決まった。毎日午前七時から十時のあいだは基本的に無人で、標的だけがひとりで中にいるのだ。

《残り十五秒》

彼らは、待った。

ハートのジャックとよくいっしょにいると報告されている男も、そこに現れるまで。ふたり同時に仕留められるように。

そして、三十分ほど前。

漠然としか知られていないハートの七の人相に一致する男が、売春宿の前に車を駐めた。男は警戒しながらあたりを一瞥し、それから入口へ歩いていった。

《残り五秒、四、三、二、一……スタート》

テーブルのまわりに集まった権力者たちは全員、片方の画面に注目した――カメラ付きヘルメットをかぶった兵士四人が、道路を横断し、売春宿の側面の一階にある窓ふたつの前に陣取っている。

窓ひとつごとに、兵士がふたりずつ、カメラが二台ずつだ。

そしてこのあとは、すべてが同時に起きた。ペアで同じ動きをする体操選手のように。

画面の上半分のコマふたつには、カメラ付きヘルメットをかぶった兵士ふたりが、同時にそれぞれの窓を割ったところが映し出された。下半分のコマふたつには、カメラ付きヘルメットをかぶった兵士ふたりが、同時にベルトから攻撃手榴弾をはずし、安全ピンを抜いて中に投げこんだところが映し出された。

強烈な白い光で、一時的にすべての映像が消え、真っ暗になってから、あらためて光量が調節された。

重い轟音で、一時的にすべての音が消え、マイクが静かになってから、あらためて音量が調節された。

そのあと。四十七秒間。それだけで、すべてが終わった。

五対の瞳が、並んで再生されつづける同じ内容の映像ふたつを、じっと見つめる。精鋭兵たちは、広い建物内にそれぞれべつの窓から突入したにもかかわらず、同時にまったく同じ動きをしていた。軍服をまとった腕が、持参した自動銃の銃床でガラスの破片を落とす。割れたガラスが中の床に落ちるのがはっきりと聞こえた。チャリン、チャリンという軽い音が、殺風景な壁に響きわたる。兵士たちは銃床を折りたたんで武器を小さくし、接近戦にそなえている。またもやペアで演技をする体操選手のように——現実では十メートル離れたところ、テレビ画面では数センチ離れたところで——もうひとつ攻撃手榴弾を投げ入れ、身をかがめ、中に飛びこむ。兵士たちが広間にそっと着地して、ふたつの映像が並んで揺れた。もともと広間の中にいた人間たちは、強烈な光のあとでなにも見えず、鼓膜が破れたあとでなにも聞こえないはずだ。

兵士たちが同時に、まったく同じ動きで立ち上がる。

それぞれ一歩前に、まったく同じ動きで進み出る。

それぞれ緑のレーザー光線と鈍い銃声に、まったく同時に遭遇した。

そして、ふたりとも前のめりに倒れた。それぞれ弧を描いて。片方のコマの映像が動かなくなり、頭は左を向いて床に横たわっていた。もう片方のコマも動かなくなり、頭は右を向いていた。

十一秒。

撃たれたのだ。コマふたつの映像が静止した。ヘルメットに装着されたカメラふたつが、動かず、なにに向けられるでもなく、床の高さに置かれているから。

ワシントンDCの地下の一室にいるスーツ姿の一同は、さっと視線を交わしあった。

恐怖。

それが、互いの顔から読みとれる感情だ。画面の中で死んで倒れているのが、まるで自分たちであるかのような。

映像の動いているコマが、まだふたつ残っている。画面の下半分。それぞれ先鋒の後ろで待機していた兵士ふたりがいま、同じ広間に飛びこんで着地した。

やはり、まったく同時に。

自分の前に倒れた死体を同時に見下ろしているその動きを、カメラが追う──それを見ている五対の瞳は、数千キロも離れた一室で、ジョン・F・ケネディの会議用テーブルを囲んでいるにもかかわらず、細かいところまですべてを目撃するはめになった。ひとりは顔の蝶形骨に射入口があり、穴の縁は丸くなめらかで、そこから赤い血が生命とともにゆっくりと流れ出している。おそらく立っている敵に撃たれたのだろう。もうひとりは銃弾が鼻の下から入っていて、ヘルメット越しに射出口も見えた。敵は床に伏せ、銃口を斜め上に向けて撃ったのだろう。血は見えない。ヘルメットの内側で固まってしまうのがふつうだから。残った兵士たちふたりはそれから同時に顔を上げ、生命を失った体をまたいで、それぞれの方向から室内へ進んだ。

だが、そこからの動きは一致していなかった。

ひとりはもう片方より少し腰を落とした姿勢で進み、両方のカメラがふたりの動きを記録する。木の床らしきものが見え、椅子に囲まれた何台ものテーブル、やや高くなった小さい舞台のような場所も見えた。

そのとき、映像が変化した。

まず、左の映像。暗い中を先んじて奥まで進んでいた兵士が、バーカウンターに近づき、身をかがめて忍び寄ってから、飛び越えて反対側に着地した。すると、彼の周囲のすべてが突然……上に向かって動きだしたように見えた。テーブルも、椅子も、壁も。いや、ひょっとすると、動いたのは彼のほうだろうか。下に向かって、まっさかさまに落ちていったのは。

ペリー首席補佐官は、となりや向かい側にいる面々をそわそわと見やった。彼らもまた、ペリーと同じことをしている――この映像の意味を理解しようとしている。

ほんとうに、ヘルメットに装着されたカメラが下へ……穴の中へ落ちたように見えたのだ。

だが、急に止まった。なにかに強くぶつかって、鈍い音が響き、すべてが止まった。

落とし穴。

そして、カメラはまだ、映像を送りつづけている――ざらついた壁の映像を。

二十六秒。

それから、右下のコマの映像、動いている最後の映像が変化した。狭い通路を移動し、中央にストリップポールがぎらりと光る舞台に沿って、テーブルや椅子のあるブース席へ近づいていた。あたりを照らす、銃のハンドガードに取りつけられたランプに導かれて。

そのとき、なにかが上から画面をよぎった。カメラの上のほうからなにかが落とされたように見えた。そして、苦しげな息遣い、喉を鳴らす音。なにかが喉頭を、首を圧迫している。映像全体が持ち上がり、デルタフォースの残る隊員一名が、ゆっくりと締め殺されていく。

一同の反応はさまざまだった。

CIA長官とFBI長官は、まっすぐに画面を凝視していた。話しかけても聞こえないだろうと思われた。

副大統領も視線をじっと据えているが、その視線は下のほう、テーブルのほうに向けられている。混乱し、足場を求める人間がそうするように。なにかにしがみついて、最初からやり直さずにはいられないときのように。

デルタフォース司令官は無言で大画面のそばに立っている。最初のふたりが倒れた時点でそこに駆け寄っていた。できることならすぐにでも映像の中に飛びこまんと身構えている。南米へ、コロンビアのカリへ、たったいまハートのジャックと七が始末されるはずだった売春宿へ、いますぐ入っていって、手伝いたい。たったひとりでも攻撃を完遂したい。

ペリー首席補佐官は、ふたつの画面のあいだにある時計を確認した。四十七秒。そして、四つのカメラが映す四つの映像に目を凝らした。

すべてが静止している。床で、壁で、天井で静止している。

この映像を送ってきているカメラは、もはや動かない頭に装着されているのだ。にもかかわらず、カメラのひとつが動いた。

頭を斜め横に向けた状態で、うつ伏せに倒れている兵士のカメラだ。

まず映ったのはブーツだった。ゲリラの連中が履いているたぐいのブーツが、画面の端に現れた。だんだん大きくなる。近づいてきているのだ。それから、男の小さな声。ブーツの主が、カメラの装着されている生命のない頭を持ち上げる。ぼやいているような不明瞭な言葉、なんと言っているかは聞きとれない。そして、そのあと……画面が真っ黒になった。カメラのスイッチが切られたのだ。大統領首席補佐官、FBI長官、CIA長官、副大統領、デルタフォース司令官——全員がその瞬間を目にした。直後、同じブーツが次の画面に現れるのが見えた。ヘルメットに装着されたカメラにつかつかと近寄ってくる。兵士が仰向けに倒れているから、カメラが映しているのは天井だ。同じ声、同じぼやきが聞こえて、防護マスクと耳当てに覆われた顔が、カメラを——彼らを見つめた。直後、そのカメラのスイッチも切られた。

ピート・ホフマンは生命の失われた頭を持ち上げると、その前にべつの頭を調べたときと同じように、〝こいつもだめだ〟とつぶやいてから、ヘルメットに装着されたカメラのスイッチを切った。二十五歳、二十八歳、いや、三十歳かもしれない。中身のなくなった人間の年齢は判別しにくいものだ。残るはふたり。落とし穴に落ちたのと、あの窓の下に倒れている、エル・メスティーソが縄で締め殺した男――ホフマンはその死体のほうへ向かい、三台目のカメラを切ると、死体の顔を覆っているマスクを下ろして同じようにチェックした。そして、つぶやいた――〝これは……ひょっとしたら……これならいけそうだ〟

「なにをしゃべってやがる？」

暗闇でようすをうかがっていたエル・メスティーソはいま、ひとり目の死体に近づいていき、バーカウンターの手前の落とし穴に落とすべく、それを引きずりはじめている。

「おい、ピーター・ボーイ」

「ん？」

「なにをぼやいてるんだ！」

「たいしたことじゃない」

「じゃあ黙れ。みんな死んでる、見りゃわかるだろ？」

死体がはるか下、穴の底に届いて、ドスン、と鈍い音が響いた。ここの木の床の下、八メートルのところに落ちている死体は、これで二体になった。エル・メスティーソが次の死体へ急ぐ。ホフマンがたったいま合格点を出した死体へ。

「待ってくれ」

彼の雇い主は待たなかった。一体目より重い死体を、力ずくで引きずっている。血や体液のせいで床との摩擦が増したかのようにも見える。

「おい、待ってくれって言ってるだろう」

ピート・ホフマンは最後の数歩を駆け寄り、エル・メスティーソの肩を強くつかんだ。

「その死体はとっておきたい」

雇い主は、肩に手なんか置くな、とはっきり意思表示してくる。動きを止めもせず、力強く、どこか楽しげに、深い穴に向かって死体を引きずりつづけている。

「今日の夜までここに突っこんでおくだけだ。もうすぐ従業員も客も来ちまうし、店を閉めたあとじゃないとエル・カーボに掃除を頼むわけにもいかない」

ピート・ホフマンはそのあとを追った。エル・メスティーソのがっしりとした肩をつかみ、ひょっとしたらその豊かな黒髪をも少しつかんだ状態で、手に力を込める。これまでエル・メスティーソの体に触れたことすらなかったのに。

「だめだ。このままとっておきたい。無傷で」

エル・メスティーソは立ち止まった。この奇妙な要求にも、ホフマンが手を離さないことにも驚いている。

「なぜだ？」

「言えない」

どんなことにも一回目がある。疑念にも。ふたりはそれを、ついさっき見た写真の件、オランダで荷物が消えてまた現れたときに経験した。二回目のほうがおそらく厄介だ。それで一回目も蒸し返されるはめになるから。

「なぜだ？」

「あんたにはあんたの秘密がある。俺には俺の秘密がある」

エル・メスティーソは、彼の周囲の人々がひどく恐れて避けようとする、あの探るような目つきを向けてきた。簡単には消えない、むしろ不確かさから栄養を得てふくらんでいく、そういうたぐいの疑念。ホフマンもすぐそばで何度も見てきた。が、それはいつも、他人に向けられた疑念だった。

「なるほど。いいだろう。だがな、そういうことなら……」

いまエル・メスティーソに品定めされているのは自分だ。彼は死体から手を離し、両腕を広げてみせたが、それでも疑念はまだふたりのあいだを舞っている。

「……ピーター・ボーイ、おまえが責任を持ってこいつを始末しろよ」

「もちろんだ」

エル・メスティーソは早くも最後の死体を取りにもうひとつの窓へ向かっている。死体を引きずっていると、伸びたその腕が広間の真ん中にある鉢植えの観葉植物に引っかかり、エル・メスティーソは悪態をついた。腕がはずれるまで力まかせに引っ張り、揺らし、ようやく八十五キロの重みを穴の中へ突き落とすと、ドスン、という音に耳を傾けてから、上蓋を閉めた。しばらく無言でその場にとどまり、シャツの袖で額の汗をぬぐった。そして、ショルダーホルスターからリボルバーを出し、シリンダーをくるりとまわした。慣れた手つきで死を転がす指先だ。

「電話をかけてきたのはだれだ？」

身をかがめ、上蓋についた金輪をつかんで、また開けた。そして、弾の込められた銃を疑念に――ホフマンに向けた。

「ついさっきまで、ペーテル、俺とおまえはここに座って、俺が一杯食わされたオランダ相手のコカイン取引の写真を見てた。そこにいきなり、アメリカの精鋭部隊が顔を出した。で、おまえは……それをあらかじめ知らされた？　警告されたのか？　いったいどういう連中とやりとりしてるんだ？」

ふたりはたったいま、十三人から成るあのリストに載ったほかの連中と同じように、攻撃され、殺されかけた。だが、いま売春宿の広間に立ってリボルバーを構え、ともに生き延びたばかりの相手を脅している男は、そういうふうには考えない。暴力に囲まれて、暴力によって生きている男だ。人が死ぬことにも、人を殺すことにも慣れきっている。自分もそんなふうに死ぬだろうと考えるのも、ごくふつうのこと、人生とはそういうものだ。が、裏切られるのではないかという疑念、被害妄想、恐怖——そういったものにはけっして慣れていない。

「ジョニー、そのリボルバー……どういうつもりだ？」

「だれかがおまえに警告した！　だれなのか言え！」

この男のそばで過ごした二年半。この男を守るのがピート・ホフマンの仕事で、彼がその仕事にあまりにも長けていたものだから、徐々に信頼関係が芽生えていった。

今回、警護のために与えられた時間は、一分四十秒だった。

ふたりはまず、ホフマンがバーカウンターに設置させた隠し棚から自動銃を出した。舞台下の隠し棚から防護マスクと耳当てを出した。それぞれの窓がよく見える位置に陣取り、ふたつ目の攻撃手榴弾が爆発するまで顔をそらしていた。

二年半。その年月すら、もはや意味を持たない。

険しい道のりを経て築かれた信頼関係にも、疑念は簡単に穴を穿《うが》つ。

「だれだ？」

「あんたが気にする必要はない」

「クソが、だれなんだ、ピーター・ボーイ、俺の淫売宿がアメリカの兵隊に攻撃されるって知ってたのは！」

エル・メスティーソはリボルバーの撃鉄を引いた。カチリという音。

「答えろ！」

この男が憎い、とピート・ホフマンは思った。いまやそれがはっきりした。潜入者として、潜入先の人間に抱いていた同情心が、いつ消えたかも自覚している。五歳の少女が父親の腕の中で縫いぐるみ人形のようにぐったりとなった、あの瞬間だ。だから、安全装置の解除された銃を向けられたいま、恐怖だけではない、さまざまな感情がいくつも襲ってきた。苛立ち、失望。憎しみのただ中に、ある種の感嘆のようなものも入りこんできている。エル・メスティーソは暴力を好み、暴力を使って仕事をしているだけではない。それを知的に利用できる男だ。能力が高い。ホフマンにはそのひとことしか思い浮かばない。さっき命を賭けて戦っていたときにも、彼はたった一発の銃弾でひとりを仕留め、もうひとりを縄でとらえた。恐ろしい能力の高さだ。したがって、恐ろしい敵でもある。

「ジョニー、そのだれかは、俺に警告したんじゃない。俺たちに警告したんだ。あんたはそのために金を払ってるんだろう。それなのに、俺を脅すのか？　俺が……しっかり仕事してるから？」

「いいから答えろ！」

引かれた撃鉄。引き金にかけられた人差し指。

「ジョニー、俺はあんたの情報源を尊重してきただろう。あんたが秘密にしてる情報源を」

ここで、こいつの気に入らない答えを返したら。

間違いない。

ジョニーは、いや、いまはエル・メスティーソでしかないこの男は、発砲するだろう。

「だから俺の情報源も尊重してくれ。それで問題でもあるか？」

「たわごともいいかげんにしろ！　だれなのか言え！　デルタフォースってのは、やつらの精鋭部隊だぞ！　つまり、警告してきたのは……アメリカ人ってことだ！　いまいましいアメリカ人の高官だ！　しかもアメリカ人の高官だって、デルタフォースの極秘作戦について知ってるやつはそうそういない！　さっきの電話、さっきの情報が入ってきたってことは、おまえはたれ込み屋だ。うすぎたねえ潜入者だ！」

人差し指。

白くなっている。

ほんの少しでも力を込めれば、撃針が銃弾を打ち、火薬が爆発し、弾が放たれる。

「最後にもう一度だけ訊く——だれなんだ？　おまえの忠誠心を証明してみせろ、ピーター・ボーイ！　ちょうどさっき話したことだ。オランダの写真を見たとき。信用ならないやつが、どんな最期を迎えるか！」

俺を信じて、銃を下げるか。

あるいは、俺のことを潜入者だと、たれ込み屋だと判断するか。実際、それが俺の真の姿だ。こいつ自ら、奥の奥まで引き入れた、だれより危険な敵。

「ジョニー、俺を見てくれ。もし、あの電話で——俺たちの命を救ってくれたあの電話で、潜入者であることがばれるかもしれないとなったら、俺はあんたに警告を伝えたりしない。あんたを殺して、アメリカ人に投降しただろう。もともとあっちの人間なんだから。違うか？」

指。

白くなっていた指。

それが……

「俺が潜入者だとしたら、ジョニー、死ぬかもしれない銃撃戦にわざわざ参加する意味は？　あいつらはおもちゃの銃を持ってきたわけじゃない。どうして死ぬ危険のある道をわざわざ選ぶ？　どうして自分の味方を襲って殺すんだ？」

ふたりは互いを見つめた。距離が近い。呼吸が出会い、まざりあう。

「それに、ジョニー、もし俺が潜入者なら、どうして味方に襲われなきゃならない？　味方がどうして、俺を殺害対象者リストに載せて、そのとおりに俺を殺そうとするんだ？」

嘘を通り抜けて、まざりあう呼吸。二重の嘘だ。

「というわけで、ジョニー、俺の答えは変わらない。あんたがそいつを向けてきても同じことだ。俺には俺の秘密があるし、あんたにはあんたの秘密がある。俺はあんたの秘密の情報源を尊重する。あんたも俺の情報源を尊重する」

色がなくなっていた指。もう、そうではない。赤い、健康な血色が戻ってきている。

その指に、力が入った。

引き金が引かれた。

銃声が響きわたり、反響し、絶叫した。

エル・メスティーソは左耳の脇、こめかみのすぐそばで発砲した。ピート・ホフマンは、その場に立ったまま動かなかった。そうしなければならなかったから。脚は逃げたがっていたにもかかわらず。あるいはがくりとくずおれ、寝そべってしまいたがっていたにもかかわらず。

「それに、ジョニー、俺の情報源のほうが、あんたの情報源よりずっと使えるみたいじゃないか。違うか？」

ふたたび撃鉄が引き起こされる。起爆を待っている状態を示す、カチリという音。

「そのおかげで、ジョニー……」

ふたりは互いを観察しあう。嘘が俎上《そじょう》に載せられる。

「……俺たちは生きて、ここに立っている」

疑念と信頼がぶつかりあう。

「そうだろう、ジョニー」

エル・メスティーソが品定めする。決意する。

「そうだろう？」

そして、指をはずし、銃を下げ、撃鉄を元に戻した。

赤いコンクリートの、途中で曲がっている階段の下に、ちょうど車がおさまった。目立たない正面入口への外階段だ。

賃貸住宅。かつて〝住宅百万戸計画《ミリオンプログラム》〟に従って建てられた、ストックホルムの数ある郊外の町。長方形のコンクリートの建物。九階建て。自分が育った建物に、よく似ている。

ピート・ホフマンは車のエンジンを切り、しばらく運転席にとどまった。

これは賃貸住宅ではない。ここはストックホルムではない。帰りたい、帰らなければならない故郷ではない。ここはボゴタで、いまは夜だ。スウェーデンの住宅建設計画を思い起こさせるこの建物には、聖イグナシオ大学病院という名前がついている。

モンセラーテの丘を過ぎ、環状道路《シルクンバラール》とカレラ7のあいだの道に入って、病院まであと少しというところで、助手席の乗客が動きはじめた。ハンドルを切るたびに、下へずり落ちたり横へずれたりする。そこでホフマンはアクセルを緩め、スピードを緩めて、彼が席から落ちることのないようにした。いま、乗客はまた穏やかに座っている。青く腫れた顔を、目深にかぶった帽子が隠している。くっきりと印のついた首には、美しいシルクのスカーフが巻いてある。新しい服を着せられ――迷彩服の軍服に代わり、白いシャツに薄い色のスーツだ――あちこちにかなりの量のアルコールを撒かれている。泥酔してぐっすり眠っている人を、夜中、家まで送り届けている、そんなふうに見えるように。もしどこかで取り締まりに遭遇して、中を調べさせてほしいと言われたとしても、連中が先に開けるのは荷物スペースだろう。いやでも目に入るところに座って、アルコールのにおいをぷんぷん漂わせている男性は、調べられる危険が少ない。ピート・ホフマンは、乗客が席から落ちないよう胸のまわりに巻いていた細いナイロン糸をはずした。最後のほうで緩んでしまったのはこれだった。それから、腰と両ひざにくりつけていた糸を切った。脚が前後にバタバタ振れないようにつけていたものだ。まだ硬直しきっていない死体の脚は、いっさいコントロールがきかないものだから。

ダッシュボードの左端にあるデジタル時計は当然、チクタクと音をたててはいない。それでも、聞こえた。単調に、規則的に、時計は彼が取り戻すことのできない時間を手放していく。

十一時十分前。早く着いた。待っているあいだに、思考が追いついてきた。

〝あの電話がなければ、俺は死んでいた。

エリック・ウィルソン、エーヴェルト・グレーンス、エル・メスティーソ――みんな、この戦争はゆっくり進むと言っていた。それなのに、殺害対象者リストは日に日に短くなり、今朝は俺が消されるところだった。今回は生き延びられた。だが、次はどうだ？　俺がどこかべつの場所にいて、ソフィアもいっしょだったら？　ラスムスも、ヒューゴーもいっしょにいたら？〟

あそこだ。通用口。いま、そこが開いた。なにかのきしむギーッという音が、開けた車の窓の外から聞こえてくる。直後、もうひとつの音。なめらかさに欠けるでこぼこのアスファルトの上で、ストレッチャーのやや小さすぎるキャスターがたてる摩擦音だ。

「ベネディクト」

彼は管理人の制服を着ていた。珍しいことだ。とはいえ、歩き方はいつもどおりのんびりしていて、満面に浮かべる笑みも同じだった。

「ペーテル。久しぶり」

ペーテル・ハラルドソンは前にもここに来たことがあるが、これまではかならずエル・メスティーソといっしょだった。今日と同じような夜更け、死体をさっさと片付けなければならないのに、エル・カーボがすぐに来られないときに、ここに来ていた。ホフマンは車を降り、ふたりは握手を交わした。ベネディクトはホフマンの手を握ったまま、身を乗り出して車の中をのぞきこんだ。

「こいつかい？」

「そうだ」

「つまり、俺の仕事は今日……運転手付きでお出ましになったってわけか」

遺体安置所の管理人はあいかわらずにっこり笑っていて、死をめぐる気の利いた、少々皮肉で不謹慎なやりとりを期待しているのが伝わってくる。いつもこんなふうに、自分たちにとってはどうでもいい命をめぐって、冗談を飛ばす。みんなそうやって、自分の恐怖を処理するのだ——笑い飛ばして、ないがしろにしてしまおう、と。

「悪いが、今日はやめてくれ、ベネディクト」

助手席の死体も、どうでもいい命だ。初めて目にする、声すら一度も聞かずに終わった男。だがこれは、彼自身の死の象徴だった。ほんの数時間前に予定され、実行されかけた、ホフマンの死。いま、ようやく消化できるようになってきた。

向こうは、ホフマンが死ぬべきだと決めている。

だから、死を逃れるため、実際に死んでやるつもりだ。

ふたたび。

ベネディクトがストレッチャーを車の助手席の側まで転がしていき、ぎらつく金属がガラガラと音をたてる。ホフマンは座っている死体の肩をつかみ、遺体安置所の管理人が両足をつかんで、ふたりがかりで死体を持ち上げ、動かし、下ろした。

〝ほんとうなら、俺がこんなストレッチャーに載ってるはずだったんだ。

黒ずんだ死斑に全身を覆われた状態で。循環していた血液が、あちこちで淀んで黒い塊になってる。もうすぐ関節がいまの位置から動かなくなり、筋肉繊維も永遠に収縮したまま固まってしまう。

だが、いま代わりにそこに載せられてるのは、俺の命を奪おうとしたおまえだ〟

ふたりはそれぞれストレッチャーの両側に立って歩き、通用口へそれを引いていった。

自分の死を想像することがないわけではない。ソフィアの死も、ラスムスやヒューゴーの死も、ときおり想像する。実際に感じてみようとする。あらかじめ慣れ、準備しておくためかもしれない。とはいえ、ほんとうのところはただ単に、怖いからだ。恐怖があったからこそ、防御を築いた。このいまいましい、死の恐怖こそが、自分を駆り立て、行動させている。やるべきことをこなし、生き延びるよう仕向けている。

失うものがありすぎる男。だれより危険なのは、そういう男だ。

逆だと思っている人が多いが、そうではない。恐怖を感じない男は、軽率になり、無謀なことをする。そうして逆に驚かされ、追いつかれてしまう。

負けるわけにいかない男、失うものがありすぎる男は、けっしてそうはならない。

「エル・メスティーソは？」

ベネディクトが病院の通用口を開け、ふたりはストレッチャーを転がしてがらんとした灰色の廊下を進んだ。

「今日は来ない」

「よろしく伝えてくれ」

エレベーターはストレッチャーがちょうど入る大きさだった。二階下に下りると、停止するときにがくんと軽く揺れた。

だれなのか、どういう経緯で、なぜここに来たのか、訊かれることはない。

新たな廊下。ここもがらんとしているが、においがきつくなってきた。遺体安置所の重い扉を開くと、さらにはっきりする。教育──献体された死体はふつう、そのために使われる。切り裂くための教材だ。ベネディクトは前に一度、教育指導がどういうふうに進むものか、大げさな芝居をまじえて説明してくれた。学生たちはまず指を見せられ、次いで手を見せられ、腕を見せられ、そうして徐々に死と向きあうのだという。教授も、医学生たちも、こうしてときおり知らないうちに、始末されるべき人間の切断に手を貸している。

壁には白タイル。床にも白のクリンカータイルが敷かれているが、こちらの四角のほうが少し小さい。天井の蛍光灯から放たれる冷たい光。ステンレスの冷蔵庫は長方形の区画に分かれていて、縦一列ごとに三体分のスペースがある。八十センチ×五十センチで、すべてに番号がついている。

三十九個に分かれた冷蔵庫。

うち二十二か所が埋まっている。空いているのは十七か所。そのうちのひとつの鍵をいま、ベネディクトが開けた。

死体が載っている金属の台の両側をしっかりつかんで、ふたりがかりでストレッチャーから三十一番と記されたスペースに移した。ベネディクトは長いレールに載った台を中へ押し入れると、扉を閉めて鍵をかけてから、取っ手に紐をくりつけて薄いクリアファイルをぶら下げた。中の書類はすでに記入が済んでいる。死体の身元についての書類だ。

いつものあたりで、約束したとおりの報酬を出す。死体が所定の位置におさまったところで。ホフマンは白い封筒を出して遺体安置所の管理人に渡した。

「だがな、今回のこの男は、始末してほしいわけじゃないんだ」

「なんだって?」

「しばらくここに寝かせておいてほしい。無傷で。俺がまた取りに来るまで」

「おいおい、ペーテル、そんな話は聞いてないぞ」

「いま初めて言ったからな」

「そうなるとなあ、ペーテル……こんなもんじゃ済まないぞ。明日来る医学生のために、予定と違う死体を出しておくのは、まあ、わけないことだ。だがな、こいつを俺の仕事仲間が間違って使っちまわないよう、冷蔵庫のあちこちに移動させるとなると……俺は毎晩、ここに来なきゃならなくなる。バスで二時間かかるんだ」

ピート・ホフマンには時間がない。しかも遺体安置所の管理人の主張はもっともだと思った。ベネディクトは金のことでむやみにいちゃもんをつけてくる男ではない。

「こんなもんじゃ済まない？　わかった。その封筒の中身はいま全部やるよ──いつもと同じ額だ。で、俺がこいつを取りに来るまで、あるいは始末していいと連絡するまで、一週間ごとに同じ額を払おう」

あまり白くないぶかぶかの白衣を着た、小柄な痩せっぽちのベネディクトは、手に持った封筒を指先でもてあそんだ。ふたりのあいだで宙に浮いたそれを秤にかけているようなしぐさだった。それから、青っぽい色でプリントされた病院のロゴのある、白衣に縫いつけられた胸ポケットに、封筒をしまった。

「わかったよ」

そのあとには、においだけが残った。

廊下までついてきて、ホフマンが空気の新鮮な外に出てからもぴたりと影のように寄り添い、いまもなお、まだ走りだしていない車の中で、となりに座っている。ピート・ホフマンは自分の腕を顔に近づけ、シャツの布に鼻をうずめた。やはり、においはここに居座り、しがみついている。服の木綿繊維を包みこんでいる。

死のにおい。

ホフマンはキーをまわし、エンジンをかけた。また切った。

長い一日だった。眠気のまだ覚めない午前中の売春宿、その窓を割って、周到に準備した攻撃部隊が突入してきてから、がらんとした真夜中の遺体安置所、その冷蔵庫の扉に鍵がかけられるまで。そして、狩猟用ナイフの革製ホルスターの底に折りたたんで入れてある二枚の紙切れのうち、一枚目の最後に書き加えた言葉。そのための準備も済ませた。トイレットペーパーに手書きで書いた文字。ホフマンはまたその紙を開いた。

座標
地球低軌道
時間の切れ目
セシウム137

成形炸薬弾

磁石そり

~~トランク~~

方向は正しい。自分たちを家へ連れ帰ってくれる道だ。生きるために。生き延びるために。

だが、さらにもう一行、付け加えるスペースがある。だれかが前提条件を変えてしまった場合にそなえて。たったひとつの言葉。方向が、道筋が変わってしまった場合にそなえて。

ペンはグローブボックスに入っていた。彼はいちばん下に書いた。

死体

わかっているのだ。

つねに、ひとりきり。自分だけを信じろ。

夜中、遺体安置所から東へ、ボゴタからグアビアーレ県へ、カラマルという名の小都市へ車を走らせた。だれかが条件を変えてしまった場合にそなえて、予備として死体をとっておく作業から、計画の主要部分のほうに戻った。つまり、人質の救出。アメリカ合衆国政府と、命の取引をすること。

だが、いやでしかたのない感情——孤独感が、暗闇の中からサイドウィンドウを何度も繰り返し、一本調子にノックしてくる。放っておいてくれない。

骨の髄をも吸い出されていくように感じる。恐ろしくてたまらない、唯一の感情。

死ぬことはもう怖くない。だが、ひとりで生きることは。

「もしもし」

「もしもし」

もちろんソフィアに電話した。彼女を起こした。手探りで電話を探す寝起きの姿は知っている。自分と違って、彼女は電話を切った瞬間にまた眠りに落ちる人だから、申し訳ないと思ったことはない。仮の隠れ家で暮らす、明確な道しるべのない日々であっても、落ち着いていられる。彼女はそういう人だ。

「いま、どこにいるの？」

「遠いところに」

「どこなの、ピート？」

「きみは知らないほうがいい。ここで俺はこれから、俺たちの人生を取り戻す」

今夜、彼女の声はいつもより硬かった。ときおりあることだ。彼女特有の態度。やわらかいソフィアと硬いソフィアが共存している。

「そうしてくれることを願ってる。あなたを愛してて、あなたといっしょに生きていきたいから。わかってると思うけど。でもね、もうひとつわかってほしいのは、たとえあなたの計画が成功しても、私はこの国を出ていくつもりだってこと。ねえ、ピート、本気でわかってる？　あなたのおかげで私たちに身の危険がなくなって、生き延びることができたとしても、もう関係ないの。帰るという私の決断はいっさい変わらない」

「一週間、待ってくれるって約束しただろう。あと四日ある」

「うん。待つつもりよ。いまも待ってる。でもね、もし生き延びられたとしても、私たちはそのあと、あの食卓を囲んで、これからはきっといろいろ上向くね、なんていう話をしたりはしない。あなたが成功したとして、今回がいつもと違うのは、私と子どもたちはいずれにせよ帰る、っていうこと――あなたといっしょであっても、そうじゃなくても」

ふたりはそのあと、それぞれ電話を手にしたまま、相手が口を開くのを待っていた。彼は車の中で、彼女はベッドの中で。

次の一キロメートルが沈黙のうちに過ぎ、次の一キロも過ぎていく。互いの息遣いに耳を傾けたまま。

やがてソフィアが電話越しに二度キスを送ってきて、電話を切った。

それから長い時間を経て、ホフマンが午前中のうちに何時間か眠るため、カラマルの静かなホテルの前に車を駐めたとき、いまいましい孤独感はかつてないほどに迫ってきていた。

ピート・ホフマンは昨晩、大学病院の前で、ナイフのホルスターの底に入れてある、生死を分ける紙切れ二枚のうち、一枚目に文字を書き加えた。いま、彼はもう一枚の紙を広げた。

14：52（ブリーフィング、カラマル）
15：27（出発、オフロード車）
17：21（到着、川）
18：31（上陸、ベースキャンプ）
19：21（到着、囚人収容キャンプ）
19：25（攻撃、突入）
20：31（到着、ヘリコプター）

23：16（到着、ティエラ・ボンバ島）
23：43（水中）
00：32（到着、船）
00：37：01〜00：40：00（空白の時間）

下院議長救出に向けた時刻表。エーヴェルト・グレーンスに見せたとき、時刻はxx：xxとしか記されていなかった。だが、いまは最後の項目、空白の時間に合わせて、すべての時刻が書き入れられている。スタートはできるかぎり遅く、間隔はできるかぎり短く。所要時間が短ければ短いほど、露出の可能性が低くなり、作戦が明るみに出るリスクも低くなる。

「準備はいいか？」

全員、教会の中にいる。こぢんまりとした美しい教会で、外の暑さと比べるとなんとも涼しい。この外は、市民登録所の裏の小さな四角い空間だ。かつてはカラマルの活気あふれる広場のひとつだったが、いまは吹きさらしの砂と野良犬が主な住人である。

「はい」

彼は黒いフェイスマスクで顔を隠した七人を見つめ、七人が彼を見つめ、全員が腕時計の時刻を合わせた。

14：52（ブリーフィング、カラマル）

目標までの残り時間は九時間四十五分。目を光らせている衛星が重なりあわない時刻。すべてを決する時間の切れ目。スケジュールのすべてがそこを基準に設定されている。作戦の最終段階は、正確に、きっかりその時刻に行わなければならない。空白の時間がじゅうぶんに長く続くのはそのときだけだ。そのあいだに、水面に出なければならない。もし間に合わず、一分でも遅れてしまって、空白の時間がすでに終わりかけていたら、命の取引を行うチャンスも潰《つい》える。

グレーンスとマスターソンに頼んで、戦闘訓練を受けた、賄賂になびくことのない人員を八人確保してもらった。ヘリコプターと、その操縦士、そしていま目の前に――周囲の世界に忘れ去られたかのようなこの場所に立っている、七人。全員が、水上移動にも接近戦にも突入にも対応できる装備を身につけている。〝オペラシオン・オブテネール〟――奪還作戦を段階ごとに分刻みで説明する彼の話を、全員が聴き、頭に叩きこんでいる。

ピート・ホフマンは話をしながら、同時にこの七人のこと、自分自身のことを考えていた。よくあることだ。自分の体を抜け出して、外から見る。脳が決めたことを口が言葉にして発しているあいだ、べつのところからそれを眺めて品定めしている。自分が言ったと思っていることを、ほんとうに言ったのかどうか、あとで確信が持てなくなることもよくある。機械的にやっているのだ。それでも毎回、うまくいっている。だれも、なにも気づかない。彼はこの場にいて集中していると同時に、この場を離れて不在でもある。

いま、川からベースキャンプへの移動と、それに次ぐ、もう少し長い、ベースキャンプから囚人収容キャンプへの移動について説明を始めたところで、もうひとりのホフマンはある思考にとらわれていた――自分がいま綱渡りをしている綱はあまりにも細く、築いてきた防護はあまりにも脆い。〝たとえば、すぐそばに立っているきみが、俺に飛びかかってきてフェイスマスクを引っぱり上げたら、それで一巻の終わりだ〟。一、二メートルも離れていないところに立っているのは、アメリカ政府に雇われた七人の精鋭兵だ。自分に死刑を言い渡したのと同じ政府。この七人に知られてしまったら――これから自分たちを率いるリーダーが、実は自分たちも協力して生け捕りにすべき、または殺害すべき人物なのだと知られてしまったら――なにもかもが終わる。

身元は明かさない。そういう条件で、スー・マスターソンは新たに就任したクラウズ部隊司令官、ナバロの後任に、ホフマンを紹介した。〝うちの潜入捜査員のひとりです。生き延びるためには顔を出せないから、フェイスマスクをかぶることになります。その潜入捜査員が、人質の居場所を突き止めました。ゲリラ以外でそれを知っているのは彼だけです。彼を支援してください〟。こうして彼女は、あらゆる潜入捜査の土台となる、名は明かせないが信頼はできる、という論法をもって、彼を売りこんでくれたのだった。ホフマンではなく、ハラルドソンでもなく、スー・マスターソンが担当しているDEAの潜入捜査員のひとりとして。身元が割れれば本人や家族が死ぬことになる以上、潜入捜査員の名を明かさないことは生命にかかわる重要事だ。同様に、クラウズ部隊の隊員たちも、公の場に姿を現すときには黒いフェイスマスクをかぶる。賄賂になびくことのない、匿名の存在でいつづけられるように。居場所を特定されることも、脅されることも、影響を及ぼされることもないように。というわけで、身元を明かさないのが前提、というのは、べつに妙でもなんでもなかった。むしろそうでなければおかしかった。そして、詳細にわたる説明が終わりにさしかかったいま、もうひとりのピート・ホフマン——体を離れ、七人の精鋭兵とそのリーダーを遠くから見守っている男——は、どうやらこの七人は自分を信頼してくれているようだ、と判断した。人質を救出するため、自分に付き従って力を尽くす用意があるようだ、と。とはいえ、これはリーダーが自身を救出するための作戦でもある、とまでは認識していない。檻を開けてやるのと引き換えに、殺害対象者リストから自分の名前を削除させようとしている、などとは。

知ったら驚くことだろう。

15：27（出発、オフロード車）

ホフマンは時計をチェックした。十五時二十六分。設定時刻の一分前で、胸の中の秒針がやや穏やかになった。

ヘリの操縦士がまだいないので、部隊が移動するための車の荷台には、それぞれ装備を身につけた隊員七名に加え、カヤック七台と複合艇を載せるスペースもじゅうぶんにあった。全員が任務に集中し、無言で座っている。割りこんでくる音はひとつだけ――一行が到着して以来、頭上五千メートルのところを行ったり来たりしてカラマルの電波通信を妨害している、クラウズ部隊の航空機〝ホークアイ〟の音だ。カラマルの住人がもし、ホフマンの隊の存在に気づいたとしても、それをゲリラに伝えてあらかじめ警告することはできない。任務が完了するまで、あらゆる電話での通信、無線通信、コンピュータ通信が妨害される。

ピート・ホフマンは運転席にひとりで座っていて、道連れはとなりに広げて置いてある地図だけだ。約一時間、おおらかな目で見れば道路と呼べないこともない道を走り、その後、はるかに狭い未舗装路を二十分、ジャングルの中の道なき道を三十分走った。

アマゾン川の支流であるバウペス川、そのまた支流のひとつへ。

次なる段階へ。

17：21（到着、川）

また時刻を確認した。十七時二十五分。設定時刻から四分遅れている。

すさまじい暑さだ。すさまじい湿気だ。

頭の周囲では、ヘヘネスと呼ばれる吸血バエの大群が落ち着かなげに飛びまわり、血を求めてブーン、ブーン、ブーンと迫ってくる。前方にも、後方にも、ゴム、サプカイア、ブラジルナッツ、イチジク、マホガニー、そのほか名前も知らないさまざまな木が生い茂り、その木々が蔓植物で結びつけられて、通り抜けられない植物の壁、分厚く閉ざされた扉となっている。出発点として選んだのは、川の中にできた小さな潟湖のような場所で、そこで一行は大きなゴムボートに液体を積みこんだ――一方の二十五リットル容器には水が、もう一方にはキューバエスプレッソのコラーダが入っている。それから、医療用品――

—ふつうの救急箱に加えて、モルヒネ、血清、破傷風ワクチン、抗血液凝固薬。さらにここで銃や弾薬、マチェーテを配ってから、戦闘用カヤックを水上に押し出した。

ほんの数秒で激流に引きこまれ、一行はバランスを保つのに苦労しながらも流れに乗って進んだ。アマゾン熱帯雨林の肺と血管が、その暗い心臓のさらに奥へ彼らを運んでいく。無数の支流がつながりあった、世界最大の河川系。その力で、動物たちの生育環境が支えられている——肌を刺す吸血バエの群れがその表れだ。やがてそれが肌を刺す蚊の群れに変わった。

太陽が沈みはじめ、はるか遠くへ広がる緑のカーペットが、天との境のあたりから徐々に色を変えていく。

手つかずの自然。

手つかず、などというものがあればの話だが。

ピート・ホフマンは腕の力を駆使してパドルを動かし、カヤックを操りつづけた。牽引している大きなゴムボートに追いつかれることだけは避けなければならない。その重さで水中に引きこまれないともかぎらないからだ。水の中では死が待ち伏せている。長さ七メートルのアナコンダ。ワニ、ピラニア。ここを訪れる人たちがみな、遭遇した経験がなくとも好んでほら話を語る、カンディルと呼ばれる肉食魚。流れの中を泳ぎまわり、水中で小便をする人に近づいていって、尿道や膣に侵入してトゲを刺し、そこにとどまって血や組織を喰らいつくすといわれている。

一時間近く移動を続けたところで、ホフマンは背後のどこかから鞭でなにかを打っているような音が聞こえることに気づいた。流れの速いところから抜け出してスピードを緩め、薄暗がりの中で音の源を探す。あそこだ。カヤックが一台、木の幹に、いや、岩かもしれないが、とにかくなにかに衝突し、名前のわからないクラウズ部隊の隊員、ホフマンが五番と呼ぶことにした男が水流の渦にはまって、彼のカヤックにあいた穴から水が噴水のように噴き出している。船が力を失って底へ沈んでいく一方で、彼はホフマンがゴムボートの牽引ロープにくくりつけておいた命綱をつかみ、自分の救命ベストに空気を吹き入れた。何度か息をし、何度か手で水を掻いているうちに、吸いこまれそうな急流に運ばれてゴムボートに近づき、すぐ脇までたどり着いた。縁を両手でつかみ、ぐいと上半身を引き上げて、そこで一息ついて力を溜めてから、もう一度、ぐいと押す。ようやく全身が持ち上がった。ピート・ホフマンがカヤックから、人差し指と親指で円をつくって〝大丈夫か〟と尋ねると、牽引されているゴムボートに乗りこんだ五番は〝大丈夫〟と親指を立ててみせた。

18：31（上陸、ベースキャンプ）

さらに何キロか進んだところで、ピート・ホフマンのGPSが警告してきた——次の大きなカーブの向こうに、彼が以前エル・メスティーソとともに上陸した、あの地点がある。生き残った戦闘用カヤックはすべて、ゴムボートとともに、水音を立てて激しく流れる急流の部分を離れて、音もなく岸へ向かった。陸に足をつけた瞬間、ホフマンは時計をチェックした。十八時三十九分。さらに四分の遅れ。カヤックの衝突事故のせいだ。遅れはいまや計八分、もうこれ以上は遅れられない。むしろ時間を先取りしていかなければならない。時刻が設定されている次の段階は、川からベースキャンプを経由して囚人収容キャンプへ移動することだ。これを予定より迅速に済ませなければならない。

一行は協力しあって荷物を下ろし、だれも名前を知らない木の曲がりくねった根にゴムボートをくくりつけると、カヤックを一台ずつ、広大な水路の中央へ押し出した。カヤックは急流にとらえられて猛スピードで数キロ漂流し、川が狭く、浅くなったあたりでバラバラになって底に沈むだろう。

ホフマンはこの場所をよく覚えていた。キャンプに詰めている連中が水浴びをしていた、岩ふたつのあいだの狭い空間。あのときと同じ〝ポトリージョ〟も見える。今日救出するために戻ってきた人物を拷問するため、エル・メスティーソと彼がクリストバルの案内で上陸した場所。あのときは明るかったが、いまは暗い。それでも、どんな場所だったかは細かいところまで覚えている。クリストバルがマチェーテを持って先に立ち、ベースキャンプへの二百二十歩を進んだことも。それから、その先へ歩いていったことも。

全員が戦闘用ハーネスと暗視ゴーグルを身につけ、銃に弾を込めてサプレッサーを取りつけ、ジップタイや医療用品を配った。

「準備はいいか？」

ピート・ホフマンはささやき声だった。それでもなお、その声は湿った空気の中であちこちを戯れた。同じように小さな声が答え、やはり同じように戯れた。

「はい。はい。はい。はい。はい。はい。はい」

八人はまとまった一列となって、絡みあった根にブーツを引っかけてつまずいたり、垂れ下がった蔓植物にぶつかったりしながらも、それなりに踏み固められた小道を進んだ。ベースキャンプまであと五十歩のところで、ホフマンは立ち止まった。前にここに来たとき、キャンプの見取り図を頭の中にスケッチし、記憶に刻みつけた。住居やキッチンとなっている小屋《カレタ》の数々、便所《チョントス》、キャンプの右端で自然な境界線をかたちづくっている急な下り斜面。完全武装したゲリラ兵士十五人と、見張りたちの配置も覚えている。ほぼ正方形をしたキャンプの四隅に、見張りがひとりずつ。さして高度な訓練を受けた連中ではない。若さとやる気は満々だが能力はなく、彼が引き連れてきた精鋭兵にはとうてい太刀打ちできない。ここで戦闘に入っても簡単に勝てるだろう。だが、そうすると作戦は失敗に終わる。自分たちが来ていることがばれて、千二百歩先の囚人収容キャンプに警告が行ってしまうからだ。そこでホフマンは七人を先導して小道を離れた。生い茂る植生の中へまっすぐに入っていき、キャンプの右側を半円形に迂回する。マチェーテを使い、下り斜面の底の低地を目指して新たな小道をつくる。鍛え抜かれた十六本の腕をもってしても、時間も労力もかかる仕事だ。しかも音をたてるわけにはいかない。低地にたどり着くと仕事のペースが上がった。自然の高い壁のおかげで、音が漏れる心配が減ったからだ。数百メートル進むのに、三十分強。やがてキャンプの反対側の小道にたどり着いた。また一列になって進む。次なる小休止は道半ば、ホフマンが前回の訪問のとき、夜中にこっそりやってきて、正確な座標、緯度と経度を測定した場所だ。あのときは暗視ゴーグルもなく、よろよろと、ときおりつまずいたり転んだりしながら、囚人収容キャンプからこの空き地への六百十二歩を進んだ。

「全員、残っている飲みものの少なくとも半分を飲んでくれ。エネルギー補給だ。次に足を止めるのは戦闘のときだからな」

スチール製の水筒に入った水とコラーダを飲む。伸びをする者もいれば、銃を調整する者もいた。

それから、また歩きはじめた。目標に近づいていき、歩数をカウントダウンする。音をたてずに忍び歩く。獲物を驚かせまいとする森の狩人のごとく。

19：21（到着、囚人収容キャンプ）

また時計をチェックした。十九時三十二分。ベースキャンプを迂回したせいでさらに遅れてしまった。計十一分の遅れ。これを取り戻さなければならない。空白の時間に一秒でも遅れたら、すべてが無駄になってしまう。だが同時に、焦りは努めて追い払った。人質救出を準備し、実行するには、冷静沈着でなければならず、柔軟性も必要だ。焦って近道をすることが攻撃成功につながるケースはめったにない。

一行は残りわずか二十歩のところで立ち止まると、それぞれのトランシーバーを調節し、イヤホンを右耳に入れた。クラウズ部隊の隊員たちが慎重に身をかがめ、地面に伏せ、それぞれの担当位置まで進んでいるあいだに、ピート・ホフマンは前回来たときに〝第二の目印〟と定めた木に向かって忍び歩いた。サプカイアの木で、幹のはるか上のほうに枝や葉が茂っている。狙撃銃を携え、三分の二ほどまですばやく登った。高さ二十メートルはありそうだ。ここからなら、人質救出作戦を実行しているあいだ、キャンプ全体のようすを把握できる。ここに詰めているゲリラ兵士たち十二人の姿も、クラウズ下院議長が閉じこめられている檻も見えた。隊員たちとの通信もできる。ホフマン以外の隊員たちは、作戦が終わって人質が自由の身になるまで、ひとこともしゃべってはいけないことになっている。七人がなにか答えるときには、あらかじめ決めておいたパターンに従って送信ボタンを押す決まりだ。

ホフマンは枝の先のほうへ這っていった。ここだ、ここがいい。座り心地は安定しているし、下がよく見える。銃はすでに組み立ててあり、発砲時の支えもしっかりしている。重苦しい熱気と高い湿気に対応するため、最後の調整——スコープの調整用つまみを一目盛りだけ、右へ。

完璧だ。

準備は整った。

ささやき声で、最初の呼びかけ。

「一番から二番へ、位置についたか？」

答えの代わりに、カチッという短い音が、二度。二番は位置についている。ジャングルの中へ、まっすぐ七メートル入ったところ。司令官の小屋《カレタ》がよく見える場所だ。

「一番から三番へ、位置についたか？」

カチッという音が、三度。キャンプの便所《チョントス》から南に五メートル、やや小高くなった場所だ。

「四番、確認を」

カチッという音が、四度。檻にこれ以上は近づきようのない位置で、どこより危険な場所だ。攻撃を開始するのはこの四番の役目で、まず檻の見張りを倒し、そのあとはクラウズを見張り、守り、解放することになっている。

「五番、六番、七番――確認を」

ホフマンのイヤホンの中で、カチッという音が、七度。五番、六番、七番はグループになっていて、ゲリラ兵士たちの食堂の裏にいる。少なくともホフマンはあの建物を食堂と呼んでいる。兵士たちが集まるときに使う小屋《カレタ》だ。

「われわれは、いま……十分半遅れている。時計を合わせよう。十九時三十五分……〇秒。それから、忘れないでくれ――司令官はかならず生かしておくこと」

全員が位置についた。カウントダウンの開始だ。

「幸運を祈る。あと三十秒」

ピート・ホフマンは木に登る前、地面にいたときからすでに、暗視ゴーグルをはずしていた。長距離では役に立たないからだ。そこでいま、代わりにズボンのサイドポケットから暗視望遠鏡を出し、それでキャンプのようすを確かめ、兵士たち七人がそれぞれいるはずの位置を探った。訓練を受けた狙撃手の目にも、彼らの姿は見えなかったし、気配すら感じられなかった。

「あと二十秒」

さらにキャンプのようすを探る。クラウズ部隊の隊員がいるはずの五か所のうち、一か所に銃口を向けてみる。スコープではなにも見えない。そこで、調整用つまみのすぐ上にある小さな赤いボタンを押した。赤外線スコープ。黄緑色をした人間の輪郭を、じっと見つめる。便所代わりの穴のそば、ジャングルの中に数メートル入ったところで、ひざをついて、じっとしているのが見える。

スコープをキャンプのほうへ戻した。いちばん大きな建物、食堂へ。

そこに、テントの薄い布の内側に——黄緑色の輪郭が、五つ。

狙撃銃はこの位置から動かさないつもりだ。

「あと十秒」

目を閉じ、三度、鼻でゆっくり深呼吸をした。

「あと五秒、四、三、二、一……」

19：25（攻撃、突入）

自分の声の残響が消えた瞬間、人質の檻のすぐ後ろで、鈍い銃声がふたつ響いたのが聞こえた。次いで、イヤホンの中から、すばやいカチッという音が四回。四番が檻の見張りを倒したのだ。改造サプレッサーに合わせた亜音速弾の残響は、鬱蒼と茂って音を遮断する植物によって、一デシベルも残すことなく捕獲されていくだろう。四人収容キャンプが倒されているあいだ、ベースキャンプにその音は聞こえない。

残り十一人。

赤外線スコープで、ホフマンは食堂にいた五人が立ち上がり、銃をつかんで、布に覆われた質素なドアから駆け出したところを目にした。そして、ひとりずつ倒れていくところも。五番、六番、七番に背中を撃たれたせいだ。

残り六人。

もっとよく見えるよう、さらに枝の先へ少し進む。銃は司令官の小屋《カレタ》に向けた。すると、彼も中から飛び出してきた。叫びながら。

「敵襲だ！　檻のそばの爆弾をぶっ放せ！」

だが、あまり遠くへは行けなかった。二番に右腿と右腕を撃たれて、司令官はばたりと地面に倒れた。これで彼は銃を使えなくなった。こいつを死なせてはいけない。まだ。

残り五人半。

ピート・ホフマンは暗視望遠鏡に切り替えた。これからは、クラウズ下院議長を閉じこめた檻のまわりで、すべてが起こるだろう。キャンプの北側の二隅を見張っていた見張りたちも、そちらへ——人質がいる檻のほうへ走っていく。だが、そこには仕掛け線がある。それで手榴弾が爆発し、その力で地雷が爆発する仕組みだ。襲撃を受けた場合に、人質も、その救出のためにやってきた敵も同時に殺せるよう、組みあわせて仕掛けてあった爆弾。PRCの所有物を解き放とうとしても無駄だ、かならず死ぬことになる、と知らしめるための仕掛け。果たして、見張りはふたりとも急に立ち止まり、自動銃を構えて、檻の前のぬかるみに銃口を向けた。地雷を撃って爆発させるためだ。が、引き金を引く間もなく、ふたりともばたりと倒れた——ピート・ホフマンのいる木の上から、ちょうどなんの障害物もなく撃てる角度だったから。

残り三人半。

暗視望遠鏡で、はっきり見えた。キャンプの南側のほうから、ゲリラ兵士たちがまとまりのないグループとなって忍び寄り、ゆっくりと檻に近づいている。そこに、静かな銃声。便所の穴の向こうから三番が撃ったのだ。中ほどにいたやや背の高い兵士に弾が命中した。残ったふたりがすぐさま退却していく。ホフマンはもはや暗視望遠鏡では彼らを追いきれず、また赤外線スコープに切り替えて、まず司令官の小屋に銃を向けた。だれもいない。質素な住居用の小屋に銃を向ける。だれもいない。最後に銃を食堂に向け、銃口でその壁をゆっくりとたどった。

あそこだ。あそこに退却したのだ。

黄緑色の輪郭がテントの布の内側に見える。深い紫色の奥で漂う亡霊。これでしばらくは安全だと、見つからないと思いこんでいる。

ピート・ホフマンは息を吸いこみ、狙いをつけ、二度引き金を引いた。

残り、半人。

またキャンプの暗闇をなぞるように銃を動かして、色のついている体が七つあることを確かめた。予定どおりの位置で熱を放っている生命体。それから、死んで微動だにせず横たわっている、しかしまだ熱を放っている体をかぞえた。十一体。それから、さらにふたつ。

同じ黄緑色。

司令官と、クラウズ下院議長だ。

ほかに熱源はない。漂う亡霊はもういない。

ホフマンはマイクの位置を直し、隊員たちのイヤホンに自分の声を伝えた。

「全員片付いたぞ」

枝があるところでは一メートルずつ下り、木の幹だけになったところで力を抜いて地面へ滑り下りた。檻へ目をやると、二番が仕掛け線を除去し、手榴弾と地雷を処理している。四番がたった一発の銃弾で、竹の格子に巻かれた鎖を固定している簡素な南京錠を破壊した。

自分は、あそこへは行かない。まだ。

その前に、べつの人間に会うつもりだ。半人に。

人に一生治らない傷を負わせながら誇らしげにしていた男、人間の尊厳を奪いながら笑っていた男。そいつがいま、キャンプ中央のぬかるみに倒れている。血を流しながら這いつくばっている。

ピート・ホフマンは男の腕をつかんだ。撃たれて怪我を負った右腕のほうを。ぐいと引き上げ、地面にひざをつかせた。

司令官は痛みのあまり悲鳴をあげた。

ホフマンに頬を平手で打たれるまで。

「わめくな。おまえはもう存在しないから、声も聞こえない。わかったか？」

答えはない。ただ、キャンプ内を引きずられて下院議長の檻へ向かうあいだ、小声ながらも激しくうめいている。ホフマンはそのうめき声が大きくなるたびに立ち止まり、司令官のみぞおちを蹴った。

「言っただろう？　わめくなと」

檻にたどり着く。それは開いていた。

四番と五番に支えられて、人質が外に出ようとしている。

「もう安全です、セニョール・クラウズ」

明らかなスペイン語訛りのある英語を話してみせる。下院議長には、この姿を見て、この声を聞いて、クラウズ部隊のメンバーだと思ってもらわなければならない。疑問を抱かせてしまうと、それは疑念に変わるおそれがある。ホフマンが率いているこの一隊、命を預けてもいるこの一隊には、これからも、黒いフェイスマスクの下に隠れているのは無名の人間だと思ってもらわなければならない。死刑宣告を受けた、法に守られない立場となった潜入者ではなく。

「ここからお連れします、セニョール・クラウズ。あなたのお国へ、あなたの同胞のもとへ」

あたりに散らばった死人。実弾の入った銃を携えた、見知らぬ男たち。それでも、クラウズは怖がっているようには見えなかった。戸惑い、疲れ、打ちひしがれている。だが、怖がってはいない。ほんの短いあいだにひどく傷つけられて、すべてをあきらめ、受け入れてしまった人間だ。

ピート・ホフマンは肩から斜めに掛けていた革のホルスターを緩め、拳銃を出して下院議長に渡した。

「弾は入っていますし、安全装置も解除してあります。司令官はあそこです、セニョール・クラウズ」

下院議長はこちらをじっと見つめてきた。銃を受け取ろうとするそぶりはいっさい見せなかった。

「それは……どういうことだろうか」

「あいつは生かしておいたんです。あなたのために」

ティモシー・D・クラウズは、自分の前に差し出された男、処刑のまねごとをし、拷問し、自分の命をくずのように扱った男を、ちらりと見やった。

「なぜ？」

「こいつがあなたになにをしたか、俺は知っています」

クラウズは司令官をまじまじと観察した。彼のうめき声に耳を傾け、ズボンの布を腿に貼りつかせている血を見つめ、それから上腕の中央に穴のあいている上着を見つめた。そちらの血は、軍服の中にとどまったまま、体の下のほうへ流れているらしかった。

やがてクラウズは軽く首を横に振った。

「ありがとう。だが、やめておくよ」

ピート・ホフマンは拳銃をショルダーホルスターにしまい、ボタンをとめると、司令官に向かって身をかがめた。先のとがった黒いブーツに手を伸ばす。チリン、チリンと音をたてる磨きこまれた拍車、両側に赤く輝く石の入っている星形のそれを、両手でつかんで、ぐいと引くと、痛みのせいか、それとも屈辱感のせいか、司令官はまた叫んだ。ホフマンは拍車をふたつとも、クラウズ下院議長のズボンのポケットに入れた。

「あとで心もとなくなったときに、思い出せるように――勝ったのはあなたです」

それから司令官が首に巻いていたスカーフをほどき、また結んだ――が、巻いた先は彼の開かれた口と後頭部だった。檻へ引きずっていき、中へ突き飛ばし、両手両足を鋭いジップタイで縛りあげた。格子扉を閉め、そこもジップタイを使って固定した。この男が外に出られるまでには時間がかかるだろう。

三番、五番、七番が便所の向こうからやってきた。竹で新しくつくった簡素な輿を運んでいる。六番が薄いズボン越しにモルヒネ注射をクラウズの尻に施し、隊員たちは力を合わせてクラウズを輿に乗せた。

順番にふたりがかりで下院議長を運びながら、来た道を戻りはじめた。ジャングルの中の空き地でしばし休憩し、ピート・ホフマンはそのあいだに、すべてが計画どおりに進んでいることを確かめた。ベースキャンプに近づいていくと、人の声が聞こえ、こういうキャンプにかならずある、木に固定されたテレビの音、パチパチという雑音も聞こえてきた。さっきつけたばかりの道をたどって、ゆっくりと半円を描くようにキャンプを迂回し、防音効果のある低地に下りて、キャンプの反対側へ。川に向かってさらに進んだ。ゴムボートにたどり着くと、曲がりくねった根にくくりつけてあった縄をほどき、下院議長をボートに乗せて、自分たちも乗りこんだ。流れに逆らい、三十ノットで二十分。ここですぐにエンジンをかけるしか選択肢はない。ベースキャンプに音が聞こえてしまう。だが、ベースキャンプから川までは距離があるし、ボートの性能を考えると、たとえ追っ手が現れたとしても、これから追いつくのはとても無理だろう。

20：31（到着、ヘリコプター）

攻撃、徒歩での移動、ボートでの移動には、合計で六十六分を予定していた。一行はこれを六十一分で終えた。五分稼げたが、まだ六分遅れている。

ピート・ホフマンはヘリコプターへ、いつでも飛び立てる状態で待機している操縦士のもとへ急いだ。そのあいだに隊員七名は、あらかじめ決めておいたとおりヤシの木立に入り、鋭い棘のある幹の陰に隠れた。ヘリが戻ってきて彼らを部隊の兵営へ運んでくれるまで、ここで待機するのだ。ホフマンはひとりきりで旅を続ける。

まず、クラウズ部隊の新司令官に伝えてもらったリストに記したとおりの装備が揃っていることを確認した。水中そりと水中スクーターがあるのを確かめると、片方の麻袋の中身に移り、ひとつずつ順番に取り出して検分する。口元を覆う呼吸用マスク、ダイビングマスク、循環式呼吸装置《リブリーザー》二台、グリース、血圧計の腕帯に、長さ十五センチのプラスチックチューブ。もう片方の麻袋の中身も——一包みの爆薬C-4、防水バッグ、強力な磁石ふたつ、全自動のソードオフ・ショットガン、タンデムハーネス、厚さ三ミリのクロロプレンゴム製ウェットスーツ、腕時計ほどの大きさのダイブコンピュータ、そして最後に、袋のいちばん底に入っていたもの、浮力制御ベスト。

全部揃っている。あとは下院議長だけだ。

ピート・ホフマンは彼をしっかり抱え、ともにヘリに乗りこんだ。何度も倒れそうになる体を支え、ブランケットや温かい布団に包んでやり、麻袋ふたつのあいだの空間に寝かせた。意識はあるが、まだモルヒネで朦朧としているようだ。

離陸すると、操縦士はヘリの角度を変え、風との兼ね合いで最適な位置を探してから、ホフマンが入力した座標に向けて舵を切った。そして、一時的に自分の上官となった男のほうを振り返った。

「行き先はこれで間違いありませんか？　小さな島ですが」

「ああ」

「コロンビア北西岸、少し沖に出たところ？」

「そのとおり」

「それだと……二時間四十五分かかりますね」

「予定どおりだ」

23：16（到着、ティエラ・ボンバ島）

ヘリの窓から見下ろす景色は、実に美しかった。かすかに内側へカーブを描いた島の北西岸、その線に沿って延びる白い海岸。島の北端の町からはかなりの距離がある。ヘリは海に突き出た桟橋を目指してゆっくりと下降した。外界から守られた港となっているそこに、小さな漁船が三艘ある。操縦士は狭いながらも少しひらけた草むらに巧みに着陸した。ここからはもう、ヘリで移動することはできない。だれにも発見されることなく、たったひとりでクラウズを送り届けなければならない。死刑宣告を受けた身で近づいていき、あえて姿を見せるなど、殺してくれと頼んでいるようなものだ。操縦士の力を借りて装備をヘリから下ろして漁船へ運んだ。一見なんの変哲もない、ごく質素な船。グレーンス経由でマスターソンと約束したとおりだ。船尾の防水シートの下に、あるべきものが確かに用意されていた——炭素繊維の糸を入れた散弾実包四つ、ロシアの潜水艦の音を収録した防水MP3プレーヤー、セシウム137の入った容器。クラウズ部隊の地元ルートでは集められなかったものばかり。

二時間四十一分。これで四分稼げた——遅れは二分だ。ヘリが離陸し、ホフマンは下院議長が船まで歩くのを、中に乗りこむのを手伝った。モルヒネの効果が薄れてきたのか、クラウズは前よりも意識がはっきりしているように見える。考えをまとめることができているようだし、前ほどろれつがまわらない話し方でもない。

「きみは……どこの人間なんだ？」

「あとにしましょう、セニョール・クラウズ。あなたが安全な場所にたどり着いたら。そうすれば、疑問への答えも出ます」

「もう一度訊く。きみは、どこの人間だ？」

いい傾向だ。ホフマンは黒いフェイスマスクの下でひとり微笑んだ。怪我のせいで体は思うようにならなくても、下院議長の頭の冴え、知性は損なわれていない。この声は、打ち負かされた人間の声ではない。尊敬されている政治家の声、他人に話を聞いてもらえることに慣れている人間の声だ。

「下院議長どの、あなたを救出した兵士たちは、あなたの名を冠した部隊、クラウズ部隊の所属です」

クラウズは船べりに座ろうとしたが、あまりうまくいかず、立ったまま船べりに背をあずけると、ホフマンに目を向けた。安定した、答えを求める視線だった。

「クラウズ部隊。そうか。気のせいかもしれないが……私たちは……会ったことがあるだろうか？」

「クラウズ部隊の隊員には全員お会いになっているでしょう」

「そういう意味ではない。きみは……きみのことは、知っているような気がする。声ではない。声は聞いたことがあるかどうか、よくわからない。だが、きみの動き方。上っ面の視察で挨拶しただけではない気がする」

ピート・ホフマンには雑談をしている暇はなかった。だが、応じるしかない。クラウズに疑いを抱かせてはならない。彼を救出したのはほかならぬクラウズ部隊のメンバーなのだと納得し、おとなしく従ってもらわなければならない。抵抗されたり抗議されたりしては困る。救出作戦を指揮した臨時隊員が、実は彼の仕事仲間が敵の主要人物とみなしている十三人のひとりである、という事実は、すべてが終わったあとになって初めて知るべきだ。

「あとでかならずわかります、セニョール・クラウズ。しかるべき時が来たら。いまの時点で知るべきことはただひとつ、俺があなたの味方だということだけです。俺はあなたが生き延びられるよう、あなたを救出したのだということ。あなたの命は俺にとって、俺自身の命と同じぐらい大事だということ。俺が生きるための前提ですらあるということ」

クラウズは汚れたぼろぼろのシャツをまとった腕を伸ばし、ホフマンの黒いフェイスマスクを軽く引っぱった。

「じゃあ、これは？」

ピート・ホフマンは彼の手をそっと、しかし決然と押しのけた。

「クラウズ部隊のルールどおりです。あなたご自身も策定に参加された」

「だが、取ってほしいと私が頼んだら？」

「それは、任務が終わってからの話です」

軍用水筒はホフマンの腰に掛けてあり、まだ一デシリットルほど水が残っていた。彼は革手袋をはずし、指の二本欠けた左手をあらわにした。クラウズがそれをじっと見ているのを感じる。カプセルふたつはベストの胸ポケットに入っていた。鎮静催眠薬、ペントバルビタール。ホフマンはそれを水筒の中に入れ、溶けるのを待った。

「これを飲んでください、下院議長どの」

クラウズは首を横に振った。ぼさぼさの湿った髪が、額やこめかみに貼りついている。

「断る」

「眠るだけです。そうしなければ、この救出作戦の最終段階はうまくいきません」

ホフマンは金属の水筒を差し出した。

「俺を信用してください、下院議長どの。あなたの命と俺の命がかかっているんです」

クラウズはしばし逡巡したのちに飲んだ。不本意そうに。その気持ちをあえて見せつけてくることも忘れなかった。ほどなく彼は寝入り、ピート・ホフマンは彼が眠っていると確信できるまで待ってから、また同じ胸ポケットに手を入れ、一時間分のプロポフォールを出して、下院議長の腕にそれを注射した。ひじょうに強力で危険な麻酔薬だ。したがって今回用いた量は、たとえば外科手術に際して麻酔をかけるときの適量とされる量より少ない。つねにプロが見張っているわけではない以上、死のリスクは最小限に抑えなければならなかった。作戦のこの部分を二時間から一時間に短縮したのもこのためだ。予定どおりに実行するのは難しくなるが、下院議長が生き延びる可能性を高めるには、こうするしかなかった。

片方の麻袋から呼吸用マスクと循環式呼吸装置《リブリーザー》を出し、眠っているクラウズの頭にかぶせて、機材を彼の腹の上に置いた。そして、酸素供給のつまみをまわした。リブリーザー12は、ホフマンが扱ったことのある中で最も高性能だ。古い型と比べると、もっと深いところまで潜れるし、行動できる時間も長い。

水中そりは透明で、まるで中が見える棺桶のようだ。ホフマンはその蓋が密封されるよう、ゴムパッキンにグリースをていねいに塗った。クラウズはもともとわりに細身で、しばらく檻に閉じこめられていたせいでさらに数キロ体重を失っていたので、彼をそりまで運んでいって横たえるのは、想像していたよりもはるかに簡単だった。

眠った下院議長が水中そりにおさまったいま、これから数分で成形炸薬弾をつくらなければならない。

戦闘用ベストの片方の胸ポケットには、睡眠薬と麻酔薬が入っていた。もう片方には、雷管と、長いこと探してやっと見つけた、直径四センチの銅製の円錐が入っている。カルタゴで偶然、美術品や小さめの彫像を専門に売っている骨董品店で足を止めたときに見つけた。カウンターの奥の乱雑な棚に、ちょうどいい大きさのものがあったのだ。ホフマンはその外側に、プラスチック爆薬C‐4をかなり分厚く、均等に塗りつけ、その上に長さ十五センチのプラスチックチューブをかぶせて押しつけた。約三センチ分が円錐そのものを覆っていて、残る十二センチは、爆発による衝撃を狙った標的に到達させるための道だ。爆弾の効果を最大にできる距離がこれだった。最後に、セシウム137の容器を銅の円錐の中に入れ、指の爪ほどの大きさの粘度状パテで先端の内側に固定してから、防水バッグに入れた——全自動のソードオフ・ショットガンや、自ら考案した炭素繊維糸入り実包、磁石ふたつとともに。

クラウズの準備はできた。成形炸薬弾も用意できた。

あとは、自分の装備だ。

身につけていたものをすべて脱ぎ、裸の皮膚を合成繊維の新たな皮膚で覆った。厚さ三ミリのクロロプレンゴム製ウェットスーツ。ふつうのダイビングスーツに比べると格段に薄いが、この任務では体の動きをなるべく制限されないようにしたい。それに、北ヨーロッパの冷たい水に潜る訓練を積んだ人間にとって、カリブ海の水は季節にかかわらずじゅうぶん温かいのだ。浮力制御ベストともう一台の循環式呼吸装置《リブリーザー》を頭からかぶり、腰や脚のベルトを締めると、酸素タンク、二酸化炭素を除去する石灰ソーダの入った容器など、同じ空気を何度も繰り返し吸えるようにするための装置を背負っているにもかかわらず、動きに支障はないと感じた。防水バッグを右肩にかつぎ、やや文字盤の大きすぎる腕時計のようなダイブコンピュータを左手首につける。時計、コンパス、GPS、水深計に加え、水面に上がらなければならないときに警告してくれる自動ダイビング・ログ機能が搭載されたものだ。

目的地は水深約十メートルのところにある。だが、そこまでの道のりは、主に水深二、三メートルのところを行く予定だ。したがって、水中スクーターに自分が乗り、クラウズを乗せた水中そりを引くのは問題ないだろう。両側にハンドルがついていて、プロペラは円形のカバーに覆われている、丸い小さな乗りものだ。バッテリーの持続時間は二時間。六ノット強の速度で行けば、四十五分で目的地にたどり着ける。

最後にもう一度、クラウズのようすをチェックした。呼吸は穏やかで規則的だ。腕に巻いた血圧計で、全体的な体の状態と脈拍数がわかる。そりの透明な蓋を閉めたとき、彼は深い眠りの中にいた。

さて、と。

どんなに時間に追われていようと、このひとときだけは確保しなければならない。しばらくのあいだ、じっと座る。今回は船べりに上がり、そこに座った。こういう状況にぶち当たるたびに、切り抜ける助けとなってくれた、ひとつの儀式。

鼻から息を吸いこみ、口から息を吐き出す。

任務を頭に思い描く。

鼻から息を吸いこみ、口から息を吐き出す。

23：43（水中）

目的地の座標はダイブコンピュータに入力してある。起動するとディスプレイに矢印が現れ、向かうべき方向を示してくれた。ダイビングマスクに唾を吐き、隅々まで唾液をこすりつけてから、顔に装着した。酸素供給をオンにする。循環式呼吸装置《リブリーザー》のマウスピースを装着する。

二十三時四十四分。一分の遅れ、これを取り戻さなければならない。

水中スクーターをしっかりと握り、体を後ろに倒す。体とスクーター、眠る下院議長を乗せたそりが水中に落ちて、ドボンとやわらかな音がした。水面に浮いている状態から、水深二メートル半のところまで潜り、浮力調整の準備をする——浮力制御ベストに空気を入れて、重さのない存在になるのだ——それから水中スクーターを発進させ、一定の巡航速度まで上げていった。スクーターは期待どおりの働きぶりで、ほとんど音もなく走ってくれている。空母の音も、それを囲む護衛艦隊の音も聞こえそうな静けさだ。音は水中を伝わり、八キロ離れたところまで届くだろう。

零時十三分——三十分弱移動したところで、ホフマンは水深二メートル半にとどまったまましばし停止し、クラウズの血圧が一〇〇／八〇のまま変わっていないことを確かめた。それから防水MP3プレーヤーのスイッチを入れ、手を放す。沈んでいくそれを見送りながら、録音によって完璧に再現されている、空気を吐き出すロシアの潜水艦の音に耳を傾けた。潜水艦が魚雷の発射口を開けようとしている、そんな錯覚をもたらす音だ。ややあって、水上で空母を護衛しているコルベット艦と、水中で護衛している潜水艦が、音の源へ向かおうとしているのがわかった——ただの録音にすぎない、偽の音源へ。

零時二十九分——水中に入ってから四十五分後、腕に装着したダイブコンピュータが強く震動し、目的地がすぐ近く、百メートル先にあることを知らせてきた。空母ドワイト・D・アイゼンハワー。確かに、鈍くうなるエンジン音も聞こえてくる。ピート・ホフマンは暗闇の中、さらに七メートル下へ潜っていくと、空母の船殻に沿って水中スクーターを操り、船首のほうへ、そこにある原子炉のほうへ向かった。

00：32（到着、船）

00：32：11。

設定時刻より、十一秒の遅れ。空白の時間が始まるまで、あと四分五十秒だ。

船のエンジンにたどり着いたところで、ホフマンはダイブコンピュータを無視し、アナログのコンパスに頼ることにした。タービンは磁石で動いているから、見つけるにはコンパスの針を使うのがいちばん楽だ。船体のまさにその部分に、放射性物質であるセシウム137を搭載した成形炸薬弾を仕掛ける。

百八十秒後に爆発するよう設定してあり、ホフマンはカウントダウンを開始した。これだけ時間があれば、計画どおりの位置に問題なく向かえる。そこに着いたら、炭素繊維糸を十本ずつ仕込んだ装弾が四発入った全自動ソードオフ・ショットガンを、防水バッグから取り出す。そして、それを手に、水中から空気のあるところに出るのだ。

00：37：01～00：40：00（空白の時間）

00：36：46。

起爆まで、あと二十秒。空白の時間まで、あと十五秒。切れ目のできる時間。この三分間は、衛星がいっさい重なりあわない。つねにそこにある監視の目の中で、このときだけは見えない存在になれる。

間に合った。

00：37：01、水面から出て真っ先に目に入ったのは、乗組員が島《アイランド》と呼んでいるものだ――航空母艦の心臓部である塔、艦長や戦闘司令官がいて、アンテナの森がついている構造物。同時にはるか下のほう、水深十メートルのところから、〝ジュッ〟となにかが焼けたようなかすかな音が聞こえてきて、爆発が起きたのだとわかった。直後、甲板でサイレンが鳴りだした。その直後、電子音声がスピーカーで〝放射性物質漏出、放射性物質漏出〟と繰り返した。その直後、乗組員がそれぞれ緊急時の担当位置を目指して走り、放射性物質の漏出に対応しようとした。実際には、放射性物質は、組み立てられ起爆されたばかりの成形炸薬弾の中にしかないのだが。

厳しい訓練を受けた、有能な乗組員たちだ。全員が与えられた仕事に集中しているが、全自動ソードオフ・ショットガンにアンテナを撃たれないよう見張る、などという仕事はだれにも与えられていなかった。ピート・ホフマンは水面で浮いたり沈んだりを繰り返しながら、銃の安全装置を解除し、発砲した。四発。なにかを鞭で打ったような銃声が響いたが、サイレンや警報の音にかき消された。炭素繊維の糸が空へ向かっていく途中で、まるで鉤頭虫《こうとうちゅう》のように、パラボラアンテナや送信アンテナに絡みつくのが見えた。

これで通信は断ち切られた。

ホフマンは散弾銃を水中で手放し、海の底へ沈んでいくにまかせた。炭素繊維の糸がアンテナの森に絡まっているかぎり、この航空母艦はレーダーやＧＰＳ、ソーナーを使うことができない。しばらくのあいだ、周囲の世界から切り離される。

00：38：03。

空白の時間が終わるまで、あと一分五十七秒。

乗組員が、戦うべき相手は放射性物質の漏出ではない、といつ気づいてもおかしくない。いつ炭素繊維の糸が発見され、空母の通信と監視が再開されるかわからない。その瞬間が来てしまったら、もう戻ることはできなくなる。生き延びることはできなくなる。

ピート・ホフマンは防水バッグからきわめて強力な磁石ふたつを取り出した。防水包装を引き剝がし、磁石のバッテリーのスイッチを入れる。眠るクラウズがおさまったそりを引き寄せると、プレキシガラスの蓋を開け、呼吸が安定していて規則的であることを確認した。少なくともあと十五分、二十分ほどはこのままだろう。

片方の磁石は、船体に、水面のすぐ上に貼りつけた。そこにそりを固定するのだ。もう船体につけた磁石は、そりの内側、クラウズの脚と壁のあいだに押しこんだ。蓋を閉め、そりを船体につけた磁石に向けて押しやる。成功だ。引きあう磁石の力で、クラウズの入ったそりはその場に固定され、巨大な船の陰でうまい具合にゆらゆらと波に揺られている。

00：39：38。

衛星の監視の目がふたたび開くまで、あと二十二秒。

ホフマンは胸にぶら下がっていたマウスピースをつかんで口に運ぶと、まず息を吹きこんで中に残った水を抜いた。ダイビングマスクは首にかけてあり、彼はそれを装着すると、位置を調節してぴたりと顔を覆った。

スクーターのエンジンを始動するつまみをまわし、下へ、水中へ、水深数メートルのところへ戻った。

やり遂げた。

三分間。三秒間に比べたら、永遠のような時間だ。

クラウズと水中そりを手放したいま、ティエラ・ボンバ島への帰路は、往路よりもはるかに短い時間で済むだろう。その中ほど、空母からの距離と漁船からの距離が同じぐらいになったところで、ホフマンは一瞬だけ水面に出てスー・マスターソンに電話をかけ、〝交換材料、係留完了〟と二言だけ伝えて、すぐに電話を切るつもりでいる。そのあとは彼女が電話をする番だ。大統領首席補佐官と、副大統領へ。申し合わせどおりに、約束を果たしてもらうため。

第四部

口の広い、深さのある陶製のカップから、湯気が立っている。中に入っているのは、あいかわらず見た目はなんの変哲もない熱い飲みもので、ごくふつうの茶のように見えるが、そうではない。アグアパネラ。サトウキビと水だ。エーヴェルト・グレーンスがこれを初めて味わったのもここだった。コロンビアに到着した翌日のこと。照明のあまり届かない、暗い隅のテーブルで、ひと口だけでも味わってみるようピート・ホフマンに説得された。以来、すっかり病みつきになっている。コーヒーほど頻繁には注文していないかもしれないが、それに近い。それはつまり彼の場合、相当な量を飲んでいるということだ。

いま、グレーンスはまたもや〈ガイラ・カフェ〉のカウンターで、ペソ紙幣と引き換えに、湯気を立てる飲みものの載ったトレイを受け取っている。これを飲むのはもちろん、美味いからだ。が、それだけではない気もする。こんなふうに、いつものブラックコーヒーとは違うものを飲んでいると、ちょっと冒険をしている気分になれる。それに、今回は――そうだ、晴れの日ではないか！　大いに祝うべき、めでたい日なのだ。

グレーンスは前回とはべつの隅にあるテーブルにトレイを運んだ。注文どおり、カップの縁までなみなみと中身が入っているが、一滴もこぼすことはなかった。席に着く前に、もう一度確認する――大丈夫だ、やはりこの席なら、天井近くで金属製のアームに固定されているテレビがちゃんと見えるし、音も聞こえる。彼は片方のカップをテーブルの反対側に押しやった。

「アグアパネラだ。おまえの好きなやつ。今日みたいな日にはぴったりだな！」

ピート・ホフマンはカップを見つめたが、手に取りはしなかった。

「どうも。ご親切に。だが、グレーンスさん、今日みたいな日には、むしろコーヒーが必要ですよ」

また立ち上がって中身の違うカップを取りに行く前に、グレーンスはひと口だけアグアパネラを飲んだ。飲みながら、相手を観察した。喜んで浮かれているように見えるが、それでいて、ひどく疲れきっているようにも見える。自分より一世代は若いのに、いま、この場では、同年代のように感じられた。ホフマンはひげを剃っておらず、こちらを見る目は充血していて、硬く座りにくい椅子に沈みこむようにして座っている。無理もないことかもしれない――この男はまず、隅々まで統制のとれた攻撃を実行して、世界中が話題にし、血眼になって探していた人質を救出した。それから、わずかな空白の時間を利用して、世界の最先端を行く航空母艦を戦闘不能状態に陥らせ、下院議長を無事送り届けたのち、また水中を移動してティエラ・ボンバ島の出発点まで戻った。それから漁船で本土に渡り、レンタカーで夜中から昼間まで十七時間にわたって運転を続け、午後五時をまわる直前、ボゴタ市街地にあるカフェの、竹でできた風変わりな入口から、ふらりと店内に入ってきた。人の命をその腕に抱えていた人間、これで自分の命も失わずに済むと知った人間は、確かにこういうふうに見えるものだろう。

「ほら、コーヒーだ。正真正銘のブラック、真っ黒もいいところだぞ。味より効果のほうが大事なら」

グレーンスは新たなカップをふたつ持って戻ってくると、両方をホフマンの前に置いた。

「これで番組が終わるまでは起きてられるな」

警部は自分の手元にあるカップの片方を掲げてみせ――彼のところにもカップがふたつあるのだ、砂糖とビタミンCのたっぷり入ったカップが――ホフマンも同じようにカップを掲げるのを待った。ふたりは互いにうなずきあい、無言で乾杯した。祝いの杯だ。これからまもなく、いまひとつ安定していないあの壁のテレビのチャンネルを替えて、全世界で放映されているニュース番組を見る。ふたりが力を合わせて成し遂げた仕事の成果を確認する。

カップ半分のコーヒー。もう半分。

ピート・ホフマンは熱いものが体を満たしていくのを感じた。新たなエネルギーが湧いてくる。だが、両手がまず小刻みに、やがてがくがくと激しく震えだしたことにも気づいた。向かい側の警部がそれに気づいたのもわかった。

「夜中じゅう、ずっと運転してたんですよ、グレーンスさん。こんな真っ黒なのを、バケツ一杯ぐらい飲みながら。中枢神経が直撃される」

彼は微笑み、また乾杯しようとカップを掲げた。さらに両手が震えた。

恋しくてたまらない。妻。息子たち。もうすぐ会える。仕事は終わった。いや、ほぼ終わった。少なくとも、約束どおりの仕事は果たした。だが、仮住まいのあのアパート、家族が待っている、自ら築きあげたあの隠れ家《セーフハウス》に、直接向かう勇気はなかった。自分を殺したがっている連中は、あの売春宿に自分が出入りしていることを突き止めて攻撃を仕掛けてきたのだ。彼らがどこまで知っているのか、ほかにどんな動きを把握しているのか、自分の名前があのリストから公式に削除されるまでのあいだ、ほかにどんなことを仕掛けてくるか、まったくわからない。ああ、安全だとわかったら、すぐに、大急ぎで駆けつけよう！　ホワイトハウスでの記者会見の生中継を見たら、すぐに。ティモシー・D・クラウズ米国下院議長が救出され、帰国した件についての記者会見だ。本人がカメラの前に姿を現すという情報もある。

ピート・ホフマンはテレビに手を伸ばし、チャンネルのつまみをまわしてCNNを探した。あと数分で始まる。いまはニュースの要約が流れていて、カリフォルニア州の野火の映像が、オーストラリア西岸沖での航空機墜落事故の映像に切り替わった。ホフマンは左にある小さめのつまみで音量を下げた。いまのところは映像だけで事足りる。

「もうすぐですよ、グレーンスさん」

「もうすぐだな、ホフマン」

警部がテーブルに身を乗り出し、顔を近づけてくる。

「このテレビ中継が終わったら、俺はもう、ストックホルムの警察本部の狭い部屋に帰っていいのかもしれない。ホフマンの名が殺害対象者リストから消されたら、任務完了だ」

だれにも聞かれないよう気をつけているのかもしれない。ウェイターが厨房へ消えたいま、ふたりの周囲にはいっさい人がいないのだが。

「だが、俺の仕事はもうひとつある。ハラルドソン一家も帰れるようにすることだ」

「もうその必要はありません」

「そう指示されてる」

「俺はもうすぐ、死刑を宣告された身ではなくなる。急ぐ必要もなくなる。ソフィアは帰りたがってるが——俺はとても、帰って終身刑を受ける気にはなれない。刑務所に行ったことはありますか、グレーンスさん？」

「あるよ。スウェーデンの刑務所には、仕事でちょくちょく行ってる。三十年以上前からな。ひとつ残らず訪れた」

「あなたは刑務所に行く。でも、帰ってくる。閉じこめられて暮らしたことはないでしょう。高さ七メートルの塀の内側、鍵のかかったスチール扉の内側、七平方メートルの空間で、何日も、何週間も、何か月も過ごしたことはない。それじゃあわからないはずだ、生きないってのがどういうことか——そういうもんなんですよ。刑務所では、人は生きない。時間の流れに参加できない。時間はただ消えていくだけ、消化されていくだけだ。延々と、ひたすら待つだけなんだ」

ピート・ホフマンはテレビ画面を横目で見やった。シリア内戦の映像が、EU外相会合への抗議デモの映像に切り替わる。あと二、三分だ。

「終身刑ですよ、グレーンスさん。死ぬまでずっと待ちつづけろと？　そんな気力はない。

そんなことは望んでない。ここで生きながら少しずつ死んでいくほうがましだ」

「だが、おまえの連れ合いはどうなんだ？　同じ考えか？」

「説得できることを願ってます。まだ」

「終身刑と言ったな。それに比べたら、ここで生きつづけるほうがましだ、と。どちらも逃れることはできなくもないぞ」

警部は緊張し、興奮している。いま待っているテレビ中継だけが原因ではない。昨日から温め、練り上げてきたアイデアのためでもある。

「次にスウェーデンへ送られる大量のコカインについて知りたい。場所、時間、ルート」

「スウェーデンへ送られるコカイン？」

「そうだ」

「なぜ？」

「俺は警察官で、これが警察官の仕事だからだ。犯罪を暴くこと」

ホフマンはあまり関心を示していない。だが、耳を傾けてはいる。

「こういうことだ――おまえは俺に、次の輸送についての情報をたれこむ。イギリス経由だろうと、スペイン経由だろうと……とにかく目的地がスウェーデンであればなんでもいい。そういう仕事は得意だろう。で、俺はおまえの情報を使って、しかるべき人間に掛けあって、解決策をひねり出してやる。そいつは歯向かってくるだろうが、結局は俺の言うとおりにしたほうが得だと悟るだろう。解決策ってのはつまり、おまえは罰を受けることにはなるが、短い罰で済むってことだ。連れ合いや子どもたちとまたいっしょに暮らせるようになる」

「さっき言ったこと、聞こえなかったんですか？　もう刑務所に入る気力はないんだ。それに、スウェーデンの警察ともアメリカの警察とも、もう協力するつもりはない。ろくな結果にならないから。そうでしょう？」

「刑法には、終身刑の条件のひとつとして〝著しい冷酷さ〟とある。おまえの行動は、冷酷さからはほど遠い。情状酌量の余地がたくさんあると俺は思う。なんとかしてやる。計画はもうあるんだ。しかしな、おまえのたれ込みがなければ実行はできない。ホフマン、ここは俺を信用してもらうしかない。俺はスウェーデンの警察官でもアメリカの警察官でもない——エーヴェルト・グレーンスだ。約束は守る」

テレビの映像が乱れた。ストッキングが伝線していくようすに似ていた。ホフマンがテレビの側面を軽く叩き、つまみをいくつかまわすと、乱れは急に消え、映像はふたたび、完璧とは言えないまでも、それなりに鮮明なものになった。

「閉じこめられるのはもうたくさんだ。それなら死んだほうがましです。ソフィアにもわかってもらうつもりでいます――死刑宣告が取り消されたいまなら、きっと大丈夫だ」

さらにあてもなくつまみをまわしたりボタンを押したりしていると、べつの周波数に合ったらしく、映像がさらによくなった。

「もう、なにもかもうんざりだ。わかりますか、グレーンスさん？　自分の人生に背を向けて、べつの人生を手に入れたら、今度はそっちの人生に背を向けられた。利用された。いい気分とは言いがたい。もう警察にはさんざん尽くした」

「ホフマン……」

「それに、俺はスウェーデンでも死刑を宣告されてる身ですよ。たれ込み屋として知られちまってる。いちばん憎まれるたぐいの人間だ。スウェーデンのふつうの刑務所で、無防備なたれ込み屋が安全に過ごせる場所なんてひとつもない。俺はあなたたちのためにムショに入って、隔離房に逃げたが、なんの役にも立たなかった。完全隔離区画、〝穴蔵〟でもだめなんだ。どこに行っても、俺の正体を暴いた連中の手が伸びてきた。だからここに来たんじゃないか、忘れたんですか、グレーンスさん？　あなたも俺を死なせようとしたくせに？　ラ・ピコタ級のムショじゃなきゃ入れませんよ」

「ラ・ピコタ？」

「ここボゴタにある、アメリカに移送される予定の連中を入れる特別刑務所です。警備レベルは世界でも十本の指に入ります」

エーヴェルト・グレーンスはホフマンの腕に手を置きかけた。だが、やめておいた。本来そういうことは苦手なのだ。

「よく聞け。おまえがアスプソースにいたころ、スウェーデンの刑務所で起きた殺人事件は九件あった――うち二件はおまえのしわざだが。いまは状況が違う。とくに身の危険がある連中のために、新しい区画がつくられた。あのときおまえの身に起きたことを受けて、制度が変わったんだ。ホフマン法、と言ってもいいかもしれんな。官庁がもっと責任を負うべきだ、横の連携が足りない、って話になった。それ以来、塀の中で殺人事件は一件も起きてない。その新しい区画に入れば、それ以外の区画の連中からはほんとうに守られるんだ。で、釈放されたあとは……もう身の危険はない！　おまえがくれた情報をもとに、うちの警察がポーランドの警察と協力して、おまえが潜入したポーランド・マフィアの一派を根絶やしにしたんだ。ヴォイテクはもう存在しない。したがって、おまえに危害を加えることもない」

グレーンスは声のボリュームを下げた。

「それから、もうひとつ」

あいかわらず、周囲に人はいないというのに。

「その区画にはいま、同じように相当な身の危険にさらされてる人物が、ふたり入ってる。警察の幹部ふたりだ。嘘の情報を使って、俺を操って……おまえ自身がさっき言ってたとおり、おまえを撃ち殺すよう仕向けた。それで有罪になった」

ホフマンの疲れた顔、その真ん中にある充血した瞳が、ぎらりと光った。ほんとうに光って、覚醒した。

「警察の幹部、というと……警察庁長官と……ヨーランソンですか？」

「ああ」

「で、俺がスウェーデンで短い刑を受けることになったら、俺は、その……そいつらと同じ区画に入れられる？」

「そういうことになるな」

突如、集中力の増した瞳。そのまなざしがどんな思考とつながっているか、グレーンスは察することができた。自分を逃亡生活へ追いやった連中に会いたい――ホフマンは折に触れてそう思ったことだろう。だれにも見られていないところで、対等な立場であいつらに会いたい。そうすれば、この地獄のような三年間を埋めあわせることはできないまでも、その痛みを多少和らげるぐらいはできるのではないか。

いまだ。

ニュース番組が終わった。そして、ホワイトハウスでの記者会見の特別生中継が始まった。

「とにかく俺を信用してくれ。いまから十分後にはもう、おまえは殺害対象者リストから消えてる。そうしたら、おまえの帰国に向けて動こう」

ピート・ホフマンは肩をすくめた。〝約束はしませんよ〟という意味なのかもしれない。テレビの音量を上げる。ややくぐもった音ではあるが、じゅうぶん聞こえた。

短いテーマ音楽。

テレビ画面の上端に〝速報〟の文字。エーヴェルト・グレーンスが――ほんの一週間ほど前の話なのに、まるでべつの人生で起きたできごとのようだ――スウェーデンの警察本部で、ウィルソンに見ろと言われて見たアメリカのニュース番組、あれと同じだ。そして、これもやはり同じように、べつの文字列が逆方向にまわっている。内容も逆だ――〝下院議長、救出作戦により解放される〟

ホワイトハウスの外観。ホワイトハウスの内部。そして、演壇。グレーンスは、アメリカの大統領、FBI長官、CIA長官を順に認めた。この三人が出席することは想定していた。だが、もうひとつ、見たことのない顔があった。画面のいちばん右、軍服姿の男。高官らしいことが勲章や階級章から読みとれる。

「グレーンスさん」

「なんだ」

「あの男。軍服の。俺がやった救出作戦と、あいつになんの関係が？」

質問ではなさそうなこの言葉に、エーヴェルト・グレーンスが答えている暇はなかった。カメラがひとりひとりの名札をクローズアップで映し出したので、ホフマンは立ち上がり、テレビに近づいていった。最後に映ったのが、右端の男の前にある名札だった。マイケル・クックという名前らしい。

「クック？　グレーンスさん、こいつ何者ですか？」

今回も、エーヴェルト・グレーンスに答える間は与えられなかった。これもおそらく質問ではなかったのだろう。カメラのピントが調節されて、名前の下の小さな文字列が見えてきたが、ホフマンがテレビのすぐ近くにいて画面を隠していた。とはいえ、グレーンスが少し横に体を傾ければ、読むことはできた。

〝デルタフォース司令官〟

「デルタフォースだって？　グレーンスさん」

ピート・ホフマンはテレビ画面を平手で激しく殴りつけた。

「ちくしょう！　いやな予感がする！」

グレーンスは、もうすぐ死刑宣告から解放されるはずの男がテレビ画面へ近づいていったのを、じっと見守っていた。まるで中に入りたがっているかのようだ。中の演壇に立って、すべてを最初に知りたがっているかのよう。

「ホフマン――平静でいられないのはわかる。だが、もうすぐなにもかも終わるんだ」

グレーンスの背丈は、はるかに若いホフマンとあまり変わらない。彼はホフマンの両肩に手を置いて座らせようとした。力ずくではなく、そっと、気持ちを込めるように。

「肩の力を抜いて見てろ。ホフマン、ずっと闘いつづける必要はない。ときに人生はいいもんだ。とくに、いまは――いまこそ、そういう瞬間だ」

ピート・ホフマンはグレーンスの手に肩を押されてゆっくりと沈んだ。鼻から息を吸いこみ、張りつめた唇のあいだから空気を絞り出した。六回。

「あの男があそこにいるのはおかしい。わかりますか？　グレーンスさん、なにかが間違ってる」

カメラが大統領に移った。大統領は膨大な数の視聴者を明らかに意識した態度で、マイクに向かって進み、少し高くなった演台の縁をつかんだ。カメラのピントが合うまで待ち、世界中のテレビをじっと見つめると、ゆっくりと、生き生きと語りはじめた。夜中に電話が鳴って起こされたこと。電話の向こうの疲れきった、しかし落ち着いた声がだれのものか、すぐにわかったこと。それで安堵と誇りを感じたこと。

そこで彼は微笑んだ。目元にまで届く笑みだった。選ばれて記者会見場に集まったジャーナリストや報道対策アドバイザーも、ともに微笑み、大統領は先を続けた。

「このような結果が得られたのは、われわれが最高の人材を送りこんだからです。わが国の精鋭部隊、デルタフォースを」

カメラはいま、軍服の男を映している。クックという名の少将。画面に映った彼はなにも言わず、こくりとうなずく。信頼に値するという印象。

「やっぱり！」

ホフマンがテーブルを叩くと、コーヒーカップも、それよりやや大きいティーカップもひっくり返った。

「グレーンスさん――やっぱりだ！」

立ち上がった彼に、もはや疲れは見えず、憔悴の跡は微塵もなかった。こんなふうに怒る人間を、エーヴェルト・グレーンスはひとりしか見たことがない――自分自身だ。

別人になるほどの怒り。自意識が失われるほどの怒り。

そして、ホフマンは去っていった。出口へ。決然たる足音が床を鞭打つ。

そのあいだに、テレビの映像は切り替わっていた。大統領の顔から、ヘリで撮影された録画映像へ。暗闇の中に果てしなく海が広がり、プロペラの鈍い音が聞こえる。カメラが機内に向けられ、担架のようなものに半ば横たわっている人間が映った。なにかにさいなまれているような苦しげなようすだが、瞳の奥には冷静さが見える。

ティモシー・D・クラウズ下院議長だ。

「ありがとう」

弱々しいが、しっかりと落ち着いた声。

「私は生きています。もうすぐわが国の国民のため、公務に、私の任務に戻ります。粘り強く務めを果たしてくれた同僚に、優秀かつ有能なクラウズ部隊に、心から感謝します。そして、私の居場所を突き止め、救出作戦を率いて完遂し、同胞のいる安全な場所まで送り届けてくれたデルタフォース隊員に、とくに感謝を」

下院議長は目を閉じ、映像はまたホワイトハウスに切り替わった。記者会見の焦点は、人質が救出された安堵と喜びから、醜悪なテロ集団への報復続行を示す映像に移っている。殺害対象者リストに残っている十人の名を記した図像が、副大統領の肩の斜め上に映し出されたあたりで、グレーンスはホフマンが最初から予感していたことを理解した。

自分たちが交渉してつかみ取ったと思っていた申し合わせが破られたのだ。世界最大の民主主義国を代表する面々が、誤った決断を公に撤回しなくて済むよう、事態の経緯を書き換えた。彼らが雇っている潜入者ピート・ホフマンはいまもなお、雇い主の殺害対象者リストに載っている。彼はこれからも追われ、命を狙われつづける身だ。

夕方近くに行われたドメニコ・ホセ・ペラルタとの会談は、今後を決する内容だった。交渉が続くか、それともまた決裂するかの瀬戸際だった。そして、彼女は成功した。ほかに類を見ない提携協定の文言が、ついに決まったのだ。過去の長官のだれも成し遂げられなかった快挙。スー・マスターソンが自分自身や仕事の成果に満足することはめったにないが、いまは満足だ。あとはメキシコ連邦警察《ポリシア・フェデラル》の長が白い紙のいちばん下に署名し、彼女と握手を交わしさえすれば、その瞬間からアメリカとメキシコの警察官たちは、国境の両側で連携しながら動くことになる。公にも、内密にも。これまでにはなかったこの協力体制で、メキシコの麻薬カルテルの実態をはっきりさせ、物品を没収して、カルテルの力を弱めることができるだろう。クラウズ・モデルの力の矛先は、麻薬の生産だ——この協定で、流通に焦点を当てる。

スー・マスターソンは時計を見た。

なんと。

記者会見。ホフマンが申し出た、命と命を交換する取り決め。何日か前に自分が交渉して勝ち取ったもの。彼女は失礼を詫び、書類やペンをブリーフケースに放りこんだ。ペラルタはうなずいて微笑み、手を振った。同じように満足げだった。

DEA本部の二階にある会議室を、ほとんど駆け足で飛び出した。階段へ。そちらのほうがたぶん早い。三階分を上がる足取りは軽かった。うれしくてたまらない。コカイン生産の幅広い基盤が、コロンビアやボリビア、ペルー、エクアドルにある事実は、これからも変わらないだろう。だからこそホフマンのような潜入捜査員たちがそこに配置されている。その生産の大動脈を切れば、コカインという名の血はろくに巡らなくなる。そしてつい さっき、彼女は次なる大動脈を切りはじめたところだ。生産者と消費者を結びつける地理的なつながりを。

五階。長官執務室はドアを七つ隔てたところにある。記者会見はもう始まっているが、たぶん、まだ終わってはいないだろう。

テレビはドアと本棚のあいだの壁に取りつけてある。彼女はリモコンをテレビに向け、机に向かって腰を下ろした。胸の中で激しく脈打っているこれは、急に走るはめになったせいだろうか。それとも、交渉がひとつまとまったいま、やはり成功したべつの交渉の成果を見ることに、飛び跳ねたいほどの喜びを感じているからだろうか。

幸運だった。生中継はまだ終わっていない。だが、ほぼ全員がすでに話を終えたようではあった。ひょっとしたらクラウズ本人も姿を見せたのかもしれない。その予定だったと聞いているが、いまは姿が見えない。画面にいま映し出されているのは、副大統領の肩の斜め上、殺害対象者リストを表した図表だ。

十人の名前。

スー・マスターソンはもう一度かぞえてみた。

十人の名前が残っている。九人のはずなのに。十人ではなく。彼女は身を乗り出し、画面上をゆっくりと下へ流れていくリストに目を凝らした。あった。ハートの七。

〝きっと手違いだ。

彼の名前を消すのを忘れただけだ〟

リストが画面から消え、カメラが演壇をゆっくりと端から端まで映して中継が締めくくられた。トンプソン副大統領とペリー首席補佐官がシチュエーションルームから戻ってきて、USBメモリを返し、約束してくれたときのことを思い出す。その約束の内容を、あの少々くたびれた暗い店で、グレーンス警部に伝えたときのことも。あのときはふたりとも、口に出す必要もなく、同じ感情を共有していた——自分の罪を脱ぎ捨てる直前、もっとも強く襲ってくる感情を。

「もしもし?」

無意識のうちに、副大統領の私用電話にかけていた。

「もしもし。あの……スー・マスターソンですが」

そして、気づいた——トンプソン副大統領はいま、あのカメラと同じ場所にいる。この会見を取り仕切っているペリー首席補佐官とともに、少し後ろのほうにいる。

「スー? ちょっと待って」

副大統領が電話を持ったまま移動しているのが聞こえた。周囲のざわめきがおさまり、ほとんど聞こえなくなった。いったいどこの部屋に忍びこんだのだろう、とスー・マスターソンは考えた。

「いま、記者会見のテレビ中継を見ているんですが」

「私も見ているわよ。現場でね」

いつもどおりの声だ。淡々としている。

「画面に映ったリストですが。間違いがありました。ハートの七を消すのをお忘れになっています」

「そんなことはありません」

「ほんとうです、確かに見ました……ついさっき大映しになっていたんです。彼の名前が残っていました。ハートの七。エル・スエコ」

「私も同じリストを見れたけど、正しい内容だったわよ」

「どういうことでしょう……違うリストを見ていたということですか？」

「スー――そんなことはありえません」

「ですが、私が見たリストには彼の名が残っていました」

扉が開き、閉まったような音がした。副大統領が元の場所に戻ろうとしているのか、それともまたべつの部屋に移ったのか。

「そうよ。どうして残っていてはいけないの？」

「申し合わせをしたからです」

「申し合わせ？」

「そんな……ご存じでしょうに……ハートの七がクラウズ下院議長の居場所を突き止めて、彼を救出し、送り届けてくれたら、あなたがたはそれと引き換えに殺害対象者リストから彼の名を消す。そういう申し合わせです」

「ねえ、スー、いったいなんのことだか……なにを言っているのか、よくわからないんだけれど。申し合わせなんてしていないでしょう」

声。あいかわらず淡々としている。だからこそ、頭にまっすぐ入りこんできた。体を真っ二つに切り裂く鋭い刃となった。

「しましたよ。彼は昨日、自分の義務を果たしてくれました。あなたのオフィスで申し合わせをしたとき、私もそこにいて……」

彼女の一部は、理解することを拒んでいる。だが、ほかの一部は完璧に理解している。激怒し、咬みつき、叫んでいる。

「……あなたもいたし、ペリー首席補佐官もいました！」

「ちょっと……本気で言っているの？　スー？　私のオフィスで？　いつの話？　そんなメモは残っていないのだけれど。もしホワイトハウスの来訪者記録を調べたとしても、なにも記されていないと思うわよ。なにも」

副大統領はまた移動している。ざわめきが近づいてきたので、そうとわかった。

「ねえ、スー、申し訳ないんだけれど、もう戻らなければ。あなたがいま見た記者会見の続きに。デルタフォースの精鋭兵が、クラウズ下院議長の居場所を突き止めて、彼を救出して、送り届けてくれたっていうのよ。信じられる？　すばらしいと思わない？　これで私たちは、まだ残っている敵、生きているべきではない敵の追跡に、あらためて集中できる。私はそこに戻って、作戦の指揮をとらなければならないの」

カジェ96にある〈ガイラ・カフェ〉から、カレラ7の聖イグナシオ大学病院までは、さほど遠くない。首都の住民がハイキングを楽しむ豊かな緑地、モンセラーテの丘に沿って走れば、ほんの十キロ弱だ。が、まだ病院へは行かない。まずは中ほどにある小さな店が目的地だ。チャピネロと呼ばれる地区、横道をいくつか入ったところ。

怒りは残っていない。少なくとも、いまエーヴェルト・グレーンスの中に入りこんでいるらしいそれと、同じ形では。警部はとなりの助手席に座っていて、大声で罵詈雑言を吐き、身を守るすべを持たないダッシュボードをときおりやけになって殴りつける。ピート・ホフマンは、なにも感じていない。なにかを感じている場合ではないからだ。

いい、いい、いい、いい。

つねに、ひとりきり。自分だけを信じろ。

行動しろ。そうやって生き延びるのだ。選択肢は、あきらめるか、続けるか。彼はかならず、続けるほうを選ぶ。

「どこに行くんだ？」

「着けばわかります」

「ホフマン、おい、俺についてきてほしいなら、ちゃんと説明しろ！」

「時間がない。そのうちわかります」

「いくらなんでも……」

「グレーンスさん？　あなたが怒ってる相手は俺じゃない。それは自分でもわかってるでしょう。俺は、あなたに逆らうんじゃなくて、あなたと協力しなきゃならない。あなたの助けが要るんです。そのうち全部教えます。いまはとにかく急がなければ」

落書きに汚された、入口の狭すぎる店の前で車を停めた。かつてはあたりを明るく照らしていたらしい看板も、いまは〈スーパーデリ〉と弱々しく叫ぶにとどまっている。ホフマンはグレーンスに車内で待つよう告げてから、店の中へ足を踏み入れた。棚には、新聞や煙草、野菜、出来合いの食事、パンや菓子がまばらに並んでいて、ところどころが空きになっている。

「セサルは？」

店番の女が、レジの奥のドアを目で示した。

「奥にいるよ」

ピート・ホフマンは店そのものよりはるかに広い部屋に入った。いちばん奥、ガラスの壁で仕切られた雑然とした事務室に、セサルが座っている。ホフマンと同じように服役経験のある男だが、彼のほうがはるかに長く、厳しい罰を受けている。

「友よ、ようこそ、まあくつろいでくれよ」

ふたりはいつもどおり抱擁を交わした。最後に会ってから、まだ二週間も経っていないが――あのときは新しいラドムの拳銃が必要だった。セサルはそういうものをだれより早く手配してくれる男だ。

「今日はどんな用だ？」

「ひとつ手伝ってほしいことがある」

「ペーテル、今週はずっとニュースを見ててな――もちろん、いつだって兄弟のことは助けてやるつもりだよ。おまえみたいに金払いのいいやつは、とくに。だが、これはさすがに……事情が違う」

「わかってる」

「戦争だっていうじゃないか。もし……」

「それは俺が自分でなんとかする。おまえに頼みたいのは、ほんの小さなことだ。小さいが、どうしても必要なことだ。いいか？」

ピート・ホフマンは、数日前から頭を覆っている黒い布を引き剝がした。

「これなんだが」

セサルは微笑み、突き出された頭頂部を少々誇らしい気持ちで眺めた。自分でもこれはうまくいったと思っている。珍しいモチーフだ。過去に描いた、もっとはるかに凶暴そうなモチーフの数々――塀の中でかき集めることのできた原始的な道具で、あらゆるものを針代わりにして、何百もの腕や背中に彫りこんできた刺青とは、まったく違う。自由な、美しい蜥蜴だ。きらきら輝く太い尾が、うなじのほうへ垂れている。こんな刺青はそれまで見たことがなかったが、ホフマンの希望は明確で、けっして譲ろうとしなかった。仕事を終えるのに二晩かかった。モデルも下描きもなく、手だけで少しずつ描いた作品だ。

「これだってすぐにわかったよ。テレビに映った、あのぼやけた粗い映像でも。向こうが握ってるおまえの情報は、ほぼこれだけみたいだな。

一筋縄じゃいかないぞ。時間もかかる」

「セサル――これを消せとは言ってない。もうひとつ描いてほしいんだ」

数分後、独学の刺青師は道具の入った黒い鞄を手に、待機していた車の後部座席に乗りこんだ。助手席で待っていたエーヴェルト・グレーンスは後ろを向き、背はかなり低いが筋肉質な四十歳前後の男と挨拶を交わした。これまでに仕事でちょくちょくスウェーデンの刑務所に行っては顔を合わせてきた、長い懲役刑を受けた連中のことを思い出す——歩き方、立ち方だけではない。そのまなざしに、なにかがくっきりと残っている。閉じこめられている感覚が、頭の奥にいまだ眠っているかのようだ。

ホフマンは車を発進させたが、グレーンスにはまだ目的も行き先もわからない。いったいなにが始まったんだ？　はっきりしていることはただひとつ、自分に与えられた任務——ピート・ホフマン一家を無事に帰国させるという任務が、いまから三十分前に水泡に帰したということ。スーツ姿でずらりと並んだ連中が、ホワイトハウスでの記者会見で、命と引き換えに命を救う約束を破ったからだ。

「ホフマン？　もう一度訊くぞ——いったいどこに向かってるんだ？」

〝予備の計画に向かってるんですよ。

だれかが前提条件を変えてしまった場合にそなえて、方向や道筋が変わってしまった場合にそなえて、用意しておいた場所に〟

「もう一度答えます、グレーンスさん——もうすぐわかりますよ」

エーヴェルト・グレーンスが質問を繰り返す暇はなかった。急ブレーキ。少々速すぎるスピードで急カーブを曲がる。九階建ての建物の前に、赤いコンクリートの階段があるのが見えた。

聖イグナシオ大学病院。ボゴタの大学病院だ。

その通用口から、白衣を着た若い男が車に駆け寄ってきた。

「ベネディクト」

ホフマンは彼と挨拶を交わし、いっしょに乗ってきたふたりに、車を降りてついてくるよう合図した。エーヴェルト・グレーンスは廊下に入ったとたん、においの正体を理解した。簡単なことだ。法医学局や遺体安置所に何十年も出入りしてきた刑事の脳は、この独特のにおい、かすかな化学物質の断片に気づいて、その意味を読みとることができる。エレベーターに乗り、ドアを四つ素通りして、到着した。三段重ねでずらりと並んだステンレスの冷蔵庫。大きさはわりにふつうで、ていねいに番号が振ってある。きつい照明が白いタイルに反射して、まぶしさに目をやられているうちに、遺体安置所の管理人は三十一番の扉を開け、二本の長いレールを引っぱり出した。そこには金属の台と、動かない体が載っていた。

「来てくれて助かったよ、ペーテル。こいつをあちこち動かすのは……そろそろ限界だった。切り刻みたくてうずうずしてる医学生の手にかかりかけてるのを、何度か救い出したよ」

グレーンスは顔を近づけ、この死体がいつごろから保管されているのか見きわめようとした。

なぜ保管されているのかも。

ホフマンも彼の疑問に気づいた。

「もうすぐです、グレーンスさん。もうすぐわかります」

それから、遺体安置所の管理人に向き直った。

「あと二日だけ頼む。そのあとはもう、俺もこいつも邪魔しないから」

死体を目で示し、動かないその胸の上に茶封筒を置いた。

「今日までの分だ。俺がまた戻ってきてこいつを引き取るときに、もうひとつ封筒を渡す。あと、これから四、五時間ぐらい、小さめの解剖室を借りたいんだ。そのあいだ、鍵をかけたドアの外で待っててくれたら、さらにもうひとつ封筒を渡す。同じ額の入った封筒を」

「いますぐ？」

「いますぐだ、ベネディクト」

解剖室の中央にある強烈なスポットライト、その下の台に死体を置いたほうが、仕事はしやすかった。セサルは死人の髪を剃るところから始めた。くまなく剃れるよう、死体の向きをこまめに変えた。それから黒い鞄を開け、針とインク、新品らしきタトゥーマシンを出した。運ぶのも簡単だし、作業もしやすい。ラ・ピコタで使っていた自作の器具とは雲泥の差だ。

「一度も使ってない、滅菌した針だよ。こんなのは必要なかった。多少細菌が入ってもどうってことない客だもんな？」

セサルは笑いながら、前方のキャスターのそばについたペダルを足で踏み、台を、そこに載っている死体を下げた。

「何日か待ったのは正解だったな、ペーテル。すぐあとだと……うまくいかない可能性もある。この死体はもう、いっさい出血しない。死んだあとに刺青を彫られたなんて、だれも気づきやしないだろうよ」

台をまた少し上げ、作業にちょうどいい体勢を探している。

「刺青を入れたかったら、ほんとは死んでからのほうがいいんだ」

台から手の届くところに、同じようにぎらりと光る金属製のサイドボードがある。セサルはそこにさまざまな色のインクボトルを並べ、小さなボウルでインクを混ぜはじめた。

「こいつはもう腐りはじめてるから、皮膚がもうすぐしわくちゃになって、灰色っぽい、いまとは違った色合いになる。だがな、間違いない――この色のインクならうまくいくよ」

　エーヴェルト・グレーンスはそれまで、少し離れたところに立っていた。だれも視界をさえぎっていないので、死体の目にくっきり残っている出血の跡はたやすく観察できた。

「だれだ？」

「あなたは知りたくないと思いますよ」

「だれがこいつを殺したかも、俺の知りたくないことか？」

　セサルのほうがはるかに背が低いので、ピート・ホフマンは少し身をかがめた。ワックスペーパーで蜥蜴の輪郭を写しとるあいだ、頭を動かしてはいけない。グレーンスと目を合わせずにいるためにも好都合だ。とはいえ、目をそらしたところで意味はなかった。警部はそれでも勝手に解釈し、結論を出した。

「ホフマン、確かにこれでわかったよ。おまえがなにをするつもりか。だが、うまくいくわけがない」

「絶対にうまくいく。グレーンスさん、向こうが最初にやることは、こいつをＦＢＩのデータベース、統合ＤＮＡインデックス・システムにかけることだ。だが、そこではなにも見つからない。この男は、さっきテレビで言われてた嘘っぱちとは違って、ほんものの、デルタフォースの隊員です。つまり……極秘情報だ。軍独自のデータベースにしか載ってない。アメリカって国では、あちこちの組織が互いに情報を隠しあってるんですよ。まあ、どこの国も同じことだ。スウェーデンがどうだったか、覚えてるんじゃありませんか？　あなたが俺を殺そうとしたときのこと。あなたは警察のデータベースに載ってた情報をもとに決断を下した。だが、実は警察の中に複数の真実があった」

エーヴェルト・グレーンスは答える必要もなかった。忘れるわけがない。それはふたりとも承知している。グレーンスは台への最後の一歩を踏み出し、死体に手を置いた。遺体安置所ではいつもやっていることだ。死んだ体の片方の脚、その下のほうを、軽くつついてやる。もう生きていない人間を起こそうとするかのように。蹴り返してくるのを期待しているかのように。

どういうことなのかは理解できた。目の前にある死体がたいした証拠にはならないことも理解できた——身長、体重、体格、わかるのはそれぐらいだ。が、少なくともホフマンのそれとは一致している。それに加えて、セサルという名らしいあの男が、まずワックスペーパーから写し取り、それから針を使って少しずつ、死人の頭からうなじにかけて描いている、あの特徴的な刺青があれば、確かに……ありえなくもない、と思えてくる。ふつうの状況なら、これでは足りない。状況証拠にすらならない。だが、死刑宣告を受けてはいるものの、顔の明らかになっていない男と、疑問視されてはならない戦争で、公に成果を挙げなければならない国との組み合わせとなれば——ああ、確かに、うまくいくかもしれない。

蜥蜴の片方の目が描きやすくなるよう、セサルが死体の左側から右側に移動すると、ホフマンは彼の去ったあとに陣取った。そして、狩猟用ナイフをしまってあるショルダーホルスターを開けた。

死人の左手をつかんで引き寄せ、指を二本切断しはじめる。

「そこまでやる必要はないだろう」

グレーンスがホフマンの肩を叩く。

「あります」

「おまえを探してる連中はそこまで知らない。知ってたら、それも特徴のひとつとして公開したはずだ。警察の捜査ではよく、際立った特徴、と呼んでる」

「知ってますよ」

「え？」

「クラウズ下院議長は知ってます」

「クラウズだと？　あいつにはもう関係のない話じゃないか」

「じきに関係のある話になるんですよ、警部」

ピート・ホフマンは、かつてソフィアが彼の指二本にしたのと同じ手順を踏むよう気をつけた。体の一部を切断された経験など、そうそう忘れられるものではない。ホフマンはあらゆる細部を記憶していた。これ以上ないほど近くで見つめ、強烈に味わわされた、すべてを。

狩猟用ナイフで慎重に、骨に刃が当たるまで肉を切り、えぐって穴をあける。ベストのポケットから、ソフィアが使ったのと同じ道具、剪定ばさみを取り出して、骨と、並行して伸びていた腱を、やや短めになるよう切った。それから皮膚を削ぎ、余りそうなほどの断片を残す。切断面にかぶせるためだ。最後に、皮膚の端を組織接着剤で貼りあわせた。

体の一部を切断すると、ふつうは治癒のプロセスが終わった時点で自然に接着剤が取れる。体が自ら手放して捨てていくのだ。今回のケースでは、患者が死んでいるから、治癒のプロセスが終わることはない。それでも、うまく接着すればだれも気づかないだろう。表面は透明だから、なんらかの理由があってことさらに調べないかぎり、なにも見えはしない。

エーヴェルト・グレーンスは、予想だにしなかった巧みさで作業を進めるホフマンの動きを目で追った。身長、体重、体格に、独特の刺青という特徴が加わり、さらにこうして本人と同じように指が切断され、損なわれた左手という特徴までもが追加されている。

ピート・ホフマンは約束どおりに自分の義務を果たしたのに、引き換えに得るはずだったものを得られずに終わった。したがって、次の段階へ進まなければならない――彼に死刑を言い渡した連中に、自分たちはほんとうに彼を殺したのだと信じこませる。そうして殺害対象者リストから彼の名を消させる。向こうは彼の素性を知らず、ぼやけた衛星画像に映っていた特徴しか把握していないのだ。

うまくいくかもしれない。

「考え方は正しいな、ホフマン。そいつが入れてるその立派な刺青で、確かにうまくいったかもしれない。ただ、おまえはひとつだけ細かい点を見落としてる」

やや不安定なテレビの映像で記者会見の中継を見て、カフェを飛び出して以来、初めてピート・ホフマンは動きを止めた。

「なんだって？」

「指紋協定。おまえがスウェーデンを出たころにはまだなかった。ところが、いまはある。アメリカは最近、スウェーデンの指紋データベースを自由に使う権利を手に入れた」

そして、動きを止めたホフマンは、ついにグレーンスと目を合わせた。

「どういうことですか？」

「おまえも、そこの死体も、まだ指が残ってるだろう。したがって、この企みは成功しない。この協定があるせいで、犯罪を取り締まるアメリカの機関はちょっと検索するだけで、おまえの指紋がスウェーデンのデータベースに載ってるかどうか確かめられるんだ。俺の上役どもはもちろん大喜びで、犯罪と闘っていくうえで重要なツールだとかなんとか言ってやがる。だがな、俺はほぼ確信してる——アメリカの捜査官がそうやって欲しい情報を好きに集めても、スウェーデン側の人間がそれをやめさせようとすることはないだろうが、逆にこっちがアメリカの情報を欲しいときにはそうはいかないだろう、ってな。で、向こうはおまえのことを、デンマーク人かスウェーデン人、ノルウェー人、アイスランド人のどれかだろうと推測してる。というわけで、ホフマン、おまえの素性は、そこの哀れなやつの指を切ったときと同じぐらい、簡単に割れちまうってわけだ」

ピート・ホフマンは組織接着剤を少し塗り足して、くっつける箇所をもう一度、指先でなぞった。発見されるはずがない、と確かめるように。

「大丈夫ですよ、警部」

「そいつは確かに、おまえの言うとおり、向こうの連中が閲覧できるデータベースには載ってないかもしれない。おまえもたぶん載ってない。そこまではいい。だが、ホフマン、おまえは有罪判決を受けたことがある。したがって、うちの、スウェーデンの犯罪データベースには載ってるんだ。おまえが指紋をあちこちに残せば、向こうはいずれそいつを手に入れて、おまえをとっつかまえるだろうよ」

「指紋をあちこちに残したりはしない。とっつかまりもしない。だから、比較する材料はひとつもないし、これからも現れない。それに、グレーンスさん——俺はもうすぐ死んだことになるんだ。だれも俺を探しはしない」

エーヴェルト・グレーンスはふと、刺青を入れる作業を続けているセサルがずっとそばにいて、すべてを聞いていたことに気づいた。それを伝えるつもりで、死体と刺青師のほうを目で示してみせたが、ホフマンが声を落とすことはなかった。

「スウェーデン語は通じませんよ。英語もあまり」

「ほんとうだな？」

「ええ。間違いありません。しかしいずれにせよ、どうでもいいことだ——セサルも馬鹿じゃない。俺がしてることの意味はわかってるはずだ。こいつのことは信用してます。ときにはね、グレーンスさん、だれかを信用すると決めなきゃならないこともある。たとえ心の底から信用できるのが自分だけであっても。あなたのことすら信用しているでしょう、俺は」

ホフマンはグレーンスに微笑みかけ、グレーンスも微笑み返した。いい気分だった。

「というわけで、グレーンスさん。なぜあなたがここにいるかを話す時が来ました」

声のボリュームは変わらない。エーヴェルト・グレーンスはどうも落ち着かなかった。

「ほう?」

「あなたの役目は、俺をアメリカ大使館に届けることです」

「なんだと?」

「俺は死んだわけだから」

「つまり、俺に……そいつを届けろと?」

「そういうことです」

「まず中に入れてもらわなきゃならない。そのあとは俺の言うことを信じさせなきゃならない」

「そうですね」

「つまり……あれがおまえだと信じさせろ、と?」

「ええ」

グレーンスは強烈な照明をうっかりまっすぐ見てしまい、目がくらんで、死体のそばへ移動した。

「死人を冒瀆する行為に加担するつもりはないぞ」

「グレーンスさん……こいつは俺を殺そうとしたんです。その前にはあなたが俺を殺そうとした」

「俺は警察官だからな。その前に、ひとりの人間でもある」

「俺を殺す権利が自分たちにあると判断したあの時点で、俺が生き延びる方法をあんたたちが倫理的にどうこう言う権利は消滅した。なにが正しいかを決めるのはもう、あんたたちじゃないんだ」

　エーヴェルト・グレーンスは死体の両脚を引っぱりながら考えにふけった。そもそも自分がここに来た目的は、ホフマンが生き延びるための闘いに手を貸すことだ。それに、あの申し合わせに真っ向から唾を吐いた連中への怒りは消えていない。彼は肩をすくめた。

「ほんとうに、うまくいくと思うんだな？」

「警部――うまくいくとわかっています」

　携帯電話はグレーンスの上着のポケットに入っていた。彼はそれを出し、電源を入れて、数歩後ろに退がった。

　死体の全貌が、携帯電話のカメラにおさまるように。

「いいだろう、ホフマン。やってやろうじゃないか」

落書きに覆われた石壁の壊れたネオンサインは、夜の暗がりの中ではよけいに見えにくかった。〈スーパーデリ〉。エーヴェルト・グレーンスは助手席の窓を開け、店の中をちらりとのぞきこんだ。がら空きになった商品棚に囲まれて、前と同じ椅子にいまも座ったままの女店員が見える。こんなお粗末な隠れ蓑で、中の扉の奥で展開されている真のビジネスを、どうして疑われることなく隠せるのだろう、とグレーンスは考えた。

ピート・ホフマンは入口の前でセサルと心からの抱擁を交わし、彼の助けに礼を言って、あらかじめ決めたとおりの額がドル札で入った封筒を差し出した。

「要らないよ」

セサルはホフマンの手をそっと押し返した。

「今回は俺のほうが払わなきゃならない側だ」

「なにを言ってるんだ、受け取ってくれ。おまえがいなかったら、俺がこれからやろうとしてることはひとつも実現できない」

「わかってないな、ペーテル。俺はな、今日……ああ、一線を越えて突っ走るのも、ときにはいいもんだな。生きてるって感じがする。すごい経験をさせてもらったよ。死体を彫るなんて、なんて言ったらいいか、酒も飲んでないのにこんな興奮、めったに味わえるもんじゃない」

ピート・ホフマンはそれでもかたくなに封筒を差し出したままだった。結局、セサルは彼の手からそれをひったくり、二度折りたたんでホフマンのベストの胸ポケットに押しこんだ。

「さっきのは……いやはや、実に面白い経験だった。おまえの頭に載せた、あの乾いたワックスペーパー、あれによく似た皮膚に彫り物をするなんてな。いつもの習慣で、インクが薄くならないように血を拭こうとしちまってさ。あいつ血なんか出ないのに。それで皮膚がひび割れて裂け目ができた。組織接着剤ってのはそういうのもきれいにくっつけてくれるって学んだぜ。保証するよ、だれも、なにも気づきやしない」

封筒の一部がポケットから突き出ていたので、セサルはもう一度それを押しこんだ。そのままホフマンのポケットにとどまるよう念を押すため、さっきより力を込めていたかもしれない。

「だいたいな、ペーテル、その金はほかのことに必要だろ。ここから出ていくこととかさ」

ホフマンは顔を近づけた。

「受け取ってくれないと困る。もうひとつ、協力してほしいことがあるんだ――小型の爆弾を」

「爆弾？」

「車を吹っ飛ばすための爆弾を頼む」

ふたりとも声のボリュームを落としている。グレーンスに聞こえないように。

「前回みたいなのでいいのか？　それとも、なにか特別な要望でも？」

「リモコンでスイッチを入れられて、そのあとはひとりでに起爆するのがいい。それから、セサル、振動センサーは残しておいてくれ。大事なことだ」

数秒の沈黙。車のほう、中に乗っている年老いた男のほうを探るように見やってから、褐色の瞳をした顔は、ホフマンに向かってゆっくりとうなずいた。

「わかった、ペーテル。十二時間後に、おまえの注文の品をいつも届けてる場所で」

「ありがとう」

セサルは道具の入った黒い鞄を持ち上げ、立ち去る準備をした。

「だれなんだ、ペーテル？」

「それはどうでもいいことだ」

「俺も知ってるやつか？」

「小さな天使を縫いぐるみ人形に変えちまうやつだ」

重い犯罪歴のある男ふたりが、歩道での話し合いをふたたびの抱擁で締めくくっているあいだに、エーヴェルト・グレーンスは車の窓を閉めた。微笑みが浮かぶ。どうやら世界中どこでも同じらしい——犯罪者は、犯した罪が重ければ重いほど、なにかと抱擁を交わしたがるもののようだ。ホフマンはかなりくたびれた界隈をゆっくりと車で抜け、グレーンスはワックスペーパーのこと、死体に刺青を入れることについて考えつづけていた。こんなにも長いこと警察官をやっているのに、いまだに毎日、見たこともない手口に行き当たる。警察の仕事がいくら進歩したところで、犯罪者のほうはすでに先を行っているのだ。

暗い街区がべつの暗い街区になり、チャピネロ地区がフォンティボン地区になり、建物が少し豪華になって、連棟住宅やアパートの共同玄関前に幅の広い柵が現れはじめた。インターネットカフェは地味そのもので、隣接する巨大なビンゴホールの陰に隠れている。建物全体が〈ビンゴ・ロワイヤル〉の文字で輝き、数字を読み上げる司会の声が、開け放たれた窓から襲いかかってきた。

びかけてきた。
「警部？」
エーヴェルト・グレーンスが歩道を半ば進んだところで、ホフマンが車の運転席から呼
「もうひとつ、頼みたいことが」
きびすを返したグレーンスは、自分がほとんど足をひきずっていないことに気づいた。
ここ数日、脚にいつものような痛みがない。寂しい気すらした。暑さのおかげだろうか。
いや、アドレナリンの力かもしれない。自分が責任を負っている人間が、命をかけて闘い、
生き延びるために逃げているのだから。
「あなたのワシントン行きですが」
ワシントンDC。
ほんの少し前まで、アメリカには行ったことがなく、当然、その首都も訪れたことはな
かった。それが一週間も経たないうちに、また行くことになった。結局、そうするしかな
いという結論に達したのだ――グレーンスがエル・スエコとされる男を届けるにあたって、
彼の話を信じるべきだと先方を説得できる人物、そういう影響力のある人物はただひとり、
スー・マスターソンしかいない。アメリカ大使館がグレーンスを招き入れて、彼の話を―
―死体の身元を信じるよう、仕向けることのできる人物。

「どうですか、グレーンスさん——準備はいいですか？」

エーヴェルト・グレーンスは窓から車内へ頭を突っこんだ。ドアをつかめばそれなりにバランスを保てる。

「どうかって？　マスターソンにはまた会って、コーヒーでも飲みたいと思ってるぞ。あちらさんが俺に会いたいかどうかはよくわからないが」

「グレーンスさん、話が終わって、スーがあなたの身元を保証すると約束してくれたら、これを渡してください」

ピート・ホフマンは車のグローブボックスを開け、さっきセサルに押しつけたのと似た封筒を引っぱり出した。だが、よく見ると似ていない。封がしてある。赤い封蠟で。

「マスターソンに？」

「ええ」

「この封蠟は？」

赤く、丸い、つややかな封蠟で、中央になにかの印が捺してある。スウェーデンの警察が犯罪歴のある潜入者に使う、おそらくホフマンにも使われていたであろう封筒にそっくりだ。潜入者の本名が中に入っていて、任務初日にハンドラーが封蠟を施し、日誌とともに保管する封筒。

「どういうことだ？」

「あなたがなにを考えてるかはわかります。だが、これにはべつに、コードネームとか本名とかが入ってるわけじゃない。あなたがいま持ってる封筒、使者が勝手に開けたらすぐにそうとばれるその封筒は、俺からの最後の情報提供です。退職にあたっての、スーへの置き土産ですよ」

「置き土産？　だが……中身はなんだ？」

「例のリストに載ってる、とある人間の残骸を、どこでいつ回収できるか。場所と日時」

「なあ、俺もおまえに頼んだぞ。覚えてるか？　麻薬を押収するための情報が欲しいと。あの腹の立つ生中継を待ってたあいだに。そうすれば国に帰れるかもしれないって話をしただろう。家族ともどもスウェーデンに帰れる。おまえの気に入りの警官どもと同じ、警備の万全な区画に、ちょっと入るだけで済む。ひょっとして、俺の話がよくわからなかったか？　それとも、大事なところを誤解したか？　おまえのスウェーデンでの状況を変えるためには、スウェーデンの警察に情報提供してもらわなきゃならないんだよ。アメリカに、アメリカの警察に情報提供するんじゃなくて」

「覚えてますよ」

「じゃあ、どうする？」

「準備は進めてる。情報は渡しますよ、グレーンスさん。だが、これは……これは、まったくべつのこと――個人的なことに決着をつけるためなんだ。そして、その情報はスーに渡すべきものです」

グレーンスは封筒を受け取り、指先で封蠟を軽くなぞってから、上着の内ポケットにしまった。

「おまえがそう言うなら」

「ええ」

「いいだろう。明日な。聖イグナシオ大学病院の前で会おう。で、遺体安置所に保管してある教材を運び出す」

車はビンゴホールの点滅するネオンサインの向こうへ消え、エーヴェルト・グレーンスは生まれて初めてインターネットカフェのドアを開けた。一時間分の料金を払って、使えるパソコンと、あまりにも色の薄い、だが店主はコーヒーだと言い張る液体の入ったプラスチックカップを手に入れた。そして、暗記している数少ない電話番号のひとつを押した。

これから、約束をひとつ破ることになる――エリック・ウィルソンにつながる手がかり、そこからスー・マスターソンにつながる手がかりを、いっさい残してはいけない、という約束。

だが、話を信じてもらうには、これからしばらく正式な警察官として行動しなければならない。もっと大きな約束――ピート・ホフマンを無事に帰国させる、という約束を守るためには、そうするしかないのだ。

「もしもし？」

寝起きの声。疲労のにじむ、かすれた声だ。

「スヴェン、俺だ」

寝たままの体勢。手探りで電話を見つけたらしい。

「エーヴェルト？」

咳払いをし、横向きになり、すぐそばにいる女性を起こさないよう、ささやき声で話している。

「ああよかった、声が聞けてうれしいよ！」

エーヴェルト・グレーンスの顔に笑みが浮かび、彼はごくりと唾をのみこんだ。その音が電話の向こうに届いていないことを願った。スヴェン・スンドクヴィスト、だれより近しい部下、だれより長いあいだエーヴェルト・グレーンスに耐えている人間。そんな彼に、こちらが感動しているなどと思われてしまってはたまらない。

「おまえときどき、俺の声にはいいかげんうんざりだって言ってないか」

「わからないかい、エーヴェルト……わからないんだろうなあ。心配したんだぞ？　本気で。だって、なんというか……突然いなくなってしまうから。知りあってからずっと、きみが暮らしているも同然だった警察本部から、ある日突然、なにも言わずに出ていってしまったから。隅にエッフェル塔のシールのついた茶色いスーツケースなんか持って」

スヴェンは寝返りを打ってベッドの縁から下りた。冷たい床に裸足を乗せて、夫妻の寝室をそっと抜け出し、暗闇の中で木の階段を下りて、連棟住宅の一階に向かっている。

「いまは夜中だよ、エーヴェルト。わかっていると思うけど」

「夜中？」

スヴェン・スンドクヴィストはこの声をよく知っている。エーヴェルトは本気で驚いたように聞こえた。いまが何時なのか、ほんとうにわかっていないのかもしれない。まあ、いつもそうではある。この上司は、話がしたくなって電話しようと思いついたとたんに電話してくる。電話された側の状況を考えることはない。

つながり、日課、家族のない人間がやりがちなことだ。

だが、エーヴェルトが今回電話をかけてきているのは、いつも好んで寝ている警察本部の古いコーデュロイソファーからではない。電話番号。大気雑音。周囲のざわめき。どこかべつの場所にいるのだ。

「そうか……考えもしなかった？　なるほど、エーヴェルト。時差だな。これで少なくとも、きみがかなり遠いところにいるのはわかった。西か？　東か？　そっちはこれから夜？　それとも、もう夜が明けた？」

「悪いが、スヴェン、この件はまだおまえに関係ない」

　グレーンスは電話を口に近づけた。真剣な話をしようとするときの癖だ。

「いま、どこにいる？」

「うちのキッチン。寒いよ。夜は暖房の設定温度を下げているから」

「じゃあ、すぐに着替えろ。暖かくしろって意味じゃない。車に乗って、街に出るんだ。警察本部へ」

「エーヴェルト？」

「どのくらいで行ける？」

「頼むよ、エーヴェルト、こっちの話も聞いて……」

「どのくらいだ？」

「二十五分。いまなら道は空いている。真夜中だから」

「よし。警察本部に着いたら、メールを一通、ボゴタのアメリカ大使館に転送しろ。だが、そのときには俺のメールアドレスを使え。ストックホルム市警からってことで」

「えっ……はあ？」

「宛先は、ジョナサン・ウッズ。用件は、会見の申し出。写真が一枚ついてる」

「写真？」

「死体だ」

「エーヴェルト？」

「死体の写真だ」

スヴェン・スンドクヴィストはもう、冷たい床を忍び歩いてはいない。水の入ったグラスを持ってキッチンのテーブルに向かい、腰を下ろした。これはまずい。そう確信した。こんなふうに、胃から胸や喉のほうまできりきりと痛み、息をするたびにぐっと締めつけられる心地がするとき。これは、首を突っこんではならないという警告のしるしにほかならないと、これまでの経験で学んでいる。

上司であり、友人でもあるこの男を、もう何日も見かけていない。心配はつのる一方で、自分でも認めたくないほどにエーヴェルトのことばかり考えていた。そこに、急に連絡が来た。真夜中に。場所はおそらくコロンビアのボゴタなのだろうと、いまわかった。そして、死体の写真があるという。

現実の断片がうまくつながらない。あらゆる角度から考えに考えても、結局考えはじめたときからなにも変わっていなかった。エーヴェルト・グレーンスが、南米にいる？　どう考えてもおかしい。クングスホルメン島の警察本部とスヴェア通りのマンションを行き来するだけの人間、ほんの数平方キロメートルの範囲内で生きている人間が。エーヴェルトが南米についてどの程度知っていると思うかと、ほんの数時間前に訊かれていたら、スヴェン・スンドクヴィストはおそらく、コロンビアがどこにあるかすら知らないと思う、と答えていただろう。

「エーヴェルト——その死体はだれなんだ？」

「答えられない」

「だれが写真を撮った？」

「答えられない」

「だれがその人を殺した？」

「答えられない」

　スヴェン・スンドクヴィストは周囲も認める有能な取調官だ。ストックホルム市警随一と言っていい。だが今回は、さすがの彼でも答えは得られそうにない。エーヴェルト・グレーンスは、ふたりがこれまでに尋問した、これからも尋問することになるであろう、あらゆる犯罪者と同じ対応のしかたをしている——ノーコメントで通すか、ひたすら床を凝視するか、取調官に失せろと言ってのけるか。エーヴェルトが返してきたのは、そのすべてを合わせたような答えだった。

「なるほど、エーヴェルト——それじゃあ、時間を少しさかのぼってみようか。きみがエッフェル塔のスーツケースを持って廊下を走っていった、あのとき。あの日のニュース番組は、アメリカの下院議長が拉致された話と、その結果、世界有数のコカイン生産国で始まった対テロ戦争の話で持ちきりだった。あのときはなにも思わなかったけど、きみはたったいま、死体の写真を送ってほしいと僕に頼んできた……まさにその国の首都のアメリカ大使館に」

「やっとそこまで来たか」

「エーヴェルト……いったいぜんたい、どういうことなんだ?」

死人。警部としては真っ先に、捜査をしよう、答えを探そう、と考えるべきところだ。エーヴェルトはいま、その逆を行っている。自分自身を閉ざしている。なにかを——真実を隠している。だれより近しい部下にすらも。スヴェンがエーヴェルトのもとで働いてきたこれまでの年月、彼は一度だけ、これと同じことをした——若い女性ふたりがむりやりスウェーデンに連れてこられ、閉じこめられて、スウェーデン人の男どもに買われていたときのこと。エーヴェルト・グレーンスは真実をねじ曲げ、捜査の行く末に介入した。気に入っている相手、責任を感じている相手を守るために、警察官としてのキャリアを棒に振りかけたのだ。だが、いま彼がいるのはコロンビア、大西洋の向こう側だ。いったいなにをしているのだろう？　おおっぴらな対麻薬戦争のただ中で？　もし、あのときと同じなのだとしたら、いったいだれのためだろう？　彼自身のためか？

ありえない。

エーヴェルトにかぎって、それはない。そういう人間ではないのだ。

スヴェン・スンドクヴィストはゆっくりと息をついた。

やはり、どう考えてもつじつまが合わない。

「スヴェン？」

もどかしげな、絞り出すような声。

「おい、スヴェン、もうごちゃごちゃ言うな！　時間がないんだ。いまからすぐに写真を送る。犯罪捜査部に着いたら、俺の部屋で、俺の名前で――エーヴェルト・グレーンスとして、スウェーデン警察のネットワークにログインしろ。で、転送を頼んだメールを送ってほしい。認証用のカードは拳銃といっしょに武器庫に保管してある。武器庫の鍵はカセットプレーヤーの下だ」

カセットプレーヤー。

シーヴ・マルムクヴィストの写真と、彼のすべてである音楽を詰めたカセットテープ、その脇。

あの部屋でなにより重要な備品のそばに鍵を保管するのは、当然といえば当然だろう。

「エーヴェルト?」

「なんだ」

「正直に答えてくれ。〝ノーコメント〟とか〝それについては話せない〟とか、そういうのはなしだ」

「スヴェン……」

「正直に。いいな?」

「わかったよ」

「エーヴェルト——きみはいま、身の危険にさらされているのか?」

グレーンスの答えはしばらく返ってこなかった。長いこと返ってこなかった。

「いや」

「コロンビア。アメリカ大使館。死体。ほんとうに、間違いないんだな、エーヴェルト? きみがこんなことを頼んでくるのは、危険な目に遭っているからではないんだな?」

「ああ、スヴェン。それは断言する。俺は、危険な目には遭ってない」

答えてはくれた。だが、答えになっていない。俺は危険な目には遭っていない。ということはつまり、だれかほかの人が危険な目に遭っているのだ。そして、その人のために、エーヴェルトはリスクを冒す覚悟を固めている。

「もうひとつだけ教えてくれ。エーヴェルト——これは、命令か？」

回線は心もとなく、地理的にも相当な距離がある。なかなか返事がなく、長い沈黙があったのは、そのせいかもしれない。

「もしもし、聞こえるかい？」

「スヴェン……」

「どうなんだ——命令なのか？」

「いや」

「どういうことなんだ」

「なぜなら、これは——そもそも存在しない事件だから。おまえがもしその気になって、警察本部の連中の机の上にある、書類だの、フォルダーだの、登録されてる被害届だのを探しまわったとしても、なにも見つからない。だから今回は、スヴェン、上司として命令はできない。だが、友人として、俺の言うとおりにしてくれと頼むことはできる」

飛行機での移動にかかった時間は、前回と同じだった——四時間半。そして、これも前回と同じように、キャビンアテンダントが無料で配った『ニューヨーク・タイムズ』紙と『ワシントン・ポスト』紙、全ページを隅から隅まで読みつくしたところで、席についていシートベルトを着用するよう指示があり、飛行機は徐々にダレス国際空港へと接近していった。だが、エーヴェルト・グレーンスがアメリカの首都を初めて訪れた前回と同じだったのは、入国審査の前までだった。そこで警備員三人に囲まれ、長蛇の列から抜けさせられて、グレーンス自身がよく仕事をしている取調室に似た、見苦しく狭い小部屋に連れていかれた。そして、信じてもらえるまで何度も説明を繰り返すはめになった。なぜ荷物を持っていないのか。ボゴタへの帰りの航空券を見るに、ほんの短い時間しかアメリカ領内にいないようだが、それはなぜなのか。これではタクシーをつかまえて市街地に行って帰ってくるだけで、もう帰りのチェックインの時間になるではないか。

理由は、市街地に行かないからだった。

香水のにおいが漂い、酒瓶がきらきらと輝く免税店を突っ切り、手荷物受取所のベルトコンベアーを素通りして、酒さえ飲めれば満足な急ぎの客に空港ならではの高価な食事を出すレストランに入り、そのいちばん奥の隅のテーブルを目指す。

そして、話が終わるまで、そこにとどまるつもりなのだ――相手の女性は、すでに座って彼を待っていた。

「ここまで来てくれて助かった。なにせ時間がないもんだから」

「グレーンスさん、私も時間はないのよ。もう二度と会うことはないと断言したはずの人に会う時間はもっとありません」

「それはもう一度断言させてもらう」

スー・マスターソンはフランスのミネラルウォーターを飲んでいる。グレーンスはそばを通ったウェイターに同じものを注文した。

「それに、べつの約束――連中があんたにした約束がちゃんと守られてれば、俺たちはこうして会うこともなかった」

スー・マスターソンがじっと見つめてくる。視線が少し和らいだようにも見える。その張りつめた外見の奥にはおそらく、グレーンスと同じように屈辱と絶望を感じている人間、ものごとを正したいと思っている人間が住んでいる。

　そうでなければ、こうして会いに来てくれることもなかっただろう。

「グレーンス警部、用件をどうぞ——もう一度だけ」

　この張りつめた態度。好ましいことだとグレーンスは思う。

「わざわざここまで来てもらったのは、久しぶりに……そうだな、七〇年代半ばに警察大学へ願書を出したとき以来だが、推薦状が必要になったからだ。権威のある人間の口添えが」

「推薦状ですって？」

「俺は実に賢い、信用できる、分析力のある人間だと請けあってほしい」

　スー・マスターソンはグレーンスを見つめた。この人は、わざとこちらの時間を無駄にしているのだろうか？　からかっているのでは？　いや、そうではなさそうだ、と彼女は判断した。顔の表情も動きのパターンも、これまでに会ったときと変わらない。言葉遣いも同じだ。だんだんわかってきた。こういう言葉遣いは表面的なものでしかない。奥には真剣な思いがある。

「いまから二十四時間後、ボゴタのアメリカ大使館からあんたに電話がかかってくる。理由は、ピート・ホフマンが死んだからだ」

みぞおち。

殴られたような気がした。

グレーンスの拳が彼女を貫通したような気が。そこにいま、穴があいているような気が。

「死んだ？」

「だから電話がかかってくる」

「どうして……いつ……」

「いつかというと、ピート・ホフマンが死体の指を剪定ばさみで二本切断したとき。ワックスペーパーで自分の刺青をコピーさせて、死体の頭に同じものを彫らせたときだな」

みぞおちの穴。

彼女はゆっくりと理解し、穴はふさがれていった。

「あと一度でもそんなふうに私をからかったら、もう帰らせてもらう。今度は、グレーンスさん、あなたが私の質問に答える番。その答えが正しければ、先に進むとしましょう」

「質問？」

「死体と言ったでしょう」

「ああ」

「それは、最初から死体だったの？　それとも、ホフマンの作戦に貢献するため、死体に

された の？」

言質《げんち》が欲しい。

人の命を救うために、またもやべつの人の命が犠牲にされたわけではない、という言質が。

「最初から死体だった。もっと言うなら、ホフマンを死体にするため、ペンシルベニア大通り一六〇〇番地から送りこまれて、逆に自分のほうが死体になった死体だ。というわけで、国際麻薬・法執行局のボゴタ支所で働いてるあんたの仕事仲間は、その死体を見るべきかどうかを判断するため、あんたに電話してくる。見ようって結論になるのは、そのとき向かい側に座ってる男、つまり、俺を信用する気になった場合だけだ」

スー・マスターソンは、その時点で席を立つべきだったのかもしれない。何週間か前に同じことを頼まれていたら、間違いなくそうしていただろう。警察は自分の人生そのもので、それを裏切ろうなどと考えることがすでに裏切りだ、と判断しただろう。だが、いまとなっては。失うものはもう、あまりない。

「わかった。グレーンスさん……」

ホフマンの考えていることは理解できる。他人の死が、自分の生きる道になりうる、ということだ。

「……あなたを知っていると証言する。でも、どうして知っていることにすればいい？」

エーヴェルト・グレーンスは二ページにわたる書類を差し出した。

「これを。アメリカとヨーロッパが連携して進めてる、国際的な麻薬対策プロジェクト。米州麻薬乱用取締委員会。俺たちふたりとも、このプロジェクトに参加してるってことでどうだ。それで知りあった。で、俺がここに要約したミーティングを行った」

スー・マスターソンは手書きの白い紙を受け取り、さっと目を通した。

「うまくいくと思うの？　グレーンスさん」

「国際的な麻薬対策プロジェクトが？」

「ホフマンが死んだことにする件。向こうがほんとうに信じてくれるかどうか」

「正真正銘、あいつの最後のチャンスだろう、とは思う。そして、あいつがそれをやり遂げられるよう、俺もあんたも力を尽くす義務がある、とも」

マスターソンは彼を見つめた。肩をすくめた。

「いいでしょう。あなたの身元を保証してあげる。あなたは賢い人だと言う。分析力のある人だと。いっしょに仕事をしていると」

そして立ち上がり、別れの握手のため、テーブルの上に手を伸ばした。

「ちょっと待て」

エーヴェルト・グレーンスが引かれた椅子を指差す。

「もうひとつ」

スー・マスターソンは座らなかった。

「また？　本気で言ってるの？」

「ああ」

グレーンスは、ついさっき、ふたりをむりやり結びつける共通の仕事の書類を出したのと同じ、小さなブリーフケースから、今度は封印の施された封筒を引っぱり出した。

「退職にあたって、ホフマンから置き土産だ。最後のメッセージ。情報が……とある人物についての情報が入ってるらしい。俺にはそれ以上知らせるつもりはないとはっきり言われた」

スー・マスターソンは封筒を受け取り、二本の指先でそっと封蠟をなぞった。

だが、あまり……グレーンスが期待していたほどにはうれしそうに見えず、興味を示してているようすすらなかった。張りつめた状態であるにしても、少しは笑う場面ではないだろうか。組織を率いる人間は、情報提供を喜ぶものだ。

「どうした？」

グレーンスは彼女に問いかけた。からかう口調ではなく、なにかを無理強いする声でもない。

この声は、真剣だ。

「おい、マスターソン？　なにか……まずいことでもあったか？　俺たちふたりとも、あんたのホワイトハウスのお仲間に完全にだまされた、って以外に」

マスターソンは微笑んだ。こういう声は嫌いではない。

「この封筒は、私が責任をもってなんとかします。ホフマンのくれる情報はいつも正確だった。でも、同時にこれは、私が長官として行う最後の仕事になる。そのあとは私のほうが、推薦状を書いてくれる人を探す番ね」

彼女は薄手の上着のポケットに封筒を入れた。

「私はね、だまされただけじゃない。仕事を失うことになる。だれにもまだ、はっきりとは言われていないけど、私にはわかる――もし私に仕事を続けさせるつもりなら、DEA長官ともあろう者を、あんなふうにだましたりはしなかったでしょう。ほかの警察機関に似たようなことをして、手ひどくやり返された経験もあるし。私は、交渉を許されない唯一のことを材料にして交渉しようとした。そして、負けた」

エーヴェルト・グレーンスは、テーブルの反対側にまわって相手を抱擁するような人間ではない。それでも、いまはそうしたいと思った。いまの彼女は、力強さを放ちながらも、その核のところではひどく小さく、傷つきやすく見えた。

「あんたが俺に会うことで、俺を通じてホフマンに会うことで、どれほどの危険を冒したかはよくわかってる。慰めにはならないかもしれないが、約束する。今度こそ。これからはもう、二度とこんなことはしなくていい」

彼女はまた、弱々しく微笑んだ。

「そうね、いまはもう、ね……」

グレーンスが握手のために差し出した手を、やや長すぎるほどに握り返す。

「……もう失うものはない。どんな危険を冒すこともできる。たとえば、頑固きわまりないスウェーデン人警部の身元を保証する、とか」

そして、レストランを横切り、去っていった。

エーヴェルト・グレーンスは時計を見た。チェックインまで、あと一時間。これからもう一度注文しても間に合うだろう――なんの味もしないミネラルウォーターの代わりに、コーヒーを。それから、あそこのチョコレートブラウニーもひとつ注文してみようか。

レンタカーは大きな荷物スペースのあるものを選んだ。基準はそれだけだ。固くなった青白い人体を入れるのにじゅうぶんなスペースがあること。

死体に着せた服は古着屋で買った。使用済みだがぼろぼろではなく、質はいいが高級とまではいかない服。ピート・ホフマンは自分の分身を観察した。ベネディクトがストレッチャーに載せて聖イグナシオ大学病院の通用口から運び出してくれた、この男。信憑性はある。短い、やや不鮮明なニュース映像で全世界が目にした、あの男である可能性はじゅうぶんにある。

「ありがとう、助かった。これ――報酬だ」

ホフマンは最後の封筒を遺体安置所の管理人に差し出した。長いあいだ、冷たく動かなくなった体をあちこち動かして、無事に保管してくれた男だ。

「いつでも力になるよ、ペーテル。わかってるだろう」

ふたりは握手を交わし、ベネディクトはいつもどおりストレッチャーの金属製キャスターをきしませながら、大病院の中へ、医学生の教育の一環として切り刻まれるほかの死体のもとへ戻っていった。

「さあ、警部、あなたの出番だ」

ピート・ホフマンが死体の肩をつかみ、エーヴェルト・グレーンスが死体の脚をつかむ。持ち上げ、軽く押しこみ、また持ち上げる――死人がうまくおさまらず、なかなかバックドアを閉められなかったから。

「ああ――俺の出番だ」

グレーンスはもうずいぶん前から、自分がもはや事態を掌握していないことに気づいていて、その事実を受け入れている。この奇妙な数日間、時の流れについていくことしかできていない。ほんの少しでも理解しようと努めるのがせいぜいだ。

「だがそれは、ホフマン、おまえが約束したとおり、もうひとつの情報、俺たちに必要な例の情報を提供してくれてからの話だ」

グレーンスが言い終わらないうちに、自らの計画とスケジュールに沿って動いている潜入者は、なんの変哲もない食料品店のレシートを差し出してきた。裏返してみろと言うので、グレーンスは言われたとおりにした。裏面には手書きの文字が七行描かれていたが、文字が小さすぎて眼鏡なしでは読めなかった。

「場所、時間、経路。あなたの要望どおり。イギリス経由でスウェーデンに送られる、純度九十四パーセントのコカイン、約一トン。だが、この情報はいま、も、ま、だ条件付きです。短い懲役刑で済む、という」

「おまえ……いまもまだわかってないんだな？」

「なにが？」

「言っただろう。俺はスウェーデンの警察官でもアメリカの警察官でもない――エーヴェルト・グレーンスだ。約束は守る」

病院の出口で別れ、ホフマンはどこかに駐めてある自分の車へ向かい、グレーンスはレンタカーに乗ってアメリカ大使館を目指した。首都の東側から約十キロ、暗い中心街を抜けて、西側へ。

「スヴェン？」

押したのは、昨晩と同じ番号だった。

昨晩と同じ、寝起きの、かすれた声。

「え……またか？　エーヴェルト？」

「そのとおり。おまえの大好きなエーヴェルトだぞ。俺の声が聞けなくて寂しかったんだろ？」

昨晩と同じ、うめき声、咳払い、電話を耳に当てたままベッドで寝返りを打ち、起き上がる音。

「言われたとおりにしたよ。写真をメールした。だから……」

「よくやった。褒美に、もう少し仕事をやろう」

「エーヴェルト……褒美に寝かせてくれ。放っておいてくれ」

「そういう褒美ももうすぐやる。いまから言うことを書きとめたあとだ」

なにかのこすれる音。スヴェン・スンドクヴィストが立ち上がったのだ。ペン、メモ帳、パジャマ。想像はたやすい。

「なにを書きとめればいいんだ？」

「スウェーデン史上最大のコカイン押収案件」

「いま、なんて……意味がわからないんだが」

「三十六時間後」

「ちょっと待ってくれ」

椅子を引く音、スヴェンがそこに腰を下ろしてついたため息が聞こえる。

「エーヴェルト、続けてくれ」

「まず、貨物船。出港地はベネズエラ、カリブ海に面した、つまり大西洋側の港町で……発音はよくわからないが、たぶん……カ、ル、パ、ノ。Cで始まって、uの上にアクセントがついてる。この船が、コカインを複数の目的地へ運ぶ。今日、スコットランドのアバディーンに着く。公式にはコーヒー豆を積んで、そこから南スペインのカディスに行くことになってる。だが、俺たちにとって興味深い積荷は、アバディーンでべつの船に積み替えられる。潜水艇二艘だ。一艘はデンマークとノルウェーへ、もう一艘はスウェーデンとフィンランドへ行く」

鉛筆だ。電話越しでも聞こえる。ざらついた紙に芯の先を擦る音。

「ええと……潜水艇？」

「そう。小型の潜水艇だ。近ごろは、南米からアメリカに密輸されるコカインのうち、八十パーセントが水面下で運ばれる。密輸にはうってつけの方法だからな。まったく、ここにいると実に勉強になるぞ、スヴェン。もう少し大きな半潜水艇が、べつの方向に——ヨーロッパに行ってるのも確認されてる。発見されるリスクより、嵐や事故で行方不明になるリスクのほうがはるかに大きい。俺がさっき言った潜水艇は、スコットランドからずっと水面下を移動する。コカインを満載して」

雑音はもう聞こえない。電話回線からも、スヴェンの鉛筆からも。

「目的地は？」

「スウェーデンの東海岸。ストックホルム沖の群島にある、グランホルメンっていう島の近くだそうだ。前と同じインターネットカフェから、詳しい座標をメールで送る」

グレーンスの部下はいま、何千キロも離れたスウェーデンという国にいるが、それでも彼が立ち上がったのは、また椅子の音がしたのでわかった。次いで、ベッドに戻る音。寝そべったことによって喉が圧迫されて、さらにかすれた声。

「もう切るよ。こっちは夜中だから」

「まだだ。いま言ったことを明日、俺たちの気に入りの検察官に伝えてくれ。全部だ。座標も含めて」

「気に入りの検察官って、オーゲスタム？」

「ああ」

スヴェン・スンドクヴィストは体勢を変えた。おそらく横向きになっている。そんな音だ。

「なぜだ、エーヴェルト？」

「それは話せない。まだ」

横向きだ。横向きに寝そべっている。間違いない。

「つまり、それは……僕は疲れていて眠いから、よくわかっていないのかもしれないが、それでもきみの話からすると、記録的な量を押収することになるんだろう？　なのに……よりによって彼に手柄を横取りさせるのか？　警察本部にちょくちょく来る人の中で、きみがだれより嫌っている、ラーシュ・オーゲスタムに？」

「そう。そのとおりだ」

「わけがわからない」

「いまのところは、手柄が全部オーゲスタムのものになるってことだけわかってればいい。あいつが喜べば喜ぶほど、誇らしく思えば思うほど都合がいい」

　会話の最後のほうでは、車はもうすっかり停まっていた。到着したのだ。三百メートル先にアメリカ大使館の屋根が見える。ここに車を駐め、タクシーでホテルに戻る。そして明日、またここに戻ってくるのだ。ピート・ホフマンが生き延びる最後のチャンスとなる仕事を完遂するため。

ボゴタのアメリカ大使館は、ストックホルムのアメリカ大使館にそっくりだった。長く伸びるフェンスに、巡回している警備員。赤と白と青の旗が風にはためき、白い建物の屋根は平らで、巨大なパラボラアンテナが空を求めて大きく口を開けている。与える印象もそっくりだ。ほかのどこにもない、敵意、疑念。だれもが敵で、破壊を目的としている、というのが前提で、そうでないと証明されるまではその見方を崩そうとしない。

エーヴェルト・グレーンスは暑さのせいで顔を真っ赤にしつつ、軽く痛む脚でかすかな上り坂を急ぎ、ガラス張りになった入口受付の窓をノックした。コロンビア人の受付職員が、アメリカ人のエリート軍人とひしめきあうようにして中にいる。緊張しながら窓越しに身分証を差し出し、過去の捜査でこんなふうに小さなアメリカ領を訪れるたびにさせられてきた闘いを、ここでも繰り返す覚悟を固めた。だが、前もって用意していた説明を終える必要すらなかった。白いシャツに青ネクタイのスーツ姿で、短い金髪が屋根の上のパラボラアンテナのように天を向いている男が、すでにそこにいて、背が高く筋骨隆々とした軍服の壁の向こうでグレーンスを待っていたのだ。

「ようこそ、ジョナサン・ウッズです。この大使館で、正式には〝アメリカ合衆国国務省国際麻薬・法執行局支所〟と呼ばれる組織を率いています。英語でよろしいですか？　それとも、スペイン語、あるいはポルトガル語のほうが？」

「スウェーデン語がいい」

ジョナサン・ウッズは真っ白な歯の持ち主で、笑顔になるとそれが見える。

いまはよく見えた。

「それでは英語になってしまいますね、残念ながら……スカンジナビア研究のコースは終えていないので」

ふたりはあまり言葉を交わさず、警備の厳重な中庭を横切って歩いた。グレーンスはまず監視カメラの数をかぞえ、次いで警備員の数をかぞえて、その数がほぼ同じであることに気づいた。建物の中に入ると、武装している人間の数がさらに増えたが、こちらは私服姿だ。階段で二階へ上がり、オフィスへ。窓からは、ついさっき通された、先のとがった縦棒の並ぶ門が見える。

「スウェーデンの警察の方だそうですね？」

ウッズはスーツをまとった腕を伸ばして訪問者用の椅子を示し、グレーンスは腰を下ろした。

「そうだ」

「経歴を調べさせていただいたところ、そのとおりのようですね——四十年近く勤めていて、階級は警部、所属はストックホルム市警の犯罪捜査部。身元の確認は取れました。しかし、あなたがコロンビアに来ていらっしゃる理由まではわかりません」

優雅に見えた椅子は座り心地が悪かった。木の縦棒が腰に食いこむ。座面にも違和感がある。

「それは言えない」

「言えない?」

「ああ、言えない」

大使館職員は、客が身をよじって座り心地のいい体勢を探しているのを見て、しばらく待つよう告げると、べつの椅子を持ってすぐに戻ってきた。椅子というより、ひとり掛けのソファーに近い。赤いベルベットで、ひじ掛けの部分は丸みを帯び、やわらかいが、やわらかすぎるほどではない。グレーンスは感謝のしるしにうなずき、椅子にどさりと沈みこんだ。ここはべつのオフィスに置いてあるコーデュロイソファーを少し思い出した。

「しかし、死体の写真が添付されたメールを私に送ることは、問題なくおできになるわけですね」

「実物を見せることもできるぞ」

「それで、どうやって……それが指名手配されている人物のものだと、私はどうやって判断すればいいんでしょうか」

「あんたには判断できないな。だが、調べさせることはできる。現物をあんたに渡すから、好きなようにすればいい」

「あなたの目的は？」

「目的はべつにない」

「目的はだれにでも、いつでもあるものです」

嘘について話したことを思い出す。というより、ホフマンが話していたのだ。嘘が通用するのは、じゅうぶんな真実を含んでいるときだけだ、と。

「生きてない人間の体が突然、俺のもとに舞いこんできたんだよ」

真実は、言葉だけでなく、口調に、視線に、動きに、息遣いに宿るのだ、と。そしてグレーンスは、二十歳は年上である自分のほうが、二十年は多くその経験を積んでいる、と返した。

「で、この死体が俺の推測どおりの人物なら、この建物にあったほうが役に立つ」

「スウェーデン人の警部が、正式な任務はとくになく、ただ観光客としてコロンビアに滞在していた。それがいま、世界が探している重要指名手配犯の死体を運んでいる」

「なかなか的を射た要約だ」

「グレーンスさん？　発音はこれで合っていますか？　これまでに何千件と事情聴取をして、何千人もの馬鹿どもの話を聞いてきたことと思います。あなたがもし、私の立場だったとしたら？　信じますか……いまのご自分の話を？」

「信じないな。だが、これ以上言えることはなにもない。だいたい、どうでもいいじゃないか？　あんたらはある男を探してる。俺はその男かもしれないやつを連れてきた。そのとおりなら、あんたは英雄だ。そのとおりじゃなければ、あんたはなんの要求もしてこない客に会って、何分か時間を無駄にしただけだ。というわけで……俺があんたの立場なら、もう質問はしない。代わりに上司のお偉方に電話して、俺が信用できる人間かどうか確認する。手始めに、あんたのところの長官、スー・マスターソンに電話するな」

沈黙。

沈黙には、いろいろな種類がある。

気まずい沈黙。むりやりの沈黙。不快な沈黙。脅すような沈黙。

自然な沈黙。歓迎すべき沈黙。快い沈黙。慰めになる沈黙。

この沈黙は、そのどれでもなかった。時間をかけてなにかを見きわめようとする沈黙だった。そして、すべてを決する沈黙でもあった。いまグレーンスをまじまじと見つめている、この大使館職員——パラボラアンテナのように天を仰ぐ短い金髪をした、ジョナサン・ウッズという名のこの男が、見知らぬ相手であるグレーンスに、席を立ってこの部屋を出ていくよう告げたとしたら、ホフマンの最後の計画はそこで頓挫する。だが、そうではなく、引き続き耳を傾け、検討し、ワシントン郊外の本部へ確認の電話をかけるとしたら。生き延びようとしている一家には、わずかなチャンスがまだ残されている。

「ちょっと失礼」

ウッズがドアへ向かい、ていねいにそれを閉めて出ていく。エーヴェルト・グレーンスは、べつの種類の沈黙の中に残った。待機、不安、自分にはなにもできない、そういう沈黙だ。

座り心地のいいひじ掛け椅子にもたれ、壁でチクタクと音をたてている時計を見てから、目を閉じた。

二十七分。

ドアが、閉められたときと同様、ていねいに開いた。

「少し時間がかかってしまいました。が、答えが得られましたよ」

グレーンスは無意識のうちに背筋を伸ばしていた。

「それで?」

「スー・マスターソン長官が、あなたの身元を保証するそうです。CICADでいっしょに仕事をされているそうですね?」

「あんたがそう言うなら、そうなんだろ」

ジョナサン・ウッズは身を乗り出し、微笑んだ。

「それも秘密ですか」

「俺たちがいっしょにやってる仕事についてはだれにも話さないと、マスターソンに約束してある」

「失礼ながら、米州麻薬乱用取締委員会というと聞こえはいいですが、その手の国際的な官僚機構に効果があるとは思えません。むしろ……」

「あんたがそう言うなら、そうなんだろ」

大使館職員は、観光客としてコロンビアに来たと主張しているスウェーデン人警部を、長いこと、じっと見つめた。

「まあ、いいでしょう。それで?」

「それで、というと？」

「死体ですよ——いまは、どこにあるんですか？」

「レンタカーに入ってる。ここから道路を三百メートル行ったところ。荷物スペースだ」

ウッズは窓辺に向かい、大使館入口の門と武装した警備員たちに目を向けた。話題の車をここから見たがっているかのように。

「で、それを開けるとき……あなたにほかの目的がないことは、どうすればわかりますか？　たとえば、開けると爆発する可能性がないかどうか、とか」

「それはわからないだろうな。だが、そういうことを調べるのが得意な軍隊がいるだろう、ここには」

ふたりはまた、べつの種類の沈黙の中で互いを見つめた。もっと穏やかな、冷ややかな沈黙だ。

「じゃあ……これで話は終わりだな？」

ウッズはうなずいた。

「そういうことになるでしょうね。出口までお送りするよう、電話で人を呼んであります」

グレーンスは立ち上がり、ドアに向かって歩きはじめた。そこで、ウッズの気が変わったようだった。

「ところで」

「なんだ?」

「考えてみると――まだ話は終わっていませんね。やはり」

エーヴェルト・グレーンスはこれまでずっと、どんなに不安で自信がなくとも、それをいっさい顔に出していなかった。いまもそうであることを願った。

「あとひとつ、必要なものが」

ひょっとして、気づかれたのか。勘づかれたのか。

全部いかさまなのだと。

「車のキーを」

ウッズは微笑んでいないが、それに近い表情を浮かべている。グレーンスは、不安が胸から下へ沈み、腹の底で薄まって消えていくのを感じた。

「ほら」

キーを差し出し、同時に握手を求めた。別れの挨拶を交わし、ウッズがドアを開けると、そこには若い男が立っていて、客を建物の外へ、アメリカ領の外へ送り届けるべく待機していた。スウェーデン人警部は何歩か進んだところで、また立ち止まり、くるりと振り返った。今回、話があるのは彼のほうだった。

「ところで」

「なんでしょう」

「車の中をちゃんと掃除してもらえると助かる。それから、返す前にガソリンを満タンにすること。業者はそういうことにうるさいようだから」

短い散歩。それしか時間はなかった。ピート・ホフマンはアメリカ大使館から約一キロ離れたところでエーヴェルト・グレーンスを待った。遠くからでもたやすく見分けられる——大きな体、かすかに足をひきずる歩き方。もはや体の一部と化している痛みを、左脚がかばおうとするせいだ。手入れの行き届いた建物の並ぶ界隈を二ブロック、肩を並べてゆっくり歩いた。そのあいだにグレーンスは、男の死体が車の荷物スペースに入っているという情報を先方がどう受け止めたか、一部始終を語って聞かせることができた。つまり、最後のチャンスは、まだチャンスとして残っている。別れたあと、ホフマンは一方通行の道路が交わる交差点で立ち止まり、自分が信用すると決めた警察官、自分が生き延びる計画の決定的な局面を切り開いてくれた男の背中を、じっと見送った。あとは自分ひとりの力で終えなければならない。

あの、いまいましいニュース。

テレビは売春宿のバーに置いてあり、エル・メスティーソは初めビールを飲みながらぼんやりとそれを見ていたが、やがてその意味がわかってきて、憎しみのあまりわれを忘れるほどの怒りが、内側の奥深いところから徐々に湧き上がってくるのを感じた。信頼できる真正の写真、初公開、とレポーターが興奮した声で紹介している。剃刀の刃のように鋭いその声が、殺害対象者リストに載った名がもうひとつ消されたことを、スクープとして伝えていた。エル・スエコ。アメリカの有力政治家が勝ち誇った顔で記者会見を行い、命を失った人体の露骨な写真を見せびらかしている。その公式発表によれば、選り抜きの法医学者のチームが、〝外的な状況と、死体の実際の状態、際立った特徴を考えあわせた結果〟、トランプの絵札を使った例の図表でハートの七とされていた人物、顔も素性もわかっていなかった人物は、〝ボゴタで死亡が確認された、縄で首を絞められたとみられる人物と、同一人物であると考えて間違いない〟と判断したのだという。

エル・メスティーソは、見た。理解した。憎んだ。

ニュース番組を最後まで見てから、テレビ画面を、バーカウンターを離れるうちに、激しい怒りはパニックのようなもの、いまだかつて感じたことのないめまいに変わっていった。売春宿の階段をよろよろと上がり、女の性を売る大きなベッドの置いてある部屋に向かって歩いた。

まわりのすべてが透明になったかのようだった。

自分がまるで、色を失った世界を歩いているような。

入口の真っ赤なカーペット。待っている客が酒をこぼしたせいでしみがつき、少し硬くなっている。自動で水が補給される植木鉢から、トレリスに絡みついて上へ伸びる、モスグリーンの観葉植物。売春宿の窓の外からこちらを見守っている、深いブルーの空。

なにもかもが透明だった。まるで消えてしまったかのようだった。

主義に反して育ててあげてしまった、他人への信頼。懐に招き入れ、信用することにした相手。それが、もう消えてしまったのと同じで。

ホルスターからリボルバーを抜き、廊下で最初にすれちがった相手を撃ったとき、そしてさらにもう一度、彼女を撃ったとき——そのときですら、すべては透明なままだった。

十二年前から彼のもとで働いている秘書が、売春宿の床に倒れ、色のない血を流していた。

こんな世界は初めてだ。なにもかもが簡単に感じられる。空気抵抗すらなく移動できる。手当たり次第に発砲を続けているあいだ、売春宿の壁に貼りついている客たち、床を這いつくばっている若い女たち、だれにもぶつかることなく、まっすぐ突き抜けられるような気がした。

透明だから。

真相はもうわかっている。

〝おまえか、俺か。俺は、おまえよりも自分自身のほうが好きだ。だから、自分自身を選ぶ〟

エル・メスティーソは叫び、怒鳴り、ひじ掛け椅子を一脚、フロアランプをいくつかひっくり返して、真ん中あたりのドアを蹴り飛ばして開けた――十五号室、ほかのどの客室とも変わらない部屋だ。服を脱いでいる男の前で、ベッドに裸で寝そべっていた女は、雇い主が半裸の客に銃を向け、その胸を二度撃つのを見たが、なぜかはわからなかった。なぜ自分に向けて唾を吐き、顔を平手で殴り、脚を開かせようとしてくるのかも。

彼女には知る由もない。いま彼女の中にむりやり入りこんだ男――従業員を手籠《てご》めにしたことなど一度もない、そんなことは絶対にしないと最初から決めていたはずのこの男は、ついさっきテレビのニュースで、自分が人に裏切られたこと、そいつが死んだふりをしていることに気づいたのだ。だからこのまま、彼女の中に押し入りつづけるだろう。世界が透明でなくなるまで、ずっと。

エリック・ウィルソンは、しばらく前から机の上に置いてある十四インチテレビのスイッチを切った。

情報のない日は、毎日が地獄だった。

連絡も完全に途絶えている。

だから、スヴェン・スンドクヴィストとマリアナ・ヘルマンソン、ラーシュ・オーゲスタムがドアをノックしてきて、スウェーデンへのコカイン輸送を取り締まることになりそうなので、その計画について話しあいたい、と言ってきたとき、彼は大喜びでスケジュールを空けた。これはなんらかの形でホフマンと関係があるにちがいない、と思ったから。

何日か前から、一時間に数度、テレビをつけてアメリカの報道を追いかけているのも、そのためだ。ホフマンと関係のあるニュースが流れるかもしれない、と思ったから。

ストックホルムの警察本部、犯罪捜査部の部長室でいま、じっと座って泣いているのも、そのためだ。

関係がもう、いっさいなくなってしまったから。

ピート・ホフマンが死んだ。

たったいま見たCNNのニュースで、そう報じられていたのだ。対麻薬戦争に関する本日の大ニュースとして、きれいにまとめられ、発表された。トランプの絵札をまた一枚破ることができた、と。ハートの七、エル・スエコと呼ばれていた男が死んだ、と。

エリック・ウィルソンは気持ちを落ち着かせ、理解しようとした。ほんとうに、なにかの間違いではなかっただろうか？　コロンビアのコカ栽培地やコカイン・キッチンが短く映ったあとに、じっくり時間をかけて映し出されたのは、ほんとうに、ボゴタのアメリカ大使館の外に駐めてある、乗用車の荷物スペースだった？　そして……あの死体が映った？

右側を下にして横たわっていた。それは覚えている。顔を荷物スペースの内側に向け、カメラに背を向けていた。あらかじめ準備されていたようにも見える映像だった——死体の右腕が、曲げて体の下に押しこまれていた。それでバランスが取れるように。

だがそのあと、カメラがさらにズームインした。左手と、切断された指二本が映った。頭と、それを覆っている黒い布も。引き剝がすと、大きな刺青があらわになった——見覚えのある蜥蜴。

　ホフマンだった。

　死んでしまった。

　涙はだんだん静かになり、控えめな涙が上唇に溜まって舌先でぬぐえる程度になったが、胸の内はうつろになっていく一方だった。

バーカウンターの向こう側に立っている女は上半身裸で、無色だが、透明ではなくなっている。

女はビール瓶をエル・メスティーソに差し出した。けっして五度を超えない温度、彼の好みの冷たさだ。なんといってもここは彼の場所である。ここを行き来している客たち——こちらが若い女と空いた部屋を用意してやるのと引き換えに、本来の価値の二十倍の値段で酒を飲んでいく客たちは、そのことをわかっていない。自分たちは取るに足らない存在で、ここに居られるのはただ単に、エル・メスティーソが居させてやっているからなのだ、ということを。

あの裏切り者をここに居させてやったのと同じように。

いまいましいニュース。殺害対象者リストの名がまたひとつ消されたとレポーターが報じ、そのせいでエル・メスティーソは憎しみにかられ、めまいを覚え、透明な世界を歩かされるはめになった。

深刻な口調、説得力のある報道、刺青、それにもかかわらず、すぐにわかったのだ。

ハートの七は死んでいない。

あいつが取っておきたがった死体の使い道が、これでわかった。

あれはペーテルではない。ペーテルのように見せかけた死体だ。

そのすぐあとに、死人が電話をかけてきた。ひとことだけ口にした。〝俺と話がしたいだろう、ジョニー〟。そして、電話を切った。

それで彼はバーカウンターに戻り、ロサリータに頼んで、同じニュース映像を何度も流しているテレビを消させた。目を閉じ、思考とともに内面へ赴き、じっと座ったまま、それらの思考が落ち着くのを待った。

信頼していた男はいなくなった。ニュースキャスターの言うとおり、すでに死んでいるから、ではない。これから死なねばならないからだ。死ぬべきだからだ。

ロサリータに向かって手を振ると、彼女はアギラをもうひと瓶出し、前回と同じように、五度を保っていることを確かめてから、カウンター越しに差し出してきた。そして、去っていこうとした。バーの反対側に新しい客がいるのだ。が、エル・メスティーソが口を開いた。

「ここにいろ、ロサリータ」

彼女は言われたとおりにした。待った。エル・メスティーソが考えをまとめているようだから。やがて彼はロサリータを見つめると、言うべきことを、内面の奥深いところから取り出した。

「ひとつ覚えておけ」

「なんですか？」

「だれのことも信用するな」

「えっ？」

「それだけだ、ロサリータ。聞こえたか？　だれのことも信用するな」

彼は、行っていい、と手を振った。

明るい色をした、冷たい飲みもの。だが、役には立たなかった。やはりなかなか飲みこめない。

学んだはずだった。絶対に、絶対に、なにがあっても他人を信用してはならないと。それが唯一のルールだった。私生活でも、仕事でも。ペーテルとも話したことだ。自分たちはよく似ているとわかった。あのとき、自分がつねに考えていることを言葉にしたのは、ペーテルのほうですらあった。〝自分だけを信じろ〟。ふたりで大笑いしたのを覚えている。だれも信用しないと決めている人間ふたりが、どうすれば互いを信用できる？

「ロサリータ」

呼び戻そう。エル・メスティーソは手を振った。彼女が急いで戻ってくるように。

「追加ですか？　もう一本……同じのを？」

　ロサリータが彼の瓶を見る。まだ半分ほど残っている。

「さっき言ったことだが、ロサリータ」

「さっき……ですか？」

「どうなんだ？　おまえは、だれかを信用してるか、ロサリータ？」

「私？」

「他人を信用してるのか、どうなんだ」

「わかりません、あの……」

〝やっぱり、あの女は正しかった〟

「行っていいぞ」

〝かつて俺にそう学ばせた、あの女〟

「もういい。行け」

　彼はふたたび手を振って女を追い払った。また思考をたどり、内面へ旅をした。

車の中で、自分が寝入ってしまったこと。そのあとに、母親に会わせたこと。あんなことをするべきではなかった。あんなふうに招き入れるべきではなかったのだ。

〝やっぱり、あの女が正しかった〟


ピート・ホフマンは軽くバーカウンターをノックし、顔を上げたロサリータに微笑みかけて、彼女が微笑み返してくるのを待った。それから、オーナー用テーブルのほうを目で示した。エル・メスティーソはすでにそちらへ移動し、ビール瓶を前に座っている。

「いつものですか?」

「いつもので、ロサリータ」

ロサリータは彼を見た。彼の〝いつもの〟はよく知っているが、パターンがふたつある。雇い主との仕事で出発する前には、注意が散漫にならないよう、ブラックコーヒーを飲みたがる。そして戻ってきたあと、ここに座って雇い主と話をするときには、リラックスするためにコロンビア産のラム酒を所望する。いまはどちらなのか、よくわからない。これから出発する服装ではないが、動き方や、こちらを観察するその視線が、どことなく張りつめているようにも見える。身構えている。そういう感じだ。彼女は服装と振る舞いを考えあわせ、結局……コーヒーとラム酒を両方出した。彼は熱いカップと美しいグラスを受け取り、礼を言う代わりにうなずいてみせた。どうやらこれでよかったらしい。彼は両手のふさがった状態でオーナー用テーブルへ向かった。

「ジョニー」

エル・メスティーソは答えずに彼を凝視した。ピート・ホフマンが近づいていくと、テーブルに置いていたリボルバーを手に取り、重さを確かめるようにしばらく持っていた。それからフル装塡されたシリンダーをはずし、何度かくるくるとまわしてから、また元に戻して、銃をテーブルに置いた。銃口を斜め前へ、訪問者のほうへ向けて。

「俺が死んだこと」

エル・メスティーソは彼を凝視し、黙っている。

「俺が死んだことについて、少し話がしたいだろうと思って」

エル・メスティーソは彼を凝視し、黙っている。

「ああするしかなかった。ほかに道はなかったんだ」

エル・メスティーソは彼を凝視し、黙っている。

「マリアと子どもたちといっしょに国へ帰る――知ってるだろう、マリアがどんなに帰りたがってたか。そうしなければ、彼女は俺を置いて去るつもりだ」

微動だにしない。言葉も発しない。

「近しい相手を失うのは、だれにとっても耐えがたいことだ。違うか、ジョニー?」

ピート・ホフマンはやわらかな味わいのラム酒の入ったグラスを、熱いブラックコーヒーの入ったカップを握りしめた。どちらもまだ口をつけていない。

境界線。

すべては境界線の問題だ。

近づいていってもいい。その上で綱渡りをしてもいい。だが、けっして越えてはならない。

たったいま、越えてしまっただろうか?

ここに来ることで、すでに越えているのだろうか?

だが、ほかに選択肢はなかった。封じこめなければならないのは、大人のエル・メスティーソではない。危険なのは、彼の中の子どもだ。裏切られたと感じているエル・メスティーソ。自分が捨てられることに気づいたエル・メスティーソ、人とのつながりに力を注ぐことなどめったにないのに、そうして得たはずの親しいつながりを失った、エル・メスティーソ。彼はついさっき、自分が始末した男の死体がペーテル・ハラルドソンと断定された、と知った。そのままこちらからなんの連絡も説明もせず、エル・メスティーソが自ら状況を分析し、見定めるのを放っておいたら、彼はただちに金も人材も駆使して、ピート・ホフマン一家の命を奪うべく追跡を始めることだろう。だから、こうして自分からエル・メスティーソに会いに来て、じかに話をし、自分たちはまだ味方どうしなのだと、また攻撃されても力を合わせて反撃できるのだと、自分は最後までエル・メスティーソのそばにいるのだと説得すれば、ひょっとしたら、ここを出ていくのに必要な数日分の時間を稼げるかもしれない。

「そうだろう。がっかりするのはわかる。俺がいずれ国に、北ヨーロッパに帰ることになるのも事実だ。だがな、あのいまいましい殺害対象者リストがなくなるまでは、ここを動くつもりはない。あんたも無事に乗り切れるまでは。それまでは当然、あんたのために、この国にとどまる」

だが……ひょっとすると、ここに来た理由はそれだけではないのかもしれない。嘘をついて時間を稼ぐためだけではないのでは？　べつの目的もあるのではないか？　たとえば、エル・メスティーソのそばに座って、その顔をじっと見つめて、小さな天使の命を無駄に奪う人間、だからこそ命を奪われるべき人間の中に、苦痛が食いこんでいくところを観察すること。ピート・ホフマンがこうする道を選んだのは、そのためもあるのではないか？　そうせずにはいられなかったから？　表向きには死んだことになっている自分が、これからも生きつづける一方で、表向きには生きている、いま目の前で黙りこくっている男のほうは、これから死ぬことになる――そう実感したいから？

人を操ること。

仇を討つこと。

そのふたつはときに、同じ興奮をもたらす。

それからかなりの時が経って、ホフマンが売春宿を去ったとき、ラム酒のグラスもコーヒーカップも、口をつけないままテーブルの上に残っていた。もう二度と、雇い主との仕事にそなえて集中力を保つ必要はないし、仕事のあとここに座ってリラックスする必要もない。

エル・メスティーソは最後にもうひと瓶注文した。きんと冷えたビール。そして、瓶を差し出したロサリータに座るよう告げた。

「ここに……？　私が？　あの……オーナー用テーブルですけど」

「座れ」

ロサリータは言われたとおりにした。ためらいがちに、木の長椅子のいちばん端に腰掛けた。

「俺が言ったこと、覚えてるか、ロサリータ？」

「えっ？」

「今日。ビール七瓶前に言ったこと」

「いいえ。あの、はい。どういう……」

「だれも信用するな。ロサリータ。絶対にだ」

ロサリータには理解できない。なぜ自分はここに座っているのだろう？　オーナー用テーブルなのに？　エル・メスティーソのもとで働いてきた年月、彼がこんなふうに動揺しているのを見たことは一度もなかった。秘書を殺したらしいことはサネータから聞いた。ショシャーナをむりやり犯したことも。この建物の外でそういうことをしているのはもちろん知っていたけれど、この中で彼が人を撃ったり犯したりしたことは一度もなかったのだ。自分も怖がるべきなのかもしれない。だが、ロサリータは恐怖を感じていなかった。むしろ、気まずさ。それが彼女の感じていることだ。この男がなにをするかわからない、という緊張感があたりを漂っているが、それでもロサリータは、彼が自分を傷つけることはないと確信している。そういう段階はもう過ぎ去ったのだと。

「他人を信用してもな、ロサリータ、そいつは結局、かならずおまえを捨てる。裏切る」

雇い主はロサリータの手を取り、ぐっと握りしめた。

「で、遠く、遠く離れていく人間は、忠誠心を失う」

ロサリータの手。エル・メスティーソはそれを引き寄せ、持ち上げ、自分の頬にそっと当てた。

「で、おまえがそばに招き入れてやったのに、見えないほど遠くへ離れていこうとするやつは——そういうやつは、ぺらぺらしゃべりかねない。おまえを裏切って、おまえが打ち明けたことを勝手に言いふらすかもしれない」

ロサリータのやわらかな手を、頬にこすりつける。ぐるり、ぐるり、円を描くように。

ロサリータは自分の手の甲が熱くなるのを感じ、彼の肌が赤くなっていくのを見た。

「で、言いふらすべきじゃないことを言いふらすやつは——死ぬしかない。わかるか、ロサリータ?」

エル・メスティーソは急に立ち上がった。ロサリータの手の指、一本ずつにキスをしてから、去っていった。

出口へ、車へ。だれも信用するなと彼に正しく教えた女のもとへ。裏切り者を始末する任務を引き受けることになる人物のもとへ。


パナマの旗を掲げた、MSマリア・アンヘリーナ号という船に上がる梯子《はしご》の下に、車を駐めた。自分とかかわりのある海上輸送にはかならず、便宜のため他国に船籍を置いた船を使っている。費用は安く済むし、規制も少ない。エル・メスティーソは車を降りると、船体に向かって、その上の空に向かって背を伸ばし、ブエナベントゥラ港の先端を漂っている海の空気を吸いこんだ。ふつうより急な梯子で、彼は無意識のうちに前のめりになってバランスを保ちつつ、一歩ずつ甲板に近づいていった。

古い船だ。再塗装が必要だし、かなり錆びてもいる。相当な部分が水中に沈んでいるのは、積荷が重いせいだ。オレンジや赤や白や緑や青の長方形をした金属コンテナが何段も重なっていて、最大積載量をはるかに超えている。商品は次の港へ運ばれ、そこで降ろされて、空いたスペースに、その次の港へ向かう商品が積まれる。

さらに、海の空気。

甲板の上では、下にいるより空気を吸いやすい。ここのほうが空気が澄んでいるようにも感じられる。

あの女は正しかった。あの女は正しかった。

父には二度しか会ったことがないが、あの男すらもやはり正しかった。〝息子よ〟――最後に会ったとき、そう言われた。〝おまえは友情というものがなにかを知らない。だがな、刑務所か病院に入ったらわかるだろうよ。そうしたら、愛がどこにないかもわかるようになる〟。父の言わんとしたことが、いまなら理解できる。日々が過ぎ去っていくにつれ、話ができる友人の数は減る一方だ。みんな自分を利用しようとする。奪うことばかり。自分の奥底から、なにかを盗んでいく。そして、必要になっても返してくれない。

エル・メスティーソは、船べりのそばでフィルター無しのキャメルを吸って笑い声をあげている、ごついブーツにショートパンツ、煤などで汚れた白いTシャツ姿の若い船乗りふたりに向かって、挨拶代わりにうなずいてみせた。ふだんは酒がこうして運ばれてきても、わざわざここまで来ることはない。売春宿に着いたボトルの数を確認して受け取るまで、見張る必要などべつにないからだ。が、あの女のところに持っていく荷物は、かならず自分で取りに来る。そして、自らメデジンまで届ける。今日は、自分を裏切ったあの男、したがって死なねばならないあの男のせいで、メデジンへ行く用事がもうひとつできた。

懐に入れると決めたときのことは、いまでもよく覚えている。朝、昼、夕方、ペーテルを連れてカリのあちこちを歩きまわった。このスウェーデン出身の新入りを、俺は受け入れた、招き入れた、だからこいつは俺たちの一員だ、と周囲に示してやった。彼の保証人になってやったのだ。そして、全員がその意味をちゃんと理解していた——俺がおまえらにいま紹介してるこの男には、指一本触れるんじゃないぞ、と。

生暖かい風、強烈な日差し。海風が涼しさと暑さを同時に運んでくる。目を閉じると、いま自分がどこにいてもおかしくない気がした。

船の内部へ下りていくと、暗闇が、熱気がやってきた。階段をいくつも下りて、機関室へ。油とガソリン。汚れた手すりを握ることも、荒い鼻息を漏らしながら重々しく脈打つ機械にぶつかることも避けた。

肩幅の広い、青い服を着た年配の男。エル・メスティーソはその肩を叩いた。

「機関長は？」

青服の男が、がらくたのせいでエル・メスティーソには見えていなかった幅の狭いドアを指差す。エル・メスティーソはそちらへ向かった。開けると、そこは掃除のされていない小部屋で、壁に掲げられたプレートによれば、機関長の事務室だった。本人もそこにいた。彼が向かっている机も、この部屋と同じように狭く、ものであふれかえっている。機関長は挨拶もせず、すぐに立ち上がると、小部屋の片隅を占めている冷蔵庫を開け、紙箱三つをクーラーボックスに入れてから、冷凍庫から保冷剤を四つ取り出し、それで紙箱を囲んだ。そして微笑みながらドル札の入った封筒を待った。

エル・メスティーソはクーラーボックスを持って梯子を下り、埠頭に降り立ったところで、数分間にわたって凍りついていた現実に突如引き戻された。大きなクレーンがその巨大なアームで、頭上に浮かぶ〝鶏飼料〟と記されたコンテナを下げている。船体の外側にゴンドラでぶら下がった三人が、のみや杓子で錆を落としていて、ガン、ガンという音が単調に響く。彼は車に乗りこみ、クーラーボックスを電源に接続して、移動を続けた。

〈クリニカ・メデジン〉の入口ホールは、もはやなじみの明るさと静けさだった。今回、彼は小さな生花店で立ち止まると、色鮮やかな花束を指差し、エレベーターで十八階へ向かう途中で包み紙を破りとった。

また、このおぞましいにおい。病。死。あの女の死だ。

前回来たときよりもさらにベッドが増えている。いまや病棟の廊下にまで、ずらりと二列に並んでいる。

だが、彼女はあいかわらず廊下の果ての部屋にひとりきりだった。目を閉じている。よくあることだ。それでも、なにかが違っている。昏睡状態なのだ。それである種の平穏が顔に表れている。しわはいつものように鋭くないし、いまにも咬みついてきそうな口もしていない。

額にキスをしてやり、窓を大きく開けて新鮮な空気を入れた。訪問者用の椅子を、彼女の足元から手のそばに移動させた。

「もういらしたんですか？」

倍の給料をもらって患者ひとりだけを世話している女医は、病室に入ってくると、中にもうひとり人がいることに気づいてびくりと身を震わせた。

「容体が悪化したと聞いた。薬が要るだろう」

「抗ＨＩＶ薬なら、まだ数週間分はありますよ。前回持ってきてくださったのが残っているので。電話でもそうお伝えしたでしょう。容体が悪化したのには、べつの理由があります」

「べつの理由？」

「合併症です。エイズで人は死にません。さまざまな合併症で亡くなるんです。真菌症とか、重い風邪とか。お母さまはいま、肺炎と闘っていらっしゃいます」

彼は母親を見つめた。これまでにはなかった穏やかさで息をしている。その穏やかさが伝染して、自分も落ち着いて呼吸していることに彼は気づいた。医師にクーラーボックスを差し出す。来月のための薬だ。

「しばらくこのまま、母とふたりきりにさせてくれ」

金を払っているのは彼だし、なんといってもこれは彼の母親だ。医師はうなずいて立ち去った。

母親のかぼそい手に触れ、痩せこけたその顔をじっと見つめる。表情が徐々に変わっていった。微笑んでいるのか。それとも怒って唇を尖らせているのか。どちらでもかまわない。自分がここにいることを、母は感じとっている。母の手の甲を、頬を撫でる。頼りなげな雛のような女が豹変して、大声をあげて迫ってくる、要求してくる、あのようすを恋しくすら思った。

母の左腕はチューブで延長され、液体の入ったビニール袋につながっている。ためらうように押し出され、放たれ、彼女の中へ落ちていく水滴。母はそれでも痛がっているように見える。そう感じられる。彼は点滴スタンドに向かって身を乗り出し、ポンプのスイッチを押した。何度も押して、モルヒネの投与量を増やしていく。

液の滴る速度が上がる。しずくが次々と落ちていく。

信頼についてすべてを教えてくれたこの女は、苦痛のない最期を迎えるだろう。人への信頼を彼から奪い、絶対に、絶対に、絶対にだれも信用するなと教えた、この女は。

あんたは正しかったよ、母さん。

気を緩めて、自分をさらけ出してしまえば、主導権が失われる。だれかが主導権を奪っていく。そのままヨーロッパへ帰ってしまう。

母の額にもう一度キスをしてから、病室を、病棟を、病院を出た。これが最後だ。ただ、そう確信する。もうすぐ終わるのだ、と。

〈クリニカ・メデジン〉から二十分車を走らせ、街の反対側へ。広場から、〈ラ・ガレリア〉の暗い、狭い通路へ。いつもどおりの喧騒だ。山と積まれた果物、魚、肉のあいだに、人々が、声がひしめいている。奥まで進み、市場の果てにある、溶けた氷の上に魚を並べた屋台へ。木のベンチに座り、期待しながら待っている彼らのところへ。そこに着いたとき、色が戻ってきたのがわかった。すべてが見え、音が聞こえ、味もわかった。

透明な世界からの長い旅が、やっと終わった。

エル・メスティーソは、忘れ去られたようなその小さな空間に足を踏み入れた。いつもどおりのことが起きた。全員が同時にさっと立ち上がり、背伸びをしながらこちらへ向かってくる。

主な任務を与えるつもりだった、あの少年を除いては。

ここ数年、何度も仕事を頼んでいる、カミロという名の少年。最初の任務を与えてやったのも自分だ。それなのに彼はベンチに座ったままで、興味がなさそうにすら見える。エル・メスティーソははたと立ち止まり、近寄ってくる少年たちを追い払って、座ったままの少年を手招きした。

「おい、おまえ」

ひょろりと華奢な十二歳の少年は、手を振り返してきた。

「なんですか?」

「こっちに来い」

そして、落胆した同年代の少年たちの群れを切り裂いて、ゆっくり近寄ってきた。

「おまえに仕事をやる」

あの笑顔。仕事をやると言えば浮かぶはずの表情。それが、浮かばない。少年は地面を見下ろしたままだ。いつもは目を合わせようとしてくるのに。

「聞こえなかったのかもしれないが……おまえに仕事をやると言ったんだぞ」

エル・メスティーソには理解できない。目の前にいるこの少年、殺し屋《シカリオ》と名乗って誇らしげにしていた少年。殺すことに喜びを感じていた少年。それが、いまは、そういう取り決めが交わされる場所に立っていながら……悲しそうな顔をしている。

「仕事は受けません、セニョール。しばらくのあいだは」

「二百ドル」

「受けられないんです。約束したから」

「じゃあ、ここでなにをしてる?」

「それは……ここにいたいから。いつも」

いまだに視線は返ってこない。目が合わない。

「エル・メスティーソのいちばんのシカリオが、いちばんじゃなくなるのか？　報酬を上げなきゃならないかもな」

「もう少ししたら。もう少ししたら、セニョール、また仕事を始めます」

「四百ドル」

「四百？」

「そうだ。これはとくに大事な、特別な仕事だから。それがひとり分の報酬。そいつの家族三人についても、それぞれ四百やろう。女房と、子どもふたり。子どもらはおまえより年下だ。つまり、たったの一回で、計千六百ドルだな」

「千……六百……ドル？」

「いま八百払う。あとの八百は、おまえが戻ってきたときに」

エル・メスティーソは拳を握った両手を差し出すと、片方ずつ開き、まず左手に入っていたものを見せてから、右手の中身も見せた。カミロは、まぎれもないほんものの五百ドル札二枚と、まぎれもないほんものの百ドル札六枚を、まじまじと見つめた。

ママに八百。ブリキの箱に八百。

なにを、どうやって、なぜするのか。深く考えることはめったにない。いまは……胸の中で、炭酸がシュワーッと沸きたっている。そんな感じだ。

「だれですか？」

「俺の友人。友人だった男。裏切る前の話だ」

「友人……エル・スエコ？」

「そうだ、エル・スエコだ。それと、あいつの女房。それから、あいつの子ども。その順番で頼むぞ」

炭酸が頭へのぼっていく。頭がぐるぐる回転する。

だれも殺さないと約束して金をもらった自分はいま、殺すなと言って金をくれたその人を殺すよう命じられ、さらに大きな金額を差し出されている。

「あの人？　いつもいっしょに来てる人でしょう？　あなたの警護をしてる」

「もうしてない」

カミロは慎重にうなずいた。

初めて目を合わせた。

「わかりました」

まず、片方の手に入っていた金を受け取った。大事なことだ。それから、二時間後にカリへ出発するバスの切符を受け取った。それから、住所の書かれた紙切れ。それから、拳銃。サモラナで、今回は銃弾が八発入っている。一人当たり二発。

「おまえが忍びこむことになる家は、留守で真っ暗だろう。ここ何日かずっとそうだった。だが、家具や所持品は全部残ってる。やつらはもうすぐ立ち寄るはずだ。これから旅行に出るから、荷物を取りに行かなきゃならない。だから、急いでくれ。やつらが立ち寄るときに、おまえも家の中にいられるように。で、四人とも始末しろ。ひとりずつ」

悲しげな表情はそのままだ。エル・メスティーソには理解できない表情。だが、少年はやがて、布切れに包まれた拳銃と金を持って去っていった。なにはともあれシカリオなのだから。プロの殺し屋なのだから。エル・メスティーソはカミロが視界の外へ消えるのを待ってから、残りの子どもたち、期待に満ちあふれた歳若い殺し屋たちのもとへ戻った。だが、さっきとは逆だ——いま探しているのは、経験豊富な少年ではない。初心者だ。最初の任務を与えるときにはいつもそうしているように、全員が自分を囲むまで待ってから問いかけた。

「全員、経験者か？」

みんな答える。いつもどおり、全員、同時に。

「はい《スィ》！」

いちばん後ろに立っている少年は例外だ。手を上げず、〝五回〟〝十二回〟〝二十二回〟などと声をあげることもない。

「おまえは？」

「一回もありません……まだ」

「じゃあ、やってみろ。最初の仕事だ。いますぐ」

エル・メスティーソは札束から百ドル札を二枚抜き出し、ずだ袋のようなバッグからサプレッサーのついた銃と、弾薬をふたつ出した。それから、小さな写真。

「こいつだ。おまえの標的」

少年は——十歳、せいぜい十一歳だろうとエル・メスティーソは推測した——写真を凝視した。

「こいつ？」

「そうだ」

「でも、これ……知り合いなんですけど」

「そういうこともある。ほんもののシカリオは、任務を与えられたら、標的がだれであろうとやり遂げるもんだ」

少年は写真を持ったまま戸惑いの表情を浮かべ、写真を裏返し、また表に返した。こちらを見つめているのは、やはり同じ顔だ。

「でも、だって……カミロですよ？」

「そいつがおまえの標的だ。できるだろう？　ほんもののシカリオだもんな？」

写真。顔。二百ドル。拳銃。

シカリオ。

「はい。できます」

少年はうなずいた。

「ほんもののシカリオだから」

エル・メスティーソは百ドル札一枚と、布切れに包まれた拳銃を渡した。

「名前は？」

「ドンセルです」

「ドンセル？　いい名前だ。ではドンセル、いまから二時間後に、カミロの乗ったカリ行きのバスが出発する。そうしたら……おまえもカリへ行く。だが、俺といっしょに、俺の車で行くんだ。着いたら、俺は真っ暗な家から少し離れたところでおまえを降ろす。家の見えるところで、だがカミロには姿を見られないところで隠れていろ。カミロが家の中に入ったら、しばらく待て。銃声が聞こえるまで。カミロがひとりで出てくるまで。すぐに出てくるかもしれないが、しばらくかかる可能性もある。いずれにせよ、おまえはとにかく待って、待って、カミロが出てきたら……そうしたら、おまえの仕事をやれ。頭に一発、胸に一発、おまえのほうから撃ちこむんだ。痕跡を消すのは大事だからな、ドンセル」

エル・メスティーソはゆっくりと息をついた。

もう、なにも透明ではない。

すべてに色がついた。

〝おまえが俺の顔も見たくないなら、俺もおまえの顔は二度と見たくない〟

強烈なタールのにおい。それと、なにかほかのにおいもする。魚の残骸かもしれない。いや、思い込みだろうか。魚を処理したあとの生ごみを入れる金属製のバケツが床に置いてあるから。あるいは、壁の大きなフックふたつに、漁網がきれいに掛かっているから。目に見えているそんな光景が、ここにあるはずの、だが実際にはないにおいを強めているのかもしれない。

ストックホルム沖の群島の中でも南のほうにある、ほぼ無人島と言っていい島の、狭い漁師小屋。グランホルメン島の桟橋につながる岩場を少し上がったところだ。スヴェン・スンドクヴィスト警部補はそっと片脚を伸ばし、次いでもう片方も伸ばした。座り心地のよくないこの体勢で、もう三時間近くも座ったままだ。暗視望遠鏡を手に持っている。海は不気味なほど静かで、風速は二メートル、真っ暗な水面が見える。

「ほら、きみの番だ。あいかわらず静かそのものだよ」

望遠鏡を左側の男に渡す。質素な木の椅子を前後に揺らしていたラーシュ・オーゲスタム首席検察官は、真っ暗な窓の外を凝視するという任務を意欲満々に引き継いだ。右側にいるのは、スヴェンにとっては初対面の人物、特殊作戦部隊――外国の潜水艦がスウェーデン領海を侵犯したらしいとなると登場する、国防軍の特殊部隊――を率いる准将だ。こちらは前と変わらず、自分の暗視望遠鏡で窓の外を決然と見つめている。この漁師小屋に入ったときからずっとそうだ。

初めは警察も軍も戸惑っていて、来るのは大きめの潜水艇だろうと考えていた。南米からヨーロッパまで、ずっと水面下を移動する技術と馬力のある潜水艇。スペインやポルトガルの海軍が、カディスやファロ、ジブラルタルでの取り締まりで発見した、との報告が近年増えている。軽量材料でつくられていて、昔ながらの密輸ルートに比べると安上がりだし、安全でもある。だが、エーヴェルト・グレーンスが輸送ルートを手短に伝えてきた二通目のメールで、実際には小型潜水艇を載せた母船がベネズエラから出発し、アバディーン沖十海里のところで錨を下ろしているとわかり、大急ぎで準備しなおすはめになった。とはいえ、スヴェン・スンドクヴィストはこの小さな島に着いた時点で、これは肩の力を抜いてもよさそうだ、と感じた。准将も、その部下たちも、なにをすればいいか正確に把握しているように見えたからだ。

グレーンスからの情報によれば、コカインを積んだ潜水艇はスコットランド沖で水中に潜り、主に水深三十五メートルから四十メートルのところを航行して、ヨーテボリに向けて北海を横断する。そこから進路を変えて、スウェーデンとデンマークのあいだのエーレスンド海峡に入り、スウェーデンの南端を迂回してバルト海に入る。まずはストックホルム沖の群島にある、とりたてて特徴のない島、セーデルメイヤ島を目指す。そこから、さらに小さなとなりの島、グランホルメン島へ。この島の桟橋から少し沖に出たあたりは、水深が七十九メートルあり、モーターボートと落ちあって荷物を積み替えるのにうってつけなのだ。そして、そこから直接、水上輸送と陸上輸送で首都の街角へ荷物を運ぶ。

「スンドクヴィストさん、ほら、あなたの番ですよ」

首席検察官はスヴェンに暗視望遠鏡を渡そうとして、危うく床に落としかけた。スヴェン・スンドクヴィストは温厚そのもので、苛立つことはめったにない――エーヴェルト・グレーンスのような上司に耐える道を選んだ男だ――が、いまの彼は苛立っている。ラーシュ・オーゲスタム、グレーンスがだれより嫌っている相手、しばらく前には彼を拘置所に閉じこめすらしたこの検察官が、いったいなぜこの漁師小屋にいるのか、いまだにさっぱりわからないのだ。のちに公の場でスポットライトを浴び、市民に愛され称賛される権利を、それに値する仕事をしたわけでもない彼に、なぜ奪われなければならないのか。これは、グレーンス警部が自ら道を切り開いて得た、唯一無二の情報に基づく、唯一無二の麻薬押収案件だ。したがって、称賛されるべきはグレーンスとその部下であるはずなのに。

《フリッグより基地へ。標的に動きあり》

准将の無線機への呼びかけが漁師小屋の空気を切り裂き、頼りなげな壁に反響した。フリッグ。ソレンクルーカの桟橋のそばで待機しているコルベット艦だ。カンホルム海峡に三十分前から停まっている、積荷を引き受けるために来たのであろうモーターボート二艘を、レーダーで監視している。

《標的に動きあり――目的地へ向かっています》

いま、積荷を引き受けるボート二艘が次の段階に入った。グランホルメン島での決定的な瞬間に向けて移動している。准将は無線機のコードレスマイクを口に近づけて答えた。全員が彼の指示を聞きとり、準備にかからなければならない。

《総員に次ぐ。戦闘準備開始》

それから警部補と首席検察官を交互に見やった。

「沖にいる標的のボート二艘が待ち合わせ場所に到着したら、小型潜水艇はタンクから海水を排出して、荷物の積み替えのため水面に上がってくるでしょう」

そして、暗闇を手で示した。

「そこで攻撃を仕掛けます。潜水艇のタンクが完全に空になったところで」

ラーシュ・オーゲスタムの顔に笑みが浮かび、その声が甲高くなった。感情が昂ると、よくそうなるのだ。怒っているとき、動揺しているとき、恐怖を感じているとき、あるいはいまのように、期待に満ちあふれているとき、いつもこういう声になる。

「スウェーデン史上、最大の押収案件ですよ！　いや、スカンジナビア史上だ！　こんな場に立ち会えることなんてめったにありません」

「おそらくね、首席検察官。おそらくそうなるでしょう。しかし、まだ実現はしていないのです。条件がひとつある。もし、問題の小型潜水艇が……」

准将は、オーゲスタムにしっかりと目を向けながら話した。

「……われわれに気づいて、ふたたび潜航しようとしたら。もし、私がその際に、うちの隊員や装備が損なわれかねないと判断したら。私は、潜水艇を対潜迫撃砲で沈めろと命令せざるをえなくなります」

「それは……どんなことがあっても避けなければなりません。物品を押収しなければ。責任者を逮捕しなければ！」

「では、荷下ろしが始まった時点で乗組員を狙撃したほうがよいとお考えですか？」

オーゲスタムは黙りこみ、ためらった。

「絶対に逃げられたくなかったら、首席検察官、道はそれしかありません」

准将はオーゲスタムから目をそらさなかった。オーゲスタムの目には、いまや落胆がありありと表れている。検察庁の代表としてこの漁師小屋に来ている彼は、確かに意欲満々で、公に称賛されるチャンスを明らかに意識している。だが、そのために現実をねじ曲げようとするタイプではない。

「よかった、首席検察官、おわかりいただけたようですね」

准将はオーゲスタムの華奢な肩に手を置いた。落胆させた埋め合わせをするかのように。

「ですが、まあご安心ください。潜水艇に逃げられてしまう可能性はもっとも低い。うちの部隊はこういうことが専門ですから。すべて計画どおりに進む可能性がもっとも高いでしょう」

そして顔を近づけ、ささやき声で続けた。この小屋の狭さでは、内密にしておけることなどなにもないのに。

「ここだけの話ですがね、首席検察官——潜水艦がスウェーデン領海に入りこんだと報道されるとき、実際に来ているのはこの種の潜水艇であることがほとんどなんですよ。だが、首相が軍最高司令官とともに記者会見を開いて、ぼやけた写真を見せて、〝小型の潜水艦がスウェーデン領海を侵犯した事実が確認されました〟と宣言する。で、その情報を、なにも知らずに利用されている連中がメモして、〝分析では潜水艦の国籍を特定できず〟〝領海侵犯に関する情報はすべて極秘扱い〟と付け加えて報道する。おわかりになりますか？　ほんとうはロシアの潜水艦なんかじゃない。スパイ活動ではないんですよ。だが、公にはそう思われるように、それとなく情報を伝えている。国がなんとかするべきだという世論を醸成して、防衛費の増加が歓迎されるように。だが実際には、例外なく麻薬が運ばれている。金が動いている」

准将はまた望遠鏡を調節し、小屋の唯一の窓に、その外に広がる黒い海に目を向けた。水面にさざ波が立った。桟橋からまっすぐ沖に、五十メートルほど出たところだろうか。船首波だ。

小型潜水艇が、確かにここにいる。水面のすぐ下で、荷物を引き受けるボートが来るのを待っている。

准将は無線機をつかんだ。

《乗りこむ準備を》

スヴェン・スンドクヴィストは自分の暗視望遠鏡の焦点を水面から陸に移した。三つの分隊――特殊作戦部隊の隊員十二名が、隠れていた浜辺の森を離れて桟橋へ急いでいる。たどり着くと、黒塗りでうまくカムフラージュされた攻撃用ボート三艘を、巻き揚げ機を使って水面に移した。

そこまで見てから、スヴェンはもう一度、暗視望遠鏡をオーゲスタムに渡した。

「これは見ておいたほうがいい。準備完了だ」

ラーシュ・オーゲスタムは、隊員たちが四人組になってボートに乗りこみ、伏せて待機しているのを目で追った。潜水艇が水面に浮上してくるのを、襲撃実行のタイミングが訪れるのを待っている。

オーゲスタムはふたたび望遠鏡を海に向け、グレーンスが伝えてきた座標の位置を探った。緯度59.372905。経度18.876421。そこで小型潜水艇が水面に浮上し、ビニール包装されたコロンビア産コカインをモーターボートが受け継いで、最終目的地であるストックホルムまで運んでいく。

静けさ。沈黙。

やがて全員の待っていた音が響いた。聞き間違いようのない、ブーンとうなるような音が、カンホルム海峡のほうから聞こえてくる。だんだん大きくなる。

積荷を引き受けるボート二艘が、グランホルメン島に近づいてきたのだ。そして、急に停まった。耳をつんざくようだった音が徐々に小さくなり、代わりに燃える炎のような明るい光が見えた。二艘とも、ライトを水面に向けたのだ。照らされた場所で、小型潜水艇の砲塔が水面を破り、ハッチが開いた。

《これより、本作戦……》

准将の声の調子が変わった。さらに真剣なニュアンスを帯びる。

《……開始》

それからは、あっという間だった。

攻撃用ボートが発進し、桟橋からライトに照らされた場所へ、猛スピードで向かっていった。荷物を引き受けるボートに突進していく。

乗りこむ。

襲いかかった軍用ボート三艘のうち、二艘は安全ハーネスで自席に固定された兵士たちを乗せて、敵のボートに体当たりで突撃した。敵方の乗組員は武装していたが、不意打ちをくらって甲板の床や船べりに激しくぶつかった。ほどなく特殊作戦部隊の隊員たちがハーネスをはずして乗り移り、ボートを掌握した。

制圧した。一発も発砲することなく。

同時に、三艘目の攻撃ボートが小型潜水艇に向かっていった。半ば過ぎまで進んだところで、潜水艇の開いたハッチから機関銃の音が響いた。ほんの数秒で百発ほどが放たれた。

そして、沈黙が訪れた。発砲が始まったときと同様、突然に。時を同じくして、べつの銃から一発だけ銃声が響き、スヴェン・スンドクヴィストはその源を見きわめようとした。おそらく自分の斜め後ろだ。森のどこか。

狙撃手。

このたった一発が、乗組員ふたりの片方を倒した。

「十《テン・セカンズ》秒！」

声は大きく、広々とした海面に響きわたった。軍用ボートのいちばん前、船首に乗っていて、そこから真っ先に潜水艇へ乗り移った兵士の声だ。

開かれたハッチの中に銃口を突っこんだのも彼だった。

「十秒だけ待ってやる、降伏しろ！」

もはや陸から見ているだけでは、なにが起きているのか把握できない。強烈なライトの光がそわそわと水面を打つ。積荷を引き受けるはずだったボートが少し動いて、その向こうが見えなくなった。

「五《ファイブ・セカンズ》秒！」

スヴェン・スンドクヴィストはやがて目をそらした。そうしたほうが、声はよく聞こえてきた。

「三、二、一……」

　そこで声がぷつりと途切れた。スンドクヴィストが視線を戻して目を凝らすと、ライトの光は静止していて、ボートはもう邪魔をしていなかった。三十歳ほどの南米人らしき男が、潜水艇の梯子を上がり、両手を上げて甲板に出てきた。この望遠鏡でもっとズームアップできたなら、密輸業者の耳から血が出ているのも見えたことだろう。機雷による衝撃波のせいだ。鼓膜など、すぐに破れてしまう。

　ラーシュ・オーゲスタムに望遠鏡を渡す。首席検察官は笑みを浮かべているように見えた。頬は紅潮し、金髪の前髪はほとんど立ったような状態で、額に汗の粒すら浮かんでいる。この精力的な首席検察官が、どんなに激しいプレッシャーにさらされていても、こんな表情を浮かべているところを、スヴェン・スンドクヴィストはこれまで一度も見たことがなかった。

「押収品目録は？」

　細い指示棒を振りまわすように、躍起になって両腕を動かしている。

「スンドクヴィストさん、用意してありますか？」

　そして答えを待つことなく、狭い漁師小屋から暗闇の中へ走り出ると、岩肌のあらわな浜辺を横切って桟橋へ駆け、小型潜水艇を太いロープで牽引して戻ってきた攻撃用ボートに向かった。逮捕された男は手錠をかけられ、寒そうにしながら桟橋に下ろされた、というより押し上げられた。疲れ果て、やつれているように見える。海面のはるか下で何日も過ごすとそうなるのかもしれない。ラーシュ・オーゲスタムはいずれ、この男の尋問を行うことになるだろう――が、いまはただ大張り切りで、ひっくり返った鯨のように水面であえいでいる小型潜水艇に向かって走っていった。かなり高さのある桟橋から潜水艇までの距離はあまりなく、オーゲスタムは勢いをつけて飛び乗った。そして、転んだ。つややかな革靴が、潜水艇の上の滑りやすいところに着地して、彼は足場を失い、メイヤ南海峡の冷たい水中にまっさかさまに落ちた。ちょうど桟橋に着いたスヴェン・スンドクヴィストが、腹這いになって手を伸ばす。オーゲスタムはスンドクヴィストの手をつかみ、もう片方の手で桟橋の縁をつかんで、苦労しながらもなんとか体を持ち上げた。ふだんは非の打ちどころなく整った彼のスーツから、水がほとばしるように滴り落ちている。だが、本人はまったく気にしていない。助けに礼を言ってから立ち上がると、もう一度、潜水艇に狙いを定めて飛び移った。今回はうまくいき、彼は砲塔を、開いたハッチをつかむと、その場でひざをついてハッチの下、潜水艇の内部をのぞきこんだ。操舵室のほうを見る――手狭で粗末な空間だが、役目はじゅうぶん果たしているようだ。貨物室のほうを見る――そこには、首席検察官がこれまでに見た中でも五本の指に入る、驚くべき光景が広がっていた。

ビニール包装され、テープで留められた、長方形の包み。

それが、床から天井まで積み上げてある。空間を埋めつくすように。すきまなく、ぎゅうぎゅうに。

「ビニール包装で小分けしてある。聞いたとおりだ。情報どおりですよ！」

オーゲスタムは叫んだ。甲高い声の一部は、小型潜水艇の内部に吸いこまれていった。

「聞こえましたか、スンドクヴィストさん？　一トンですよ！　千キロ！　消費者のもとにはけっして届かない。ここで押収されるから。そうだ、押収品目録が用意できたら、番号をつけて、写真も撮りましょう。包みひとつひとつ、全部の写真を！」

そして、下りていった。びしょ濡れのスーツを着た体が、丸い穴の中へ吸いこまれていく。スヴェン・スンドクヴィストはそのあとを追いかけるように大声で呼びかけた。

「もちろんだ。全部の写真を撮ってやろう。なかなかいい情報だっただろう？　実はもうひとつ、いい情報があるんだ。あさって。これも大きな押収案件だ」

首席検察官の頭は穴の中へ消えたばかりだったが、また上がってきた。頭頂、目、鼻が縁から突き出る。

「それは……どういうことですか、スンドクヴィストさん？」

「アーランダ空港。あさって空港に行けば、次の情報をもらえる。詳しくはあとで教えるよ」

それ以上は言わなかった。明かすのはここまでにしろとエーヴェルト・グレーンスに指示されている。スヴェン・スンドクヴィストは彼の言うとおりにした——理由はわからないままに。だからオーゲスタムのもとを離れ、小型潜水艇のいる桟橋をあとにすると、浜辺を少し上がって暗闇の中に入り、だれにも声を聞かれそうにないことを確かめた。いまから、もうひとりと話をする。今回は、電話で。これもグレーンスの指示だ。

呼び出し音が五回。そして、彼の所属する部署を率いる人物の声。

「はい、エリック・ウィルソン」

「スンドクヴィストだ」

「ああ」

「この前報告した取り締まりは計画どおりに済んだよ。スウェーデン史上最大の押収量だ。だが、実は知らせていなかったことがひとつある。今回のこれは、なじみの情報源からたれ込みがあったおかげだ、ということ」

「なじみの……情報源？」

「そう。組織の内部からのたれ込みだ。アメリカの警察のため、中枢まで潜入した人物からの」

ウィルソンは答える前に咳払いをし、腹の底から息をついた。声を安定させようとしているのかもしれなかった。

「どうして……きみはどうしてそのことを知った？」

「エーヴェルトが情報を送ってくれたときに、そう伝えろと言ってきたんだ。それから、かならずこうも伝えろと。ハラルドソンはいい仕事をしている、と」

声。もう安定していない。ウィルソンはそのことを隠そうともしていない。

「仕事をしている、と言ったか？　それは……現在形なのか？　つまり……いまも仕事をしている？」

「そうだね」

スヴェン・スンドクヴィストは、沈黙が言葉にしないものを聞きとることができた。心の中に巻き起こった混沌、戸惑い、そして、安堵。

不可能が、可能になった瞬間。

「エーヴェルトから、こうも伝えてくれと言われたよ。死んだ人間が生き返ることもある。そういうことは過去にもあって、人はそれを信じている。だから、警視正もぜひ信じてもらいたい、と」

夜中。三時半。カリの街を行き来している人の数がもっとも少ない。この時間帯を待っていた。自分の家とは結局思えず、隠れ場所にしかならなかったこの街を、最後にもう一度だけ走り抜ける時が来た。

ピート・ホフマンはキッチンの椅子に座り、ソフィアは彼のひざに座って身を寄せている。

最後に、もう一度だけ。これが最後の夜、最後の数時間だ。

もう謝罪はしない。ついてくる道を選んだのは彼女だ。フランクフルトで落ちあって、新たな人生をともに歩もうと決めたのは。そのことを口にして、借りを返せと迫ったり、感謝しろと言ってきたりすることもない。そういう人ではないのだ。これは共同作業で、ふたりはともに生き延びてきた。

「ついに帰るのね、ピート」

息子たちが眠っているあいだに、ここにあるスーツケース三つに荷物を詰めた。生活と言えなくもないものの断片を。ソフィアが彼の唇に軽くキスをする。二度。

「帰る家が、どこであれ」

ピートは答えなかった。

「ピート？」

キスを、さらに二度。

「ピート？　聞いてる……？」

「帰る家？」

「うん」

「俺たちのいる場所が、家だ。いっしょにいる場所」

ソフィアが彼を強く抱きしめる。彼も強く抱きしめ返したいと思った。この夜が終わったら、そうするつもりだ。出発したら。

「だが、帰ったらどういうことになるのか、さっぱりわからない。約束がひとつあるだけで」

ソフィアは彼の頬を、額を撫で、彼の顔を自分の胸に押しつけた。

「その約束、私は信じてる。私たちみたいに、現実をめちゃくちゃに壊してしまった人間は――親戚とのつながりも、友だちとのつながりも、安心感も、全部壊してしまった人間は、信じるしかない。私は、信じるって決めた。短いあいだだけ刑務所に入れられるっていう話は、そのとおりになる。昔住んでた家、ウィルソンさんが維持しておいてくれたあの家が、また私たちの家になる。だって私も、あなたも、子どもたちも、そう信じるしかないから。信じなきゃならないから」

　愛しくてたまらない。ソフィアと離れると、ときどきほんとうに体の痛みを感じる。彼女はもう、自分の体の一部になっているのかもしれない。だから、いつでも彼女とともにいなければならない。内側に抱えていなければならない。

「ねえ」

「ん？」

　ソフィアが彼の頭を抱え、上向かせる。その瞳に、非難の色はまったくない。心配している目だ。

「これから、なにをするつもり？」

「家に残してきたものを取りに行く。持って行きたいものを、少しだけ。それを四つ目の旅行鞄に入れる」

「ほかには？」

ソフィアは、彼を知りつくしている。

「なにもしないよ」

「ピート？」

「ついでに、ひとつだけ用事を」

「用事って？」

「言えない」

「そんな答えじゃ納得できない」

ソフィアが見つめてくる。内側まで見透かす、このまなざし。

「小さな天使をぼろぼろにする男が、もう二度と、同じことができないようにしてやるんだ」

「天使？」

「ソフィア――これ以上は言えないし、言いたくないし、言う勇気もない」

ピートは立ち上がり、同時に、十六台ある監視カメラのダッシュボードと、その映像を映し出している画面を、最後にちらりと見やった。見知らぬものはなにもなく、ふだんと違う動きのパターンも見られない。

「行かないでほしい。ピート、今夜はやめて。もうあまり時間がないのよ。それを危険にさらしてまで……あの家にあるものなんて、べつになにも要らない。それに、なにをするつもりにせよ、あなたがすでに面倒を見てるふたりより価値のある天使はいない」

最後にもう一度、もう二度キスをしてから、階段を下り、暗闇へ出た。

いつもより暑く、湿気がある。雨になるだろう。

外で見張っている警備員はもういない。歩きながら見張っている人も、車内で待機している人も。彼がそういうふうにしたからだ。それでソフィアや息子たちを危険にさらすことになっても、ふたつの選択肢を秤にかけるたびに、手がかりを残したくなければこちらのほうがまだましだ、という結論に達した。

人の往来はほとんどない。予想どおりだ。車やスクーターはかぞえるほどしか見当たらず、歩行者もちらほらいるだけだった。運転は楽で、彼は目的地から二ブロック近く離れたところに駐車すると、荷物スペースを開け、新品の茶色い、なにも入っていないトランクを取り出した。においを殺す化学者のいる、ハムンディ郊外の工業施設から出てきて以来、ずっとここに置いてあったものだ。

一つ目の用事。

うち捨てられた、真っ暗な家。

そこに行って、置いていきたくない数少ない所持品をトランクに入れる。税関職員がトランクを開けてチェックする気になった場合にそなえて、中にはなにかしら入れておかねばなるまい。

徒歩数分。ここの夜の暗さ、ほんとうの意味での暗さには、結局最後まで慣れることができずに終わりそうだ。街灯は限られていて、彼が育った、暮らしていたストックホルムに比べると、光源があまりにも少ない。家もやはり真っ暗だった。ピート・ホフマンは周囲をつねに警戒しながらゆっくりと近づき、駐車スペースを通って狭い敷地内に入った。家の裏手は高く見苦しいコンクリート塀に囲まれているから、入る道は事実上ここしかない。一メートル半進んだところで立ち止まり、ズボンのポケットからペンほどの大きさの懐中電灯を出した。家に背を向けて立つよう気をつけつつ、高エネルギーの紫外線で蛍光糸を探した。見当たらない。軽くかがんで中腰になり、地面を探す。あった、真っ二つに切れている。だれかの、あるいはなにかの重みで切れたのだ。犬？　猫？　遊ぶ子ども？　それとも、ここにいるべきではない敵だろうか？

すばやくもしなやかな足取りで玄関へ向かい、鍵をそっと錠に差しこんで、取っ手を押し下げた。耳を澄ます。なにも聞こえない。トイレの換気扇の音と、居間のチェストの上にある時計の秒針の音。次のチェックポイントに光を当てる。玄関とキッチンのあいだ、ひざの高さに張っておいた細い糸。これも無事ではなかった。外の糸と同じように、真っ二つに切れて足元に落ちている。

家の中に、だれかがいたのだ。あるいは、いまもいる。

床に伏せ、這って廊下を戻ると、帽子棚に掛けてあるレインコートを動かした。後ろの壁にはめこまれた、小さな戸棚。その戸を開けて、十五センチ四方のモニターを見る。この家にあるすべての赤外線カメラから情報を受け取り、映し出しているモニターだ。下端に、ボタンが四つ。そのひとつが赤く点滅している。

二階。ラスムスの部屋だ。

ピート・ホフマンはシグナルを送ってきたボタンを押し、その部屋の映像をチェックした。真っ黒な画面。これがあるべき姿だ。が、あそこ——右下の隅。

体だ。間違いない。点滅した赤い光と同じ色で、熱を発している。

どうやら床に伏せているようだ。だから、大きいのか小さいのか、動物なのか人間なのか、判断がつかない。

彼は、待った。

じっとしたまま。

一分。二分。三分三十秒。ついに赤が動きだした。立ち上がっている。それで人間だとわかった。小柄な人間。ラスムスの部屋を出ようとしている。次の映像、二階の廊下と階段を映す赤外線カメラに、赤が映りつづけている。下の階へ——こちらへ向かっている。

ホフマンは肩のホルスターから狩猟用ナイフを抜き、木の柄を握って、両刃の刃体に人差し指をそっと当てた。最後にもう一度、画面をちらりと見る。赤は、人間は、なにかを手に持っている。なにかが影を落としているせいで、その部分が暗くなっている。

画面上の赤が階段を下りきった瞬間、ピート・ホフマンは攻撃に転じた。

二歩前へ。左手は侵入者の左肩をつかんでぐいとまわし、こちらに背を向けさせる。右手は侵入者の首をかき切るべく動いた。

そこで、ホフマンは動きを止めた。

これは成人ではない。力が、重みが足りないし、戦う技も身についていない。おかしい——発達しきっていない喉仏に手が触れて、そう確信した。

自分がかき切ろうとしているのは、子どもの首だ。

「銃を捨てろ！」

喉の皮膚に、刃をさらに強く当てる。

「死にたくないなら銃を捨てろ！」

拳銃が床に落ちる、ドンという鈍い音。そして、鈍い銃声がひとつ。弾がひとつ放たれて、ふたりの前の壁のどこかにめりこんだ。

ホフマンは侵入者をしっかりとつかんでいる。やはり子どもだ。彼は廊下の明かりをつけた。

「えっ？　おまえ……」

だれなのかは見えた。が、理解はできなかった。

「どういうことだ……なぜおまえが！」

アドレナリン。まだほとばしっていて、どうしても強すぎる、激しすぎる動きになってしまう。もし、ここで気づいていなかったら……数時間後に目を覚ます息子たちは、俺の死を知らされるはめになったのか？　そして、もし俺がここで死んでいたら、おまえはこれから息子たちのところに行って……それはあまりにもおぞましい想像で、ホフマンは大声で怒鳴り、目の前の子どもをがくがくと揺さぶった。

「あの約束はどうした！」

少年の両頬を強く叩く。手のひらの赤い痕が残った。

「エル・メスティーソに俺を殺せと頼まれたか！」

また子どもを揺さぶり、平手で打つ。

「答えろ！」

「は……い」

ピート・ホフマンには確信がないが、目の前にいるこの人間は、もしかしたら怖がっているのかもしれない。そうでないとしても、少なくともいつもの自然な威厳は失われている。

「はい……なんだ？　答えろ――俺だって、おまえに劣らず簡単に人を殺せるんだぞ！」

「はい。約束を破りました。あなたがくれた金より、あなたを殺してもらえる金のほうが多かったから。はい。エル・メスティーソに頼まれました」

「だが……だが、失敗したな」

華奢な体は、身を振りほどこうとはせず、反撃もしてこない。カミロが携えてきた唯一の力は、すでに弾を放った状態でそばの床に落ちている。ピート・ホフマンは彼をうつ伏せに倒し、念入りに持ちものを探った。ズボンのポケットにスティレットが、背負った鞘に短剣が入っていた。子どもが日本から取り寄せて〝短刀〟と呼んでいるたぐいの剣。ホフマンは両方とも遠くへ投げ捨てた。

「エル・メスティーソの任務に失敗したやつは、エル・メスティーソを大変な危険にさらすことになる」

ホフマンは右脚を伸ばして足で拳銃をつかみ、空いているほうの手で弾倉を抜き取った。

弾薬が七つ残っている。もとは八発入っていたということだ。

俺の家族、全員分か。

倒した少年を引っぱり上げる。体重はせいぜい五十キロ、発達しきっていないその体を、ふたたび床になぎ倒した。

少年は少し離れたところへ滑っていったが、くるりと振り向き、こちらを見た。

激しい怒りが消えていく。

子どもだ。人の命を奪いはするが、それでも、子どもなのだ。

「エル・メスティーソを大変な危険にさらすやつは、自分も相当まずい立場になる」

少年が初めて体をすくめる。身を守ろうとするように。ホフマンの怒りが消えたことなど、この子には知る由もない。

「あの……俺を……殺す気ですか？」

「俺はやらない。いまおまえにとって危ないのは俺じゃない。カミロ——失敗したおまえを、エル・メスティーソはかならず殺そうとする。メデジンに戻ったら」

ピート・ホフマンが近づいていくと、カミロは身を守ろうとして両腕を上げた。盾となるのは皮膚と骨だけだ。それでも殴られはしなかった。ホフマンは彼の体をつかんで持ち上げ、立ち上がらせた。

そして、ポケットからドル札の小さな束を出した。

「これからバスターミナルに直行しろ。だがな、メデジンには戻っちゃいけない。どこに行ってもいいが、メデジンにだけは戻るな。わかったな。バスターミナルに停まってる手近な長距離バスに乗って、終点まで行くんだ。着いたら、そこにとどまって、生きてることを聖母さまに感謝しろ」

ドンセルはベンチに座って待っていた。延々と。とにかく長かった。だが、自分にはいま、任務が与えられているのだ。初めての任務が。

エル・メスティーソに指示されたとおり、よく見えるところから家を見張っていた。すると、エル・メスティーソの言ったとおり、ついに男がひとりやってきた。背の高い、動きのしなやかな男で、頭とうなじを布で覆っている。暗かったが、ドンセルは確信した。

あの人だ。

これもエル・メスティーソの言ったとおり、やがて銃声が聞こえてきた。サプレッサーのついた銃から発せられた、鈍い音だったが、それでもはっきり聞こえた。

このあと、カミロが家から出てくるはずだ。エル・メスティーソが最後に言ったとおり。

いま、出てきた。

予定どおり、バスターミナルへ向かっている。

ドンセルはベンチから立ち上がって伸びをした。長いこと背を丸めて座っていたせいで、少しこわばった背中を伸ばした。拳銃を包んでいた布を開いた。そして、あとを追った。

もうすぐだ。

もうすぐ、ほんものの殺し屋《シカリオ》になれる。

ピート・ホフマンは内側から震えていた。恐怖のせいではなく、怒りのせいですらない。車の運転席にどさりと沈み、時計を見ると四時二十分で、彼はこれまでに感じたことのないこの震えを、なんとかコントロールしようとした。すべてが彼の中で融合し、皮膚を突き破って出てこようとしている、そんなふうに感じる――逃亡者として過ごしたこのいまいましい三年、つねに消えることなく迫ってくる死の影、自ら危険にさらしては守ってきたソフィアとラスムスとヒューゴー、三人がいま見張りのないアパートにいるという事実、子どもが自分を殺すために家まで送りこまれてきたという事実、その命を逆に奪う寸前だったという事実。

アパートに戻らなければ。

いますぐ。

〝行かないでほしい。ピート、今夜はやめて。もうあまり時間がないのよ。それを危険にさらしてまで……〟

車のエンジンをかけたが、震えはまだ消えない。自分を隠してくれる暗闇も、まだ消えていない。

彼は決意した。

これから、まだ目覚めていない街を猛スピードで突っ切れば。売春宿に出入りする客たちを避けることができれば。十五分、せいぜい二十分で済むことだ。

エル・メスティーソの角張った黒いメルセデス・ベンツ・Gクラスの後ろに車を駐め、バックドアを開けて、懐中電灯で慎重に中を照らした。必要なものはすべて揃っている。もう空ではない旅行用トランクのとなりに、固定用のマグネット四つとリモコンの入った袋。そして、そのとなりに――爆弾。セサルの手になるものだ。ごくふつうのカーアラームが土台になっている。それが箱に入っていて、金属製の蓋のついた黒いカバーに覆われている。大きさはチョコレートの箱ほど。中にはさらに、十二ボルトのバッテリーと、留めネジを詰めた包み、そして、プラスチック爆薬C‐4が入っている。

売春宿のバー兼接待所でかかっている音楽が、いくつかの開いた窓から外へ漏れている。グラスやボトルの打ち当たる音まで聞こえてくるような気がした。

客がふたり出てきた。どちらも中年の男だ。

なにやら熱心に話しあいながら、待機していたタクシーに乗りこむ。沈黙が訪れた。

ホフマンはここで行動を起こした。合計してもほんの一分ほどだ。爆弾を持って売春宿オーナーの車に忍び寄り、アスファルトに横になって、蓋の真ん中についているスイッチ、そこに刺さった鍵をまわして、主電源を入れた。それから這って車の下に潜りこんだ。マグネット四つで、狙いどおりの場所に箱を固定する。運転席の真下だ。エル・メスティーソの頭をよぎる最後の思考は、そのまま車の屋根を突き破って上へ飛ばされていくだろう。

ピート・ホフマンは車の下から這い出ると、だれにも見られていないことを確かめてから、さっと早足で自分の車に戻った。サイドウィンドウを開け、エル・メスティーソの車にリモコンを向けて、アラームを始動させた。

だから振動センサーを残しておくのが大事だったのだ。

その瞬間、彼自身は遠く離れたところにいて、自ら手を下すことはかなわない。代わりにあのセンサーが、数時間後にエル・メスティーソが運転席に座り、エンジンをかける瞬間をとらえてくれる。ふつうのカーアラームは、その信号をクラクションに送って音を発する。だが、この信号は、爆弾を起爆する雷管に送られることになる。

これが世の理だ。

こうするしかないこともある。たとえば、天使をぼろぼろにする人間が相手なら。

空港。訪れた数は少ない。とくに興味がなかったからだ。ストックホルムが、クロノベリ地区にある警察本部が、彼の昼を、夕を、夜を満たしている。ワシントンDCに二度行って帰ってきて、ボゴタのエルドラド国際空港を訪れるのはこれで六度目になるが、やはり確信は揺らいでいない。エーヴェルト・グレーンスには世界など必要ないのだ。世界に彼など必要ないのと同じように。

それでも。

今朝、この光景を目にしたことで、この旅のあらゆる瞬間に価値があったと思える。ひょっとしたら、いまだによく理解できないこの南米の国に、将来また来たいと思うこともあるかもしれない。

家族。父親と、母親と、幼い兄弟。

全員が、これから帰国する。

だ。そして、自分はそのために力を尽くした。これからずっと、そう思って生きていけるの

「よく来たな。おじさんはな、エーヴェルトって名前だ」

グレーンスは脚の痛みが許すかぎり腰を落とし、小さな手に向かって大きな手を差し出した。

「おまえさんが……ラスムスだな？」

「セバスチャンだよ」

グレーンスは片目をつぶってみせ、ささやいた。

「ほんとはラスムスって名前だろう、知ってるぞ。いい名前だ。あの飛行機でスウェーデンに着いたら、おまえさんの名前はラスムスだ」

ラスムスが不安げに父親を見やる。ピート・ホフマンはこくりとうなずき、同じようにささやいた。

「大丈夫だ、エーヴェルトおじさんは……知ってるから」

六歳の表情が和らぐ。

「うん。ラスムスだよ。ほんとはね」

グレーンスもうなずいてみせた。秘密を共有しているしるしに。それから、もう少し背

の高い少年のほうを向いた。

「そうすると、おまえさんは……」

「ヒューゴー。ヴィリアムって名前、好きじゃなかった」

「そうか、俺もな……」

グレーンスは顔を近づけ、少年の耳元でささやいた。

「……エーヴェルトって名前は好きじゃないんだ。だがな、こういう名前なのはもうしかたがない。結局はなじんじまう」

ふたりは微笑みあった。ここでも秘密を共有した。

「ソフィアです。ほんとうは」

ソフィア・ホフマンはいきなりグレーンスを抱擁した。彼にとってはまったくの不意打ちだった。慣れていることでもない。

「ありがとうございます、警部。あなたがしてくださったこと、全部」

だから、抱擁を返すことはあまりできなかった。

「礼には及ばない。俺は昔、あんたの連れ合いを殺すために手を尽くした人間だ」

だがピート・ホフマンは、握手を求めはしなかったし、抱擁もしなかった。アーランダ空港に着いたあとも、しばらくともに過ごすことになるのだ。さよならを言うのはそのあとでいい。いや、なにを言うのかはまだよくわからないが。

スピーカーが雑音をたて、飛行機が着陸したこと、べつの飛行機がこれから離陸することを告げた。旅行者があちこちを歩きまわり、新たな出会いにそなえている。スウェーデン人五人の小さなグループは、連れ立ってチェックインの列に向かった。全員が旅行鞄をひとつずつ持っている。カウンターの向こうの女性は、グレーンスの茶色いスーツケースを見て微笑んだ。ざらざらした手触りの古ぼけたスーツケースで、隅にエッフェル塔のシールが貼ってある。子どもたちの荷物ははるかに小さく、赤に黄色とはるかに色鮮やかで、ふたりとも秤のところまで自分で持っていきたがった。ソフィアは片方の取っ手に緑のリボンを蝶結びしている。そういうふうに目印をつける人がいるのは知っている。ベルトコンベアーで回転する中に、似たようなスーツケースがたくさんあるからだ。ピート・ホフマンのトランクは新品のように見えた。グレーンスのスーツケースと同じように大きく、色も同じ茶色だが、こちらは革製で、まるで鏡のようにつやつやと輝いている。空港の制服を着た女性はすべての重さを計り、あちこちに小さなシールを貼って、最後に、荷造りは自分でしましたか、と尋ねてきた。爆発物が入っていないことを確認し、荷物を飛行機に積みこむ前に税関の麻薬犬が検査をします、と伝えてきた。

出発まで、あと一時間。ニューヨークまで六時間。乗り継ぎに二時間。そこからストックホルムまで、八時間。

ピート・ホフマンとソフィア・ホフマンは、もう荷物を持っていない。互いの手をしっかりと握りしめ、できるかぎり穏やかに息をついている。悪夢のような三年を経て、ついにスウェーデンの地を踏むときも、また早朝のはずだ。

第五部

エーヴェルト・グレーンスは着陸の直前、毎回同じように恐怖を感じる。こんなのは狂気の沙汰だという思いが強まる。なんといっても空中に浮かんでいるのだ。機械に入れられた状態で。自分が生きつづけられるか否かを、いっさい自分でコントロールできない。コックピットにいるあの男が——男なのは、天井のスピーカーから響いた声でわかった——もし、精神的に不安定だったら？　覚醒剤をやっていたら？　操縦が下手くそだったら？　ここにいる何百人もの人々は、ふだんスクーターに乗るときにはヘルメットをかぶり、車に乗るときにはシートベルトをし、出かけるときにはきちんと玄関の鍵を閉めるだろうに、自分の命をなにより大切に思っているだろうに、まさにその命を、会ったこともない、大丈夫だと自ら見きわめたわけでもない人物に託してしまうなんて、狂気の沙汰としか言いようがないではないか？

機体の後ろのほうをちらりと見やる。四人とも、そこに座っている。ホフマン一家——通路をはさんだ四席、A、B、C、D。やや疲れたようすで、やや幸せそうで、やや不安げだ。自分とはあえて何列か席を離し、別々に座るよう手配した。同時に飛行機を降りることにならないように。これから行う話し合いが決裂した場合、だれひとりハラルドソン一家に注目しないように。エーヴェルト・グレーンスとピート・ホフマンのあいだで取り決めたことだ。グレーンスがなんらかの理由で交渉に失敗して、本来よりはるかに短い懲役刑にするという約束を果たせなかった場合、ペーテル・ハラルドソンはゆっくり時間をかけて妻と子どもふたりに別れを告げる。それから、あの新品の旅行用トランクを持って航空券予約カウンターに赴き、どこかべつの場所へ旅を続けるのだ。

車輪が滑走路にぶつかった瞬間、グレーンスは目を閉じていた。ドスン、ドスンと機体が揺れているあいだ、ぐっと拳を握りしめ、全員が右へ左へと揺さぶられる中、ゆっくりと息をついた。ようやく静止したところで、そっとまぶたを上げた。もう二度と乗るものか。グレーンスは自らにそう誓った。

飛行機の機首とターミナルビルをつなぐトンネルに足を踏み入れると、そこには警察官や税関職員が並んでいて、エーヴェルト・グレーンスはうなずいて彼らに挨拶した。いちばん手前に、短いリードでつながれた麻薬犬がいて、通り過ぎていく鞄のにおいをひとつ残らず嗅いでいる。好奇心にかられて尋ねてみると、コロンビアからの乗客が何人もいるときにはよくあることだという答えが返ってきた。

そのまま国際線ターミナルのざわつく中央通路を抜け、ベルトコンベアーのまわる手荷物受取所を、入国審査を、駐車場ビルへの通路を抜けて、空気の新鮮な外へ出た。そして、アーランダ空港警察署の中、あらかじめ押さえておいた、右手のやや奥の部屋に入るまで、グレーンスはいっさい足を止めなかった。ホフマンの居場所を気にかける必要はない。彼がどこで待つかはすでに決めてある。

ラーシュ・オーゲスタム首席検察官はもう来ていた。ハンカチを手にして咳きこみ、盛大に鼻をかんでいる。テーブルの上には空になった紅茶のカップがあり、金髪の前髪は珍しいことに乱れていて、茶色いフレームの眼鏡の奥に苛立った瞳が見える。わざわざ時間に余裕をもって来たのに、飛行機のほうが四十五分遅れたのだ。オーゲスタムは、グレーンスと組んだ最初の事件——五歳の少女が性暴力を受け殺された事件の初日から、彼のことを嫌っているし、グレーンスのほうもこの検察官を嫌っていて、いまやふたりともその気持ちを隠そうともしていない。正直、酒くさいスーツ姿のグレーンスを拘置所に閉じこめたのは実に痛快だった。それがいま、一時間近くを無駄にした末、自分はどうやらグレーンスに待たされたらしいとわかってきたのだ。関係の改善につながったとはとても言いがたい。

「グレーンスさん……？」

「そうだ、おまえの親愛なるエーヴェルト・グレーンスだ。なんだ……風邪でもひいたのか、オーゲスタム。服を着たまま泳いだって聞いたぞ」

「なぜ……僕がこうして待たされたのは、あ、あ、あなたのためだったわけですか？」

グレーンスは汚れの残っている簡素なコーヒーメーカーに向かい、サーバーに水を、フィルターにスウェーデンのコーヒーを入れた。世界のべつの地域で出される、もっとはるかに風味の豊かなコーヒーに、早くも慣れてしまっている。元に戻る時が来たわけで、大容量パックに入った安物のコーヒーをプラスチックカップで飲むのは、出発点として申し分なかった。

「俺のためであり、おまえのためでもあり……古い知り合いのためでもある。財界の馬鹿どもなら、ウィン・ウィン・ウィンとか言いかねないところだな」

「グレーンスさん、ふざけるのもいいかげんにしてください！　ここに来れば、今週あった記録的な押収案件の立役者に会える、と言われたのに。あなたの留守中の話ですよ……どこに言われて来たんですがね。どうやらだまされたようだ！　スンドクヴィストさんに行っていたのか知りませんが。休暇ですか？　少し日焼けしましたね。まあとにかく、その立役者に会えて、ひょっとしたらまた情報を提供してもらえるかもしれない。そう言ったんですよ、スンドクヴィストさんが。なのにあなたが現れるなんて、わけがわからない」

「立役者？　そりゃ照れるな。間違ってはいないが」

　グレーンスは自分よりもはるかに年下の検察官の前に腰を下ろし、唇を鳴らしながらプラスチックカップに半分までコーヒーを注いだ。

「こういうことだ。三日後にまた密輸品が来る。日付も、時刻も、場所も教えてやる。前回ほどじゃないが、それでもコカイン押収量としてはスウェーデン史上、五本の指に入る規模だ。この情報を、俺がまたもやおまえに渡してやったら、ラーシュ・オーゲスタムはわずかなあいだに二度も大手柄を立てたってことになるな」

　オーゲスタムは横に流した前髪を指先でいじった。ストレスを感じているときの癖だ。珍しく乱れた髪がさらにぼさぼさになった。

「それはいったい……どうやって情報を得たんですか？」

「精力的な捜査。比類なき推理力。冴え渡った分析力」

　エーヴェルト・グレーンスは笑顔にならないよう気をつけた。が、無理だった。こんなにも満足なのだ。

「いや、正直に言うと、とあるたれ込み屋のおかげだ。世界一のたれ込み屋。前回の密輸の情報をくれたのもそいつだ。今回も、おまえが協力するなら情報をくれる。というわけで、おまえにここに来てもらったのは、そいつのためだ」

ラーシュ・オーゲスタムが戸惑いを見せることはめったにない。傲岸不遜、苛立ち、居丈高——そういう態度なら、エーヴェルト・グレーンスはよく知っていて、心底馬鹿にしている。だが、この検察官がまごついているところは一度も見たことがなかった。

その彼が、いまはまごついている。

「頼みますよ、グレーンスさん、僕は……いったいどういうことなんですか？」

「人間は、一度クスリをやったらそれに慣れてしまう。もっと欲しがるようになる」

「慣れてしまう？　もっと欲しがる？」

「おまえも同じだ。もっと欲しいと思ってる。世の中の仕組みをわかってるからな。こういう取り締まりが出世につながるんだ。今回は、オーゲスタム、海に飛びこむ必要もないぞ」

オーゲスタムは座りにくい木の椅子にもたれ、グレーンスの笑顔から目をそらした。大きくため息をつく。立ち上がる。テーブルを迂回してゆっくりと歩く。水を一杯飲む。伸びをする。またため息をつく。そして、椅子に戻ってきた。

「いいでしょう、グレーンスさん。僕になにをしてほしいんですか？」

「引き換えに頼みがある」

「なんですか？」

「おまえの、その——まあいい、認めてやろう、だがこの部屋の外で認めてやるつもりはないぞ——おまえのその切れる頭を使って、納得のいく理屈をつけてほしいんだ。とある殺人犯——スウェーデンの司法制度から何年も逃げてた男、おまえがついぞ裁判を終えられなかった殺人犯が、なぜ一年以下の懲役で済むのか」

一時間。ラーシュ・オーゲスタムが理解するのに、ほんとうの意味で理解するのに、それだけ時間がかかった。死んだはずの人間が南米で生き返った経緯。その彼がまたもや、国を率いる連中によって死刑を宣告されたこと。死を逃れるため、世界が血眼になって探していた人質の救出を申し出て、実際に成功したこと。にもかかわらず、またもや死刑を宣告されたので、そのとおりに一度死んでやったこと。

「だめです」

「なんだと？」

そして、まさにその男がいま、アーランダ空港のどこかに家族といて、この話し合いの結果を待っているということ。

「だめです。僕は法律を遵守します」

「また記録的な量を押収できるんだぞ、オーゲスタム。おまえが法律をうまいこと遵守して、裁判が俺たちの期待どおりに終わってくれれば」

「スウェーデン領内で人を殺した男ですよ。少なくとも一人。ひょっとしたら二人」

「あいつはうちに雇われてたんだ。人を殺したとしても、それは間接的に警察の任務としてやったことだ。コロンビアでも同じように、べつの警察機関に雇われて人を殺してた。それに、黒幕はもう俺たちが追い詰めてやっただろう。政務次官はヒンセベリの女子刑務所に入ったし、警察庁長官とうちの警視正はアスプソースの隔離区画に入った」

「罰を受けるべきだ」

「わかってるんだろう。おまえは喉から手が出るほどこの情報が欲しい。こんな量を押収するチャンスはもう二度とない。頭をひねれば情状酌量の余地が見つかるってことも、わかってるはずだぞ」


空港警察署の仮眠室にひっそりと本棚があり、そこに法律書が置いてあった。オーゲスタムはぶつぶつ言いながら警部のもとを離れると、まるでにおいを嗅ぎつけたかのように、ほとんど迷うことなくその本に向かっていった。分厚い一冊を手に取って戻り、腰を下ろした。

「ひょっとすると……そうですね……もしかしたら、ですが……こんなふうに書けるかもしれない。ホフマンはX月X日、XXを銃撃してその命を奪った。Xはまあ、適当に入れてください」

ふたりとも覚えている。世界最小の拳銃が分解されてひそかに刑務所へ持ちこまれ、ホフマンの独房でふたたび組み立てられた。正体がばれるという非常事態にそなえて。塀の内側で、彼が中枢まで潜りこんだポーランド・マフィアの連中に、実はスウェーデンの警察のために働いていると知られた場合にそなえて。そして、実際にそうなった。正体がばれて、非常事態になった。あの弱々しい銃で、人体の中で最も硬い骨、頭蓋骨をうまく避けて脳を撃ち抜くには、目を撃つのがいちばん確実だった。

「それから……あくまでも仮定の話ですよ、グレーンスさん……もしかすると、僕は検察官としてこう主張すれば、うまくごまかせるかもしれない——その犯行は、状況に鑑みれば謀殺ではなく、故殺であると判断できる、と」

ラーシュ・オーゲスタムは法律書を前へ後ろへめくり、薄いページに記された膨大な情報を探った。

「故殺の詳細を論じる必要はないと思います。検察官が故殺と言えば、それでじゅうぶんでしょう。だが少なくとも、なぜ故殺と判断するかは裁判で述べなきゃならない。おそらく……」

薄いページをさらにめくる。かぼそい指が、条文を、項目を探る。

「……冒頭陳述と、主に最後の論告で。そのときに――あくまでも仮定の話ですが――こう説明する。ホフマンは突如、リンチ集団に囲まれる形になったのであって、彼がそういう状況を計画したわけではない。そして――これだとまるで弁護人みたいですが、検察官が弁護人の役割を果たすこともありますからね――たまたまそこにあった銃を、ちょうど手に入れたところだった。そして、相手の集団が――リンチ集団という言葉は、弁護人ならちょうどいいが、検察官としてはやはり不適切かもしれない、やはり使うのはやめておきます――その集団が迫ってくるのを目にして、自分の身を守るか、彼らを殺すか、選ばなければならなくなった」

前にも一度、ふたりはこんなふうに座っていたことがある。協力しあったことがあるのだ。グレーンスの自宅のキッチンで、ウイスキーを飲みつつ、何百もの虚偽の判決をテーブルの上に並べていた。どれも、ホフマンをはじめとする犯罪者兼潜入者たちの、違法な、したがって極秘とされた仕事の結果だった。あのときは実にいい気分だった。互いの存在に耐えられそうな気すらした。

いまも、同じ気分だ。

「ということで、グレーンスさん、ホフマンは正当防衛を主張できる状況に陥ったわけだが、僕はそのことを証明もできなければ、反証もできない。反証するのが検察官の仕事です。したがって、僕の求刑は軽くならざるをえない。いま言ったような状況で、ホフマンが冷静さを保つことは難しかっただろう、と述べるにとどめて、求刑は、そうだな……懲役三年。それが検察官としての求刑です。そのあとに弁護人が、被告人に迫るリンチ集団のようすを克明に描写してみせる。ホフマンは幸運にも、銃を持っていた。もちろん人を殺すのは褒められたことではないが、これは故殺にほかならない、検察官も同じ考えだ、と弁護人は言うでしょう。加えて、ホフマンが自らの意思で帰国したことにも触れる。したがって、裁判長、刑はさらに軽くするべきです、と——で、弁護人は懲役六か月を求める」

　エーヴェルト・グレーンスはオーゲスタムを抱擁しなかった。が、それに近い体勢にはなった。

「六か月だと、オーゲスタム？」

　オーゲスタムは身を守ろうとするように両手を上げた。これ以上は近づいてほしくない。

「ええ。そうすれば、判決はうまくいけば懲役一年になるでしょうね」

「で、仮釈放になる……八か月後には」

「そういうことです」

ラーシュ・オーゲスタムはちょうど両手を下げたところだった。だから、今度は身を守れなかった──警部の巨体がテーブル越しに飛びかかってきて、彼を強く抱擁したのだ。予想をはるかに超えたすばやい動きだった。

「でかしたぞ、オーゲスタム、褒美に情報をやる！　ちくしょう、もう一回だ！」

華奢な検察官はもう一度、抱擁を受けるはめになった。がばっと抱きついたグレーンスの太い腕は、抱擁されているほうが息もできなくなり頬を真っ赤にするまで、けっして離れていこうとしなかった。

ホフマン一家は、国際線ターミナルと第四ターミナルをつなぐガラス張りの通路につくられた小さなカフェのひとつで、隅のほうに席を取っていた。テーブルの上には、ミネラルウォーターとなにやら黄色っぽいジュースが置いてあり、シナモンロールの跡らしきパンくずの残った皿を囲んでいびつな輪を成している。近づいていったグレーンスは、言葉を発する必要がなかった──なにも言わなくても、ピート・ホフマンにはわかった。狙いどおりの取引が成立したのだと。一家四人が抱擁しあっているあいだ、グレーンスはその場をはずして売店に行き、じっくり時間をかけて新聞を選んだ。これは家族の時間だ。好きなだけ長いこと、邪魔されずに過ごすべきだ。

グレーンスが戻ってみると、ホフマンには泣いた跡があった。持参したトランクとともにカフェに残っていた彼は、置いていかれて、孤独で、うつろなようすに見えた。おそらく実際にそう感じているのだろう。ふたりは互いにうなずきあうと、〈スカイ・シティー〉の前にある、数台分のスペースしかない一時駐車場に向かった。そこに駐まっている中の一台は、エーヴェルト・グレーンスが手配しておいた、アーランダ空港からアスプソース重警備刑務所までの護送に使う警察車両だ。

「ふつうはな、ホフマン、一晩クロノベリ拘置所で過ごしてもらうところなんだ。だが、おまえの場合、なにはともあれアスプソース刑務所から脱走したわけだし。それに、刑務所長のオスカーションは、あれから……おまえがいろいろ持ちこんで刑務所の一部を吹っ飛ばした、あれの責任を問われて、かなり苦労させられたからな。すぐに返事が来て、新しい隔離区画に空きがひとつある、と。いや、ひょっとすると……むりやり空きをつくったのかもしれないが。そんなわけで、まあなんというか、説得は難しくなかった。おまえをまた閉じこめられるぞと持ちかけたら、一発で話が通った」

ほんの数十キロの短い道のりだが、話さなければならないことを話す時間はあった。

「それで……警察庁長官とヨーランソンがいるのと同じ区画だっていう話はしたよな？」

「聞きましたよ、警部」

「言っておくが……くれぐれも自重しろよ。なにも知らない俺を利用して、おまえの頭を撃たせようとした連中。おまえを利用しておきながら、おまえが危険になったらぽいっと捨てやがった連中。そんなやつらに、塀の中で反撃するのは——いまは向こうのほうがどこにも逃げられないわけだから、そんなところでやり返すのは……まあ、あまり適切とは言えんだろうな」

「そんなこと、考えもしませんでした」

「そりゃよかった。そういうのは……大変なことになるからな」

「大変なことになりますね。それに言わせてもらえば、昔とは違って、あなたは俺という人間を知っている。もし、なにか起きたとしても。もちろん、実際にはなにも起きないわけですが」

「もちろんだ」

エーヴェルト・グレーンスは高さ七メートルの塀にできるかぎり近いところで車を停めた。ふたり連れ立って、塀に開いた格子扉へ向かう。呼び鈴と監視カメラが待ち構えている。ここで刑務所の看守たちがふたりを迎え、この四人を引き受ける約束になっている。

かつて彼らの同僚を脅し、服役囚を殺し傷つけた男。だが、いまは彼らも、この男がスウェーデン警察のために刑務所に入っていたのだと知っている。グレーンスが片手を差し出し、ホフマンも片手を差し出し、ふたりとも力を込めて固い握手を交わしてから、さっと手を離した。グレーンスが立ち去ろうとしたところで、ホフマンはさっそく近寄ってきた看守に向かって止まるよう合図し、もう少しだけ時間をくれと求めた。

「実は……もうひとつだけ頼みが」

グレーンスは微笑んだ。驚きはない。用事はいつだって、もうひとつあるものだ。

「これなんですが」

ホフマンは茶色のつややかな旅行用トランクを差し出した。

「ソフィアに託せばよかったのに、忘れてました。俺に必要なものはあまりないが、いずれにせよ刑務所の中に全部ある。これを持ちこんで、ほかの囚人たちのがらくたとまとめて、埃だらけの倉庫にしまっておかれるのは、どうも気が進まない。だから……預かってもらえませんか？　警察のあなたの部屋の隅にでも置いておいてもらえればいい。だいたい、そうだな、八か月間ぐらい」

翌日

いつもより遅くなってしまった。だが、心の中では、いつもと同じように感じている。

エーヴェルト・グレーンスが穏やかであることはめったにない。六十三年生きてもいまだにつかみきれない、この不可解な落ち着きのなさが、つねにわずらわしく邪魔をしてくる。だが、ふたりの記念日を祝うため、彼女のもとへ向かっているときには、全身がやわらかく、温かく感じられる。恐怖、怒り、絶えず自分をさいなむ孤独感に、もう二度と対峙しなくていいのだと思えてくる。

昨晩は一睡もしていない。だが、体の中を駆けめぐるこの温もりとやわらかさがあるかぎり、眠りなど必要なかった。それに、眠ろうとしたところできっと眠れなかっただろう。その理由は、またべつにある——時差ぼけをいったいどうすればいいのか、さっぱりわからないのだ。コロンビア時間にようやく慣れてきたところで、またスウェーデン時間に戻すはめになった。自分なりのパターンを忠実になぞり、習慣にしがみついていなければ道に迷いそうな人間にとって、これはどうやら過ぎた負担らしかった。

ビニール袋を手に、午前のワインオークションをあとにすると、心の中と同じように穏やかなフリーハムネン港を横切って歩いた。港からはどういうわけか、はたと人の気配がなくなっている。今日は人々がどこにも向かわない日なのかもしれない。クーラーボックスはすでに助手席に置いてあり、グレーンスは今回、すぐに蓋を開けてボトルをしまいこむと、シートベルトをクーラーボックスに掛け、急に車が揺れても落ちそうにないことを確かめた。

そして、当然、前回とはべつのルートを選んだ。港湾区域を出ると、エステルマルム地区や中央駅周辺に向かうのではなく、新しくできたトンネル道路、北環状線《ノーラ・レンケン》を通ることにした。この道なら、目的地までほぼ一本道だし、タクシーのたくさんいる界隈からも遠く離れている。

今朝は、外部から招かれたアルコール・薬物セラピストとむりやり話をさせられた——朝になったのは、もっと大事な用事があるので九時前にはかならず終わらせてほしい、とグレーンスが要求したからだ——が、結局それではっきりしたのは、ストックホルム市警のエーヴェルト・グレーンス警部は欠点だらけといえど、そのどれもアルコールの消費にはまったく関係がない、という事実だった。セラピストはほんの数分のやりとりで、例のタクシー運転手も首席検察官も見きわめられなかった真相を見抜いた――この人はめったに酒を飲まず、そもそも酔うことに関心がない。いま助手席に乗せて運んでいる高価なワイン二瓶は、彼が一年で消費するアルコール量に相当する。

クソったれ。

今回の件で、グレーンスが最初から首席検察官に貼りつけていたレッテルだ。計二時間という記録的な短さに終わった内部調査を経ても、このレッテルを取り消す理由はひとつも見当たらなかった。捜査は始まるやいなや証拠不十分で打ち切られた。公的機関に不当な扱いを受けたとして、法務長官に訴えることもできなくはなかったが、グレーンスは気乗りがしなかった。そんなことをしてもべつのクソったれが調査に来るだけだ。代わりにオーゲスタム首席検察官を呼んで、法務長官に訴えが行くのと、直接謝罪するのとではどちらがいいか、昨日の協力への礼も兼ねて選ばせてやることにした。それであのクソったれはグレーンスのオフィスで、古ぼけたコーデュロイソファーとがたがた揺れるテーブルの脇に立ち、シーヴ・マルムクヴィスト『本気になんかならないわ』のメロディーに合わせて、力なく汗ばんだ手を差し出してきた。

ロースラグストゥルを抜け、ノルトゥルを抜け、高速E4号線を北へ。

クーラーボックスには、一九八二年もののムーラン・トゥーシェが二瓶入っている。前回と同じスーツ姿の男と、大げさな赤い帽子をかぶった女、グレーンスの三人が見栄を張りあう形となったオークションで、かつてない高値で買い入れた。グレーンスはシートベルトに触れ、何度かぐいぐいと引っぱって、クーラーボックスがきちんと固定されていることを確かめた。それから、助手席の床に置いてある、黄色に近い新鮮な桃ふたつの入ったボウルを、少し動かした。

ワイン。それと、桃。ふたりが同じ名字を名乗るようになった最初の日、ロワール渓谷のペンションで誇らしげに桃を出してきて、デザートはフランベした桃に限る、ワインの味を引き立ててくれる、と主張した女主人。彼女はこのワインについて滔々と語ってくれた。生産元のブドウ園は十九世紀の初めから、ボトリングのたびに箱を数百個、地下室に移していた。一世紀後にはさらに地下室を広げ、毎年一万本のボトルをそこに置いて熟成させていた。ところが第二次世界大戦が勃発した。地下の貯蔵庫は閉ざされ、入口をふさがれた。そして一九七〇年代に開けられるまで、大量のボトルがそっくりそのまま、年ごとに残っていたのだという。グレーンスは、二本ずつオークションで競り落としてアンニのもとへ向かうこの習慣を、おそらく死ぬまでずっと続けることができるだろう。

最初の数年、ふたりは記念日になるとかならず、旧市街《ガムラスタン》のレストランかスヴェア通りの自宅マンションでこのワインを開け、乾杯していた。介護ホームでは、あまり美しいグラスではなく、子ども用のシロップ水を入れるようなグラスを使っていたが、ワインの味は同じだった。そしてここ数年は、彼女が眠るストックホルム北墓地へ赴いている。いまちょうどそうしているように、墓石のあいだを縫ってゆっくりと歩き、質素な木の十字架の並ぶ、やや新しい区画へ向かう。区画19Bにある、603という番号のついた墓所。

アンニ・グレーンス。

彼がつくらせた小さな金属プレートに、そう記されている。

カルーナが一列に植わっていて、その奥に、もっと丈の高い植物があり、ピンクの小さな花が丸く固まってついている。さして美しいものではないが、名前が気に入って植えたものだ——愛の草《シャーレクスエルト》（ムラサキベンケイソウ）。熊手を立てかけるラックに掛けてあったじょうろを取ってくると、半分まで水を入れ、花に水をやりはじめた。十字架のいちばん近く、周囲を囲む草木の陰にならない場所に植わっている薔薇には、一滴も水がかからないよう気をつけた。この花は、彼の酔いの程度をはかる時計だ。グラスふたつにワインを注ぐと、まず自分の分を飲み干してから、アンニのグラスの酒を薔薇にかける。花そのものにかかるよう気をつけてワインをかけると、花はすぐにしおれてしまい、立ち直るまでに二時間かかる。ふたたび花が咲き誇るころには、体内のアルコール濃度はじゅうぶん低くなっていて、また車で出発できるというわけだ。

エーヴェルト・グレーンスは少し離れたところ、アスファルトの通路のそばにあるベンチへ向かうと、それを引きずってアンニの十字架の前の芝生に置いた。腰を下ろすと、中央が彼の重みで少し揺れた。

墓地の静けさ。長いあいだ、ずっと恐れていた。が、だんだん好きになり、そこに背をあずけて休むことも覚えた。

ボトルを開ける。一本ずつ。

今年は少し遅くなってしまった。もう二度と遅刻はしないつもりだ。

最初の数滴で、あのときワインを飲んだアンニの表情を思い出す。彼女が笑って、彼の腕を取って、引き寄せて、キスをして、これからずっといっしょだね、とささやいたときのこと。

四か月後

なぜこの道を選んだのか、自分でもよくわからない。一ブロック、また一ブロックと、ここ一時間ずっとペンシルベニア大通りを歩いている。黒い革靴に、暑すぎるスーツ姿で、靴ずれがじくじくと痛み、硬い地面にかかとが当たるたびに股関節が痛む。半歩前を歩いているのは新しいボディーガードだ。正確に言えば、新しいボディーガードはふたりいて、ふたり目が半歩後ろを歩いている。名前は知らない。定期的に入れ替わるのだ。人を深く知って親しくなってしまったら、気持ちを傾けなくてはならなくなる。葬式に行かなければならなくなる。結局、ロバーツの葬式には行きもしなかった。彼が灰と化すところを、この目で見たのだから。

着いた。

フェンス。門。芝生。噴水。そして、弧を描くアスファルトの通路。ホワイトハウス正面入口への、最後の道のりだ。

午前中はNGAで過ごし、昼食は下院でとった。ふつうの一日だ。ここまでは。週に一、二度行われるブリーフィングに、招かれてはいたものの、これまではずっと来るのを避けてきた。だれが、どんなふうに抹殺されたか、知りたいという気にはもうなれなかったから。

自由の身になって、四か月。だからだろう。そろそろ潮時だ。

ホワイトハウスのドアを開けてくれたシークレットサービスの隊員に向かって、挨拶代わりにうなずいてみせる。いい一日を、と言われた。身分証は求められず、所持品検査もない。この国有数の権力者でありながら、かつては政界に関係のない人にはほとんど顔を知られていなかったし、注目もされていなかった。それが、拉致事件で一変した。ティモシー・D・クラウズは有名人となり、だれもが認識している顔となった。

「ここで待っていてくれ」

ボディーガードたちはその指示に従っていいのかどうかためらっているようすだったが、それでも彼のそばを離れ、入口を入ったところに置いてある簡素な椅子に陣取った。クラウズはそれを確認してから、延々と続く廊下をひとりで進んだ。

救出されて帰国し、全世界に向けた記者会見が行われた翌日にはもう、緊急トラウマ治療のため、下院が用意したプロ集団に会うことを勧められた。が、断った。そこで自分をさらけ出す気力がなかったからだ。代わりに、自力で助けを得た。リズの治療の過程で出会ったセラピスト。リズ本人だけでなく、亡くなったあとに悲しむ両親をも助けてくれた人物だ。それで、情動記憶というものに取り組んだ。今回のできごとで感じたことを、あらためて呼びさますのは、地獄のような苦しみだった。なんといっても、自分を守ろうとして四十人あまりが死んだところを見たのだ。そのあと目隠しをされ、トラックの荷台に乗せられて、なぜ、どこに向かうのかもわからないまま、ふたたびジャングルの中を移動させられた。処刑のまねごとをされた。檻に閉じこめられた。拷問を受けた。ぼろぼろの服を着た、泥まみれの動物に成り下がった。

以前と同じように感情や思考を処理できるようになるには、おそらく一年、ひょっとしたら二年はかかるかもしれない、というのがセラピストの判断だった。だが、読みははずれた。彼を苦しめつづけるはずのものは、四か月で早くも消え、彼の心には届かなくなっていた。理由はわかっている。たったひとりの子どもを失った人間にはもう、奪えるものなどなにも残っていないのだ。あのおぞましい連中は、彼を精神的に参らせたと思っていた。実際、あのとき、あの場ではそうだったのだろう。だが、もう影響はない。あの時点ですでに体内から消えていた恐怖を、彼らがつかむことはできなかった。

閉ざされた扉。彼はノックをし、自ら扉を開け、中に入った。

コロンビアに行く前の日、会議のためにここへ来たときと、まったく同じように見えた。空色のカーペット、海色の壁紙。金縁の鏡、天井のシャンデリア、火をつけることのないろうそく。金髪をひとつにまとめ、赤い眼鏡を紐で首に掛けたトンプソン副大統領が、オーク材の机に向かっている。そのほかは、前回来たときにはいなかった面々だ。ペリー大統領首席補佐官、イヴCIA長官、ライリーFBI長官。ふわふわのクッションに囲まれて、白い布張りのソファーにきつそうに座っている。

「どうぞ、座って」

青いひじ掛け椅子を勧められた。暖炉のそば。そのほうが温もりと安心感を与えると考えたのかもしれない。彼のことを、弱った人間だと思っているのだろうから。

〝対麻薬最終戦争《ファイナル・ウォー・オン・ドラッグス》〟。殺害対象者リスト。コロンビア。これまで避けてきたのは、ここでのブリーフィングだけではない。ジャーナリストとも、仕事仲間とも、いや、自分のきょうだいとすら、話をするのを避けてきた。リズが死んだときとまったく同じだ。あのときは自分でもなぜかわからなかったし、今回もよくわからない。じゅうぶんな時が過ぎるまで待ちたい、ということだろうか。それとも、自分は、感情が脳を離れて胸へ移動することをけっして許さず、感情を思考につくりかえようとする、そういうたぐいの人間なのだろうか。それとも単に、これが自分なりの生き延びる術なのか。

一同が囲んでいる古風なテーブルに、書類が積んである。いちばん上に、トランプの絵札十三枚を描いたイラストが見え、まるでこれから互いに読み聞かせる小説の表紙のようだ。それぞれの絵札の中にひとりずつ、人物の写真が入っている。その下に、各々の別名。

ペリー首席補佐官がふわふわのクッションを離れて身を乗り出し、書類を引き寄せた。どうやら彼の書類らしい。

「ハートのエース」

ペリーが本の表紙に似たイラストをどかして、次の書類を手に取った。白黒写真。死人の写真だ。縄で首を吊られている。クラウズは椅子のひじ掛けをつかんだ。ついにこの部屋に来ると決めたのが、ほんとうに正しい判断だったのかどうか、よくわからなくなってきた。

「ハートのエース。ルイス・アルベルト・トレス、別名ハコブ・マジョ。ブエナベントゥラという港町にいることが判明した。そして、サダム・フセインをとらえたときと同様――〝イラクの自由作戦〟リストの最重要人物、いわゆる〝スペードのエース〟だな――調査の結果、裁判と絞首刑の執行を公開したことで、世論の支持は最大になったとわかった」

　クラウズはその奇妙な写真を見た。目が離せなくなった。窮屈そうな黒い頭巾を見つめる。トレス本人がかぶりたがったのか、それとも世界のほうを守るためか。

「裁判中はずっと、ティム、きみもよく知るキャンプ・ジャスティスに拘留されていた。現場で刑の執行を目撃した、現地大使館のジョナサン・ウッズという人物が、ようすを報告してくれている。引用すると、〝PRC最高司令官は、二本の支柱から成る絞首台に連行されるあいだ、顔を隠した死刑執行人たちと雑談しているように見えた〟。そのあと、これもまた引用だが、〝やわらかい布が首に巻かれ、その上に縄が掛けられて引き締められ、床の穴があいた〟。ウッズの報告の締めくくりには、〝元最高司令官は死に向かって落ちていき、首の骨の折れる音が聞こえた〟とある」

　ローリエル・ペリー首席補佐官は、上着の右ポケットに赤いフェルトペンを入れていた。いま、それを取り出し、ハートのエースの写真にていねいにバツ印をつけてから、同じくていねいに次の書類をテーブルに置いた。新たな写真。粉々になった黒炭の山。全焼した建物の、煤けたコンクリートの土台の上に、人体の残骸。

「ハートのキング。ファン・マウリシオ・デモス、別名〝医者《エル・メディコ》〟。ドローンを使った攻撃だ。空母リバティーが太平洋、コロンビア西岸沖八海里のところから発射。標的はカリの南、ハムンディ付近の建物。一家全員、同時に仕留めた」

赤いフェルトペンがハートのキングの顔を覆う。また、新たな写真。地面にあいた大きなクレーター。

「ハートのクイーン。カタリナ・エラドル・シエラ、別名〝モナリザ〟。特注ハイブリッドミサイルで倒した。空母ドワイト・D・アイゼンハワーがカリブ海、コロンビア北岸沖二十二海里のところから発射。標的はメデジンの西、ラ・クチージャにあった建物。これで二名を同時に仕留めた。もう片方についてはまたあとで」

ハートのクイーンの顔が赤く染まる。そして――また新たな写真。全焼した車。真っ黒な煤に覆われている。写真の端、運転席にまだ乗っているのは――かつて人間だったもの。クラウズの目はまたもや釘付けになった。自分が見ているのは、どうやら人間の頭らしい、とわかった。こんなにも小さい。まるで赤ん坊の頭だ。縮んでしまっている。もちろん知っている、熱にはそういう作用があると。

「ハートのジャック。ジョニー・サンチェス、別名〝エル・メスティーソ〟。爆弾だ。この男がある朝、経営する売春宿を出て、愛車メルセデス・ベンツ・Gクラスで出発しようとしたところで爆発した。技術的な分析の結果、実に巧妙な爆弾で、ごくふつうのカーアラームを爆薬と締めネジ、雷管で補ったものだったとわかったそうだ。この男が死んだという情報は実をいうと、DEAのスー・マスターソン前長官から直接もたらされた。辞任する前の最後の仕事だ。いつどこに行けばこの男が見つかるか、時刻も場所も提供された。なにより喜ぶべきは、爆弾を仕掛けたのがわれわれではないということだ！　マスターソンの話では、なんらかの内部抗争、ゲリラのメンバーどうしが対立した結果ということだった」

大統領首席補佐官は赤い線二本でこの男を葬った。

「暴力的な人間が、暴力的な死を迎えたというわけだ」

クラウズはもう、椅子のひじ掛けをつかんではいない。縮んだ頭の写真に向かって身を乗り出してから、トランプの絵札にはめこまれた写真のほうを向いた。

「それ、見せてくれるか？」

ペリー首席補佐官は焼けた車の写真を手渡した。

「それじゃない。きみがいまバツをつけた写真だ」

顔。

見たことがある。

衛星画像で、兵士を四人殺して埋めさせた顔。現実で、拷問のため檻の中に入ってきた顔。

「エル・メスティーソ。混血。そう呼ばれていたんだな？」

「ティム、どうした？」

クラウズは無意識のうちに立ち上がっていた。額から首筋まで真っ赤になっていることも、体が震えていることも、まったく自覚していなかった。

〝この男〟

「ティム？」

〝こいつだ〟

「おい、ちょっと……大丈夫か？」

〝笑いながら、私を破壊した男〟

「ティム？」

「続けてくれ」

副大統領が彼の腕をつかんだ。そのまま離さない。

「でも、ティミー、ほんとうに続けていいのかしら、あなた震えてるし、汗もかいてるし、息も……」

クラウズはその手をどかし、望んでいない接触の名残を振り払った。

「続けてくれ。いますぐ」

全員が気づいたことだ。下院議長は一瞬、ここではない、どこかべつの場所にいて、意思の疎通ができない状態になっていた。だが確信はなく、その意味を感じとれたわけでもない。ただ顔を見合わせ、けっして得られない答えを探すことしかできなかった。

「ティム？」

ティモシー・D・クラウズは白いシャツの袖で頭やうなじをぬぐい、落ち着かない呼吸にゆっくりとした呼吸で向きあって、腹のほうまで空気を運び、不安をそこに閉じこめた。それから、震えが外からはもう見えなくなり、内側にしかなくなったと思えた時点で、ふたたび腰を下ろした。

「では、ティム……そのとおりにさせてもらうよ。続けよう」

ペリーは資料を順番にさらっていくため、積まれた紙を一枚ずつ出し、古風なテーブルの上に四枚を広げた。

「これが、ハートの十の残骸——さっき話した、二名を一挙に仕留めた攻撃の、ふたり目の標的だ」

一枚目——クレーターの写真。少なくとも、そんなふうに見えた。地表に開いたブラックホールのように。

「ハートのクイーンと同様、証拠はほとんど残っていないが、それでも間違いなく標的の人物だと断定できた。人体の断片から、ＤＮＡを抽出したのだ――いちばんいいのは大腿骨で、どちらもそれなりに無傷のものが見つかった。そのうちの一本がこれだ」

二枚目――クラウズは不思議なことに、説明がなくともそれがなんだか理解できた――ラングレー（ＣＩＡ本部がある）の科学捜査ラボにある、骨の粉砕機の写真。大腿骨の一部が、三枚目の写真ではふつうのハンマーで砕かれ、四枚目の写真では液体窒素の入った回転粉砕機に移されていた。機械が二十分うなると、骨は粉状になり、ＤＮＡを抽出できる状態になる。

「ハートの十にも、赤いバツ印をつけて、と――これで完成だ。ロイヤル・ストレート・フラッシュ」

大統領首席補佐官は微笑むと、順番が変わってしまわないよう気をつけつつ、四枚の写真をかき集めた。そして、書類の山から次の二枚を掲げてみせたが、すぐに元に戻した。

「ハートの九。ハートの八。現地調査でも、すでに入ってきている情報の精査でも、まだ成果は挙がっていない」

新たな紙、新たな写真。首席補佐官は出席者をひとりずつ、ちらりと見やった。不安を感じていて、そのことを隠そうとしているかのように。

「ハートの七」

テーブルの上に、一枚の写真。

解剖台に載せられた裸体。仰向けだ。肌は土気色で、首飾りのような青あざがくっきりと見える。

「ボゴタのアメリカ大使館に届けられた。車の荷物スペースに入れてあったそうだ。死因は絞殺」

フェルトペン、赤いバツ印。写真がひっくり返され、首席補佐官が早くも次の紙を手に取ったところで、クラウズが割りこんだ。

「いま……なんと言った？ 荷物スペースに入れてあった？ 絞殺？」

「そうだが」

「どうして、絞殺して……荷物スペースに入れたんだ？」

「われわれがやったのではない。届けられた時点で、すでに死んでいたんだ」

クラウズは手を伸ばし、書類を渡してほしいという意思を示した。渡されると、金属の台に載せられた土気色の皮膚を、長い時間をかけて観察した。

「それなら……どうしてそいつだとわかる？」

「すでにつかんでいた情報と一致したからだ。身長、体重、体格、骨格の損傷、際立った特徴」

クラウズはもう、さっさとこの写真を手放して、大統領首席補佐官に殺害対象者リストの総括を続けさせるべきなのだろう。全員が、次に予定されている会議に間に合うように。だが、ここに横たえられている人間。土気色で、硬くなっている、生命のない人物。彼のほうが、手を離してくれない。

「DNAは？」

自分以外の全員が、なにやら……少々急ぎすぎている気がしてならない。

「いや」

「指紋は？　ほかの連中はみな、そうやって確認したんじゃないのか」

「残念ながら」

ウィリアム・ライリーはそれまでずっと黙っていた。だが、いま、一同の顔とテーブルのあいだで勢いこんで腕を動かしたので、ふわふわのクッションがふたつ転げ落ちた。

「検索しても、いっさいヒットしないんですよ。世界最大のDNAデータベースを使っているのに。九百万人のデータが載っている――だが、犯罪の疑いをかけられたことのある連中しか載っていない。前から言っていることですが、全員のデータを収集するべきですよ」

「世論はまだ、そこまで到達していない。プライバシーというやつだ」

「ペリーさん――プライバシーですか？　なぜ犯罪者にプライバシーが必要なんです？」

大統領首席補佐官は答えなかった。ＦＢＩ長官の言葉のイントネーションがどうあれ、いまのは質問ではないからだ。代わりにクラウズのほうを向き、解剖台に載せられた男を指差した。

「エル・スエコ。コロンビアでは、出身地、あるいは外見に基づいた別名がよく使われる。エル・インディオ、エル・メスティーソ、エル・ネグロ……人種生物学の世界だ。というわけで、エル・スエコという別名もそういうことだろうと推測し、北ヨーロッパだけでなく、オーストラリアやニュージーランド、カナダ、南アフリカの警察にも情報を求めた。ほかにも数か国あったかもしれない。それでも、なにも見つからなかった」

「デンマーク。実に模範的な国ですよ、ペリーさん。新生児の血をとっておいて、病気にかかっていないか検査する。それをそのあと、犯罪の被疑者の特定にも使うんです。デンマークにできるなら、わが国だってやるべきでしょう？」

これも質問ではなかった。大統領首席補佐官が、いま自分はクラウズと話しているのだ、とあからさまに示してきて、ＦＢＩ長官は今回も答えを得られなかった。

「ハートの七に関しては、あらかじめわかっていた情報をもとに、あらゆる手を駆使したんだ。その結果、鑑識捜査官と法医学者が判断を下した。ひとつひとつの細部をすべて総合して考えれば、本人だと考えるに足るじゅうぶんな状況証拠になる、と」

ＣＩＡのマーク・イヴ長官も、ライリーと同じように長いこと黙ったままで、やりとりを観察し、耳を傾けていた。その彼がいま、テーブルの上に身を乗り出し、ハートの七に関連する写真四枚をかき集めて、すでに話題にのぼったほかの写真の山に加えた。

「次に行きましょう」

ペリーの手から赤いフェルトペンを取り上げ、ハートの七を示したイラストにふたたびバツ印をつけたので、すでにあった線がさらに太い線になった。

「ペリーさん？」

だが、大統領首席補佐官は次には行かなかった。すぐには。

「さあ、次に行きましょう、ペリーさん」

気が変わったのかもしれない。先を急ごうとしたせいで、招かれた主賓であるところのクラウズに疑問を抱かせてしまったから。マーク・イヴ、ウィリアム・ライリー、副大統領、ひとりずつと目を合わせる。そして、ＣＩＡ長官がたったいまもどかしげに集めた写真をふたたび出し、赤ペンをつかんだ。

「この場では、全関係者のために、情報を開示するべきだろう」

「アメリカ国籍のない、死んだ犯罪者なのよ……」

副大統領も、たったいま大統領首席補佐官がしたのと同じように、ほかの三人と目を合わせた。

「……それでじゅうぶんじゃないの、ローリエル？」

「われわれには、ティムにも背景情報を伝える義務があると思う」

「背景情報？」

クラウズはもう震えていない。が、肌の赤みは引いていなかった。

「なんの話だ？　どういうことだ？」

ブリーフィングが始まったときからずっと、大統領首席補佐官の左足のそばに、大きな黒いファイルが立ててあった。彼は前かがみになってそれを床から持ち上げ、開けると、さらに何枚かの紙をテーブルに置いた。向かい側に座っているクラウズは、それを見ようと、読もうとしたが、座っている場所は遠すぎ、文字は小さすぎた。大統領首席補佐官は声のボリュームを下げ、クラウズを見た。

「これは内密に願いたいのだが――ハートの七に関しては、最初の段階で……対処にミスがあった」

「ミス？」

「ハートの七は……実は、潜入捜査員だったと判明したんだ」

「潜入捜査員？」

「スー・マスターソンのもとで働いていた民間人、犯罪歴のある潜入捜査員たちのひとりだった。潜入捜査を有利に進められるよう、DEAが自ら最重要指名手配者リストに加えていたんだ。潜入先の組織の中で、彼の地位が高くなるように。それ自体はどの機関でもやっていることだ。しかしDEAは、本部の外にいっさい知らせることなく仕事を進めていた！　それで、きみが襲われたのを受けて、われわれは〝対麻薬最終戦争〟を宣言し、最重要指名手配者リストを殺害対象者リストに切り替えて、全世界にそれを公表してしまった……そうなったら、もうあとには引けなかった」

ティモシー・D・クラウズ下院議長はさっき、自分の檻に入ってきた男の姿をふたたび目にして、真っ赤になって立ち上がった。全身が震えていた。ああいう檻に閉じこめられて、逃げられずに拷問された人間だけが理解できる震え。だが、あれは彼自身の問題、自分が傷つけられた記憶の問題だった。いま、大統領首席補佐官が言ったことを、ほんとうに理解できたのかどうか、自分でもよくわからない――が、体はすでに感じとっている。今度の問題は、だれかべつの人間が傷つけられたことだ。そして今回も、自分にはなにもできなかった。

「どのグループだ？」

「グループ……？」

「どの組織に潜入していたんだと訊いている！」

「PRCだが」

「PRC？　あの組織に……われわれのために潜入していたのか？」

「そういうことだ」

　クラウズは前回のように立ち上がっただけではない。海色の部屋を歩きまわっている。オーク材の机と暖炉のあいだを、ぐるり、ぐるり、一周、二周。

「ということは、つまり……われわれは味方を殺したのか？」

「われわれが殺したわけではない。殺害対象者リストから消さなかっただけだ」

「きみがさっき見せてくれた写真、解剖台のように見えたあの写真と、いまきみが言ったことを考えあわせると、私の理解が正しければ……いずれにせよ彼は死んだのだろう？」

「殺害対象者リストには載っていた。われわれのしたことはそれだけだ」

　クラウズは大声を出さなかった。小声も出さなかった。ただ、暖炉のそば、白樺の薪の入った銅色の容器のそばに立って、待っていた。このでっち上げだらけの世界で、現実のように思える、なにかを。なんでもいい。

「ティム——あとには引けなかったんだ。すでに報復を宣言したあとで、国際社会の支持を失うわけにはいかなかった。リストにひとつでもミスがあったとなれば、作戦そのものの基盤が揺らぐ。わかるだろう、ティム！　きみは、私は、そういう世界に生きている！　そういう仕組みだ！　ここにいるわれわれが満場一致で決めたことだ。ひとりの命を犠牲にすることで、もっとたくさんの命を救うべきだ、と」

だめだ。

現実のように思えることが、なにひとつ見つからない。

ほんとうの、正しい世界には、檻に閉じこめられる人間も、犠牲にされる人間もいないはずなのだ。

「何者だったんだ？」

「知らない」

「知らない……だと？」

「潜入捜査員とはそういうものだ。アメリカ人でなかったこと、犯罪歴があったことはわかっている。二年半にわたってＰＲＣゲリラに潜入し、定期的にＤＥＡへ情報を流していたことも」

「情報というと？」

マーク・イヴはもう、もどかしげではない。いきり立った、辛辣な態度だ。

「次に行きますよ」

「つまり、ほんとうは私のために働いていたということだろう？　そして、私のせいで死んだ？　言っておくがな、私は、泥を固めた床に直接ボウルを置かれて、それで食事をさせられたんだぞ。私には知る権利がある！」

大統領首席補佐官は立ち上がった。

「待ってくれ。ふたりとも」

そして部屋を出ていくと、大きな音をたてる黄金の壁時計の秒針が一周する間もなく、また戻ってきた。

「マスターソンからもらった要約だ。かつてその男を雇った彼女から」

床に立ててあったのと似たファイル。こちらのほうが少し薄いかもしれない。ペリー首席補佐官はページをめくり、クラウズに渡した。

「ここだ」

クラウズ下院議長は立ったまま読んだ。単語が文章になり、ひとつの人物像をかたちづくる。大規模コカイン・キッチンを七か所爆破するという手柄がアメリカのものになったのは、この男が提供した情報のおかげだった。

「なんということだ」

膨大な量の麻薬を押収した件、十五件も、彼の情報に基づいていた。

「これもか……トゥマコの件も」

拉致の前、一か月にも満たない。きわめて規模の大きかった取り締まり。

「この人物を……われわれが殺した？」

「われわれが殺したのではない。厳密には。死刑宣告を出したのはわれわれだが」

「コカイン・キッチンが七か所、七トン以上の押収案件が十五件。全部覚えている。クラウズ・モデルの功績だと、手放しで称賛されたんだ！　マスターソンがこの潜入捜査員の話をしていたのも覚えている」

ホワイトハウスの廊下は、ほかの場所の廊下よりも音が大きく響く。昔からずっとそうだった。クラウズはそう確信している。ここを急ぐたびに同じことを思う。だが、ほんとうに音が大きいのか、それとも、ここにしか存在しない、自ら増幅する奇妙な権力のせいなのかは、ついぞ判断がつかない。

〝言っておくがな、私は、泥を固めた床に直接ボウルを置かれて、それで食事をさせられたんだぞ〟。かかとが石床を強く打つ。〝つまり、ほんとうは私のために働いていたということだろう？〟。怒りではない。苛立ちでもない。〝そして、私のせいで死んだ？〟。権力を握っている人間が、こんなにも無力であるということ。〝私には知る権利がある!〟

出口に近づくやいなや、名前のないボディーガードふたりが簡素な木の椅子から立ち上がった。半歩前をひとりが歩き、半歩後ろをもうひとりが歩く。

だが、クラウズは立ち止まった。

「ちょっと……用事を思い出した。三十分で戻る」

そしてドアのところで向きを変え、ひとりで戻った。

だが、副大統領の執務室に続く右の廊下ではなく、まっすぐ、階段のほうへ向かった——帰国して以来、エレベーターは一度も使っていない。一階下、二階下、三階下。地下の資料室。挨拶をし、身分証を出したが、ここの警備員もプラスチックカードには目もくれなかったし、質問してくることもなかった。クラウズは中に入った。紙、フォルダー、ファイル、埃、時間のにおいの中へ。

あまり奥へは行けなかった。

壁。迫ってくる。天井も下がってくる。身動きが取れない。出られない。巨大な緑の蠅が群れをなして飛びまわる穴、そこから悪臭が襲いかかってくる。バナナの木にとまっている赤と黒の蟻が、尿を放って攻撃してくる。強烈な酸。肌がひりひりして湿疹だらけになる。床の白いボウルに入った、キャッサバの粉で焼いたチーズパンまでもが見える。

「ミスター・クラウズ……あの、お加減でも……大丈夫ですか？」

檻だ。

檻からは、出なければならない。

「ありがとう。大丈夫だ」

だが、彼は警備員に向かってうなずいてみせ、さらに奥へ進んだ。

時の流れの中を歩く。

JFK暗殺犯に関する全捜査資料が並んだ区画を通り、ベトナムと記された少し高めの棚を横目で見やり、白い札にアフガニスタン、イスラエル、イラクと記してある少し低めの棚にも目をやった。その棚は、ほぼ最奥部で彼を待っていた。仮の看板によれば〝対麻薬最終戦争〟に関する資料がここに揃っている。クラウズは立ち止まり、資料を手に取り、動かし、探した。そして、茶色い段ボール箱を見つけた——ハートの七、手書きで側面に記してある。

隅に小さな作業机があり、クラウズはそれに向かって腰を下ろすと、箱を開けた。

DEAの青いフォルダー。FBIの緑のフォルダー。CIAの赤いフォルダー。

どれも、ひじょうに薄い。

そのほかに、DVDが三枚あった。うち一枚を資料室のパソコンに差しこむと、パソコンは初め抗議を試み、そのままＤＶＤを押し出してきたが、それでも押しこんだ。

〝動き方に、見覚えがあった。会ったことがあるような気がした〟

こうして会ったのだ。ＮＧＡの作業室で、衛星からの画像で。コロンビアを担当するオペレーターのとなりに座って。

さらに中身を探る。

クリアファイル、ホチキスで留められた書類、大小さまざまな写真。

報告書をめくる。ハートの七の居場所について匿名で寄せられた情報、二十七件をまとめた資料だが、担当の調査官はこれらすべてが偽情報だと判断している。

べつの報告書をめくる。標的がカリの売春宿にいることを突き止めたデルタフォース分隊が、攻撃の準備をした。が、そのあとどうなったかは記されていない。ただ、追加の書類があって、四人の名とともに、ＭＩＡ、作戦行動中に行方不明《ミッシング・イン・アクション》、と記されている。

べつの報告書をめくる。ボゴタのアメリカ大使館からの報告書で、国際麻薬・法執行局支所長、ジョナサン・ウッズの署名入りだ。のちにエル・スエコ／ハートの七と断定された死体が、休暇でコロンビアに滞在していたスウェーデン人警察官によって届けられたこと、死体がレンタカーの荷物スペースに入っていたことが、詳しく記されている。

最後にめくったのは、法医学者の報告書だった。

身長、体重、体格は、視覚資料をもとに算出された値と一致している、とある。ハートの七が入れていると事前に特定されていた、例の珍しい刺青も、見かけ、大きさ、配置ともに一致している、とある。

死因も記されていた。**窒息による心停止**。根拠として、腫れて青くなった顔、同じように腫れた舌、目および口腔粘膜にいくつもみられる米粒大の出血跡、首の筋肉および甲状腺にみられる縞状の出血跡、折れた舌骨が挙げられている。これらを総合すると、締め縄によって絞殺されたものと考えられる、というのが、司法解剖を担当した法医学者の見方だった。

最後に、左手の人差し指と中指が欠けている旨が記されていた——**末節骨と中節骨の欠損**。

ティモシー・D・クラウズはまたもや同じことをした。無意識のうちに。額から首筋まで真っ赤にして、立ち上がった。

全身が震えている。

さっきと同じだ。映像を見たときのこと。見覚えが、ある、ある。

「水はあるか？」

最後の一文を、もう一度読む。

左手の人差し指と、左手の中指が、欠けている。

われわれはそのことを知らなかった。だから、きみの特徴を記した指名手配書に、その情報はなかった。だが、きみは私に知らせた。メッセージをくれた。それが今日、やっと届いた。

「きみ――水を一杯くれないか」

警備員は、狭い通路を戻った先、資料室の入口のすぐ内側に、こちらに背を向けて立っていた。それでも、ほとんど時間はかからなかった。あっという間にガラスの水差しと大きなマグカップが運ばれてきて、警備員が水を注ぐのを見ながら、いったいどうしてこんなに早いのか、どこから持ってきたんだろう、とクラウズは考えた。

冷たい水が喉を、胸を通っていく。

制服姿の警備員はまた水を注いでから、去った。物音ひとつたてずに。

微動だにしない下院議長を、その場に残して。

〝もう安全です、セニョール・クラウズ〟

見覚えのある、動き方。

〝ここからお連れします、セニョール・クラウズ。あなたのお国へ、あなたの同胞のもとへ〟

見覚えのある、欠損。

きみだったのか。

〝軍用水筒を腰に携えていた。睡眠薬のカプセルふたつが、ぼろぼろになったきみの手の上に置かれていた〟

きみが、私を救ってくれた。私に……返してくれた。命を。

〝指が二本欠けた、その手の上に〟

そのきみを、われわれは死なせたのだ。

さらに四か月後

午前。靄。かなり暑く、かなり湿気がある。ピート・ホフマンは着たばかりの上着を脱ぎ、櫛で整えたばかりの髪を手で梳《す》いた。緊張しているのだ。塀の中、べつの現実の中で過ごす日々は、人にそういう影響を及ぼす。

中央警備室から、鍵のかかった巨大な門までの距離は、およそ十五メートル、せいぜい二十メートルといったところだ。が、千キロあってもおかしくない。塀の中では、時間を凍りつかせ、忘れなければならないが、塀の外ではそれを大切にすることがすべてだ。塀の中では、あらゆる渇望をのみこみ、動かずにいることが前提条件になるが、塀の外ではだれもがどこかに向かっている。ソフィアには、ここではきみにも子どもたちにも会いたくない、と伝えてあった。刑に服しているあいだも、出所する今日も。再会して、抱きしめあって、ふたたびともに生きるのは、エンシェーデの愛する家に帰ってからにしたい。そして、出所してからの一時間ほどは、ひとりで過ごす必要がある、とも伝えた。ひとつの現実から、もうひとつの現実へ、閉じこめられた日々から自由な暮らしへ移動する。そのあいだは家族と離れていなければ、家族の一員に戻ることはできないのだ、と。

十七メートル。門までの歩数をかぞえてみたら、距離がわかった。門の向こう側で待っていた、エーヴェルト・グレーンスまでの距離。

「ご苦労だったな」

「どうも」

「中はどうだった？」

「知りたくないはずですよ。あなたにはどうでもいいことだから。それでかまわない。俺のほうも、あなたがどんな日々を送ってきたかには興味がない。ですが、グレーンスさん、いい、これは知りたいと思うので、言っておきますが——区画では、あなたの昔の上司たちと、実に楽しく過ごしましたよ。俺がぴんぴんしてるのを見て、ふたりともずいぶん驚いてた。話をする機会もあった」

ふたりはグレーンスが今日のために手配した警察の車まで、肩を並べて歩いた。地味で目立たない、黒い車だ。服役囚を護送するわけではないので。

「ああ、そうだな。それは確かに知りたかった」

ピート・ホフマンは数少ない所持品の入ったビニール袋を後部座席に置き、車は刑務所の駐車場を出て広い幹線道路へ向かった。誇らしげな塀を囲む高い有刺鉄線柵、それを囲む次の柵――すべてがバックミラーの中で徐々に小さくなり、消えていき、彼は過去をあとにした。今回は、永遠に。もう二度と閉じこめられるのはごめんだし、もう二度と利用されるつもりもなければ、嘘と嘘のあいだでがんじがらめになるつもりもない。いま通り過ぎた木々は、ほんとうに存在している。あそこに広がっている住宅街も、つねに動きまわっている人々も――この現実に、これから足を踏み入れ、その中で生きていくのだ。

ふたりはほとんど言葉を交わさなかった。共通点はなにもなく、なんの未来も共有していないし、交わる道を行くつもりもない。ただ、三年間に及んだ旅の目的地への、最後の道のりを、ともに歩んで終えることが大事だった。それだけだ。

ストックホルムを縦断していると、腹の中がむずむずした。ものごとに耐え、踏みこたえるため、何度この街に思いを馳せただろう。人質やコカイン・キッチンの散在するジャングルで、子どもの殺し屋《シカリオ》のいる市場で、人知れず切り刻まれる死体の置き場所を売る遺体安置所で、故郷とのつながりをいつも探していた。

南へ、もう少しだ。スルッセンから、グルマシュプラン広場へ、ニューネース通りへ。

グレーンスは道順をしっかり予習してきたらしく、ハンドルを切って狭い道路を進むと、花屋を通り過ぎ、スウェーデンの中産階級と呼べそうな人々の暮らす、一軒家の並ぶ界隈に入った。かつてホフマン一家が暮らしていた場所。そして、いま暮らしている場所だ。

家の屋根が、庭が見えてきて、ホフマンは静かに涙を流した。ラスムスとヒューゴーの自転車、サッカーのゴール。生け垣にあいた小さな穴までもが残っている。隣家へ数メートルの近道をするため、子どもたちがいつも腹ばいになってくぐっていた穴だ。

グレーンスは質素な門の前で車を停めた。いまのように半開きになっていると、過ぎ去った年月ですっかり錆びてしまったのがはっきりと見える。ピート・ホフマンは車を降り、反対側にまわって、開いたサイドウィンドウから片手を差し入れた。

「ありがとうございます。いろいろと」

「あの中で待ってる人たちを大切にしろよ。これからはもう、あの三人を、おまえを、危険にさらすものはなにもない。日常が始まるんだ、ホフマン。法にかなった日常だ。今日も、明日も、あさっても。もう二度と会うことはない。そうだな？」

無骨な手が離れていき、荷物スペースを指差した。

「おまえのトランク。後ろに入ってる。俺の部屋に品よくおさまってたぞ、コーデュロイのソファーと、制服を入れてるロッカーのあいだに。開けて中をのぞいたことは一度もない」

エーヴェルト・グレーンスの微笑が、ピート・ホフマンの微笑になった。

「べつに開けてくれてもかまわなかったんですよ、警部。中身に価値はないので」

ホフマンは錆びた門のそばに残り、警察の民間車両が走り去っていくのを見送った。それから、家の窓に視線を走らせた。キッチンに人がいるように見える。いや、りんごの木の影が窓ガラスに映っているだけだろうか。

トランクを手に持ち、質素な玄関扉へゆっくりと向かった。引っ越してきた日に〝ホフマン〟の名を刻んでもらったプレートが見える。トランクを何度か上げ下げしてみる。価値のない中身の重さは、七キロか、せいぜい八キロ。もっとはるかに価値のある、トランク自体の素材の重さが、ちょうど三キロであることを、彼は知っている。

一家の再出発だ。

いまから数日後、子どもたちがリュックサックを背負い、期待に満ちた足取りで学校に出かけたら。ソフィアがスペイン語の代理教師として、勤務先の学校に向かったら。そうしたら、空になったこの旅行用トランクを家の地下室に持っていって、この少々味気ない茶色の革カバーに取り組もう。カリのカルロスが変換してくれた、においのまったくしない革。エーテルと、過マンガン酸塩と、硫酸と、その他プラスチック容器に入った化学物質をいくつか使って、死んだものを生き返らせる。トランクの革をどろりとした塊に変身させたら、それを三十七度まで温めて、皿に載せ、乾かす。

世界でも類を見ない純度のコカインだ。

それから、三キロを薄めて九キロにする。昔ストックホルムの街中で売っていた粉はその程度の濃さだったが、それでなんの問題もなかった。一グラム当たり七十五ユーロの品が、九キロ。合計額は六百万クローナを超える。

ピート・ホフマンは玄関の扉を開け、家族の声を聞いた。

帰ってきたのだ。

著者より

まず感謝を述べたいのは

こんなにも長いあいだ、こんなにも奥深く、きみのユニークな世界、部外者が居させてもらえることなどめったにない現実の中に、われわれを招き入れ、その世界に溶けこませてくれた、Sへ。

それから、次に挙げる方々にも

潜入者がジャングルで仕事をするのに必要な、人工衛星をはじめとする技術的に厄介な諸々についての知識を授けてくれた、科学雑誌『*Allt om Vetenskap*』編集長、ラッセ・セルネル。ふだんは質素そのものの警部の食生活に登場する、年代物のワインや桃などについて教えてくれた、ミシュランガイド二つ星レストランの元シェフ、クリステル・リングストレムと、酒類のエキスパート、ベルトラム・セーデルルンド。潜水艦や航空母艦について抜群の知識を誇り、それらを騙す方法についても教えてくれた、アンデシュ。死体にうまく刺青を入れる方法など、医学関係の妙な質問の数々に答えてくれた、ラッセ・ラーゲルグレン。フィクションの中で逃亡中の殺人犯に、短期の懲役刑を言い渡すにはどうすればいいか、法的な知識を授けてくれた、シェシュティン・スカルプ副検事総長。

執筆中、ずっとわれわれを支え、作品を支えてくれた、フィーア・ルースルンド。

文章について賢明な意見を述べてくれた、ニクラス・ブレイマル。

いつもわれわれの好みにぴったりの表紙をデザインしてくれる、エリック・トゥーンフォシュ。校正に力を注いでくれた、アンナ・シルベルスタインとアストリッド・シヴァンデル。

われわれの愛してやまない版元ピラート社の、マティアス・ブーストレム、シェリー・

フッセル、ラッセ・イェクセル、マデレーン・ラーヴァス、クリスティーナ・キーヴィ、アンデシュ・オーロフソン、アンナ・カーリン・シグリング、アン＝マリー・スカルプ、ロッティス・ヴァールルー。

スウェーデンや世界各地で、傑出した能力と存在感を発揮してくれている、サロモンソン・エージェンシーのフェデリコ・アンブロジーニ、ユリア・アンゲリン、マーリン・ユレンハンマル・ブローマン、アンナ・カーランデル、ヨセフィン・ヨハンソン・カヴァレラ、マリー・ユレンハンマル、トール・ヨナソン、カロリーナ・ラーション、カーリン・リンドグレン、ヨーエル・ペッテション、アウグスト・モディーン。

多大な時間をかけ、鋭い視線で原稿を見てくれた、アンナ・ヒルヴィ・シグルドソン。

われわれのエージェントであるニクラス・サロモンソンに、とりわけ深い感謝を。

それから、われわれの編集者であるソフィア・ブラッツェリウス・トゥーンフォシュにも、とりわけ深い感謝を。

著者アンデシュ・ルースルンドとベリエ・ヘルストレムは、この本による収益の十パーセントを、ストックホルム県ファミリー協会がボゴタのスラム街のはずれ、アルトス・デ・ラ・フロリダで行っている、すばらしい仕事のために寄付しています。同会が提供する食事や医療ケアのおかげで、人々が尊厳ある暮らしをするための基盤が、はるかに大きく広がることになります。

訳者あとがき

＊本あとがきは本作およびシリーズ前作『三秒間の死角』の内容に触れています。

『三分間の空隙《くうげき》』（原題 *Tre minuter*「三分間」の意）は、ルースルンド&ヘルストレムが二〇〇九年に発表した『三秒間の死角』（邦訳はKADOKAWAより二〇一三年刊）の続篇にあたる。家族とともに母国スウェーデンを逃れ、南米で暮らしている男。彼はアメリカの麻薬取締局に雇われて、コカインと金がすべてを支配するゲリラ組織の一員となり、潜入捜査を行っている。だが、ある事件をきっかけに、危険な立場に追いこまれることとなる。

ルースルンド&ヘルストレムは、公営放送スウェーデン・テレビのジャーナリストだったアンデシュ・ルースルンドと、自ら服役した経験をもとに犯罪防止団体を設立した活動家・評論家、ベリエ・ヘルストレムのコンビだ。デビュー作『制裁』（早川書房）は二〇〇四年に刊行され、「ガラスの鍵」賞（最優秀北欧犯罪小説賞）を受賞。その後、『制裁』に登場したエーヴェルト・グレーンス警部のシリーズという形で、人身売買と強制売春をテーマにした『ボックス21』、死刑制度の意味を問い直す『死刑囚』、地下で暮らすホームレスを描いた『地下道の少女』を発表した（邦訳はすべて早川書房刊）。続く第五作『三秒間の死角』は、英国推理作家協会（CWA）インターナショナル・ダガー賞を獲得、日本でも翻訳ミステリー読者賞を受賞するなど、国際的にも高い評価を得た。

二〇一二年にシリーズ第六作『*Två soldater*（ふたりの兵士、未邦訳）』を刊行したのち、コンビでの執筆を休止。が、二〇一六年、本書『三分間の空隙』で復活を遂げる。スウェーデン推理作家アカデミー最優秀長篇小説賞にノミネートされたほか、受賞はならなかったが、『三秒間の死角』同様、CWAインターナショナル・ダガー賞の候補にもなった。

二〇一七年二月、ベリエ・ヘルストレムが闘病の末逝去し（享年五十九）、ルースルンド&ヘルストレムのコンビによる作品は、本書『三分間の空隙』が最後となった。以後はルースルンドが単独で、『*Tre timmar*（三時間）』（二〇一八年五月）、『*Jamåhonleva*（ハッピーバースデー）』（二〇一九年七月）、『*Sovsågott*（ぐっすりおやすみ）』（二〇二〇年七月）とシリーズ執筆を続けている。三作とも本書と同じように、ピート・ホフマンとグレーンス警部が活躍する作品だ。

また、ルースルンドはコンビ休止中の二〇一四年、脚本家ステファン・トゥンベリと組んで『熊と踊れ』を発表。これは日本でもミステリランキング一位に輝くなど、高く評価された。二〇一七年には、この続篇にあたる『兄弟の血——熊と踊れⅡ』(以上早川書房刊)を刊行し、同年のスウェーデン推理作家アカデミー最優秀長篇小説賞にノミネートされている。

ルースルンド＆ヘルストレムの執筆方針は、単純に言えば「フィクション半分、ファクト半分」だ、と本人たちがインタビューで語っている。小説という形で、読者が見たことのない世界を描きたい。そのために、すべてを警察側、捜査する側から語るのではなく、さまざまな視点を取り入れる。グレーンス警部のシリーズとはいえ、彼はあくまでも第二の主人公であり、メインの主人公はほかにいて、それは犯罪の被害者であったり、加害者であったりする。両方であることも多い。

だが、やがてふたりはこの設定に限界を感じるようになった。警部という立場にあるグレーンスには、信憑性のある自然な形で入りこむことのかなわない世界があるからだ。そんなときに、スウェーデンの警察がひそかに犯罪者を使って潜入捜査をさせているという話が耳に入って、『三秒間の死角』が誕生した。潜入捜査員ピート・ホフマンという存在をシリーズに招き入れたことで、グレーンス警部には届かない範囲へ物語を広げられるようになったのだ。

本書のテーマについては、かなり前から書くことを考えていたという。作家として、現代の犯罪について真剣に書こうと思ったら、いずれはその中心に目を向けなければならなくなる。ほぼあらゆる犯罪の根源、原動力ともいえる要素に。つまり、麻薬だ。作中で、グレーンス警部はこう言っている。

「このちっぽけなスウェーデンって国で報告されてる麻薬犯罪の件数は、年に十万件。ここ十年で倍になった。麻薬犯罪だけでこれだ。金を手に入れてクスリを買うための強盗、窃盗、空き巣は含まない。麻薬取引の縄張りを守ったり、借金を取り立てたりするための暴力犯罪も含まない。麻薬はな、ウィルソン、あらゆる犯罪の、俺たちの仕事すべての原動力だ」

麻薬について書きたいという思いはある。だが、それをどのようにして実現すればいいか、ふたりにはなかなか見当がつかなかった。欠けている要素はふたつ――読者を惹きつける強烈なストーリーと、リサーチの足がかりだ。麻薬について書くなら、その大半を生産している国に舞台を移したい。だが、ストックホルムの警察本部、グレーンス警部の世界を出発点に、それを実現するには？　そして、リサーチのための人脈を築くには？

二〇一二年、六作目を書き終えたところで、ふたりはコンビを解消することにした。ルースルンドには、とりわけホフマンという登場人物を得たいま、語りたい物語がたくさんあった。が、ヘルストレムはほかのことに関心が向いていた。互いを知りつくしているふたりは、互いのビジョンがずれはじめていることを無視できなかった。

ところがその後、事情が変わった。過去に何年も連絡をとりあい、信頼関係を築こうと努めては失敗していた情報源、コロンビアの麻薬組織の中枢につながりのあるキーパーソンが、ついにふたりを信頼してくれたのだ。協力する用意があると言ってきた。ふたりは、もう一冊だけいっしょに書こう、と決めた。ルースルンドが実際にコロンビアへ赴き、現地でのリサーチも行った。

そして、ふたたびピート・ホフマンを登場させることも決めた。部外者がほとんど入ったことのない世界を描くのに、有能な潜入捜査員ほどうってつけの存在があるだろうか？

こうして、テーマ、ストーリー、事実の蓄積、すべてが揃った。あきらめかけていたテーマだった。あらゆる犯罪の原動力を描きたい、だが手が届かない、そう思っていた。それが、実現した。

『三分間の空隙』を書きあげたのち、ふたりはあらためてコンビを解消した。ヘルストレムが病に倒れる前のことだ。ヘルストレムの死によってやむをえず断ち切るのではなく、自分たちの意思でピリオドを打てたのは幸いだったと思う、とルースルンドは振り返る。

本書に登場するPRCという組織は実在しない。コロンビアと麻薬といえば、一九七〇年代から九〇年代にかけて世界のコカイン市場を牛耳ったメデジン・カルテルやカリ・カルテルが有名だが、二十一世紀に入ってからはむしろ、反政府ゲリラ組織であるコロンビア革命軍（FARC）がコカイン産業を主な資金源とし、ゲリラと麻薬が結びついた状況が続いている。一九五九年のキューバ革命の影響で、中南米に相次いで誕生した反政府左翼ゲリラのひとつがFARCで、その主な資金源は誘拐による身代金と、麻薬だった。反政府組織はFARCのほかにもあり、さらにこれに対抗する右翼の民兵組織や、既述した麻薬カルテルも入りまじって、コロンビアの武力紛争は長らく混沌とした状況だった。

二〇一〇年代に入り、コロンビア政府とFARCの和平交渉が大きく前進。二〇一六年には停戦合意に達し、FARCは合法的な政党として活動を開始した。とはいえ、本書に描かれているようなコカイン産業や権力の腐敗が、和平の成立にともない一夜にして消えたわけではない。二〇一九年には和平に反対するFARC元幹部が武装闘争の再開を宣言するなど、いまなお不穏な動きが続いていることも事実だ。

もっとも、こうした現実がベースにあるとはいえ、ルースルンド&ヘルストレムの作品はあくまでも小説であり、エンターテインメントとして評価されるべきものだ。本書ではとくに、これまでの作品に比べても暴力的で残酷な現実がベースにあるので、バランスを取るために、主人公たちには少々冒険的になってもらった、とふたりはインタビューで語っている。シリーズのこれまでの作品に親しんできた読者の方々には、本書に描かれたグレーンス警部の新たな一面も、ぜひ楽しんでいただきたいと思う。

ルースルンド&ヘルストレムの邦訳は、初めの三作『制裁』『ボックス21』『死刑囚』がかつて武田ランダムハウスジャパンより刊行され、同社の倒産で絶版という憂き目にあっていたのを、早川書房で復刊し、かつ続刊の翻訳も実現することができました。ご尽力くださった方々に、心の底より感謝申し上げます。また本書の翻訳にあたり、スペイン語の表記やコロンビア事情についてご教示くださった常盤未央子さんにも、この場を借りてあらためてお礼を言わせてください。そしてなにより、本シリーズを応援し、後押ししてくださった読者の方々には、いくら感謝してもしきれません。ありがとうございます。

二〇二〇年七月

ヘレンハルメ美穂

解説

ミステリ・コラムニスト
三橋 暁

警察官が身分を秘匿し、捜査対象の懐に潜入。犯罪の証拠や情報を収集し、場合によっては犯罪者の逮捕や組織の壊滅にまで追い込む。潜入捜査やおとり捜査と呼ばれることの多いこの捜査手法については、日本をはじめとして、法律上の位置づけが不明確な国が少なくなく、いわゆる司法警察制度のグレイゾーンともいえる。

考案者は十九世紀のパリ警視庁黎明期に活躍した元犯罪者のウジェーヌ＝フランソワ・ヴィドックという説もあるくらいだから、その歴史は警察組織と同じくらい古い。敵を欺くにはまず味方からとの考え方から、身分が不安定なものになり易い潜入者は、スパイ行為ばかりか時には犯罪にも手を染めなければならない状況に追い込まれる。

捜査官が晒されるそんな過酷さは、映画にとっては恰好の題材で、ジョニー・デップやデブラ・ウィンガー、ティム・ロスら錚々たるスター達がその役を演じてきた。香港発の『インファナル・アフェア』（二〇〇二年）が世界的にヒットし、マーティン・スコセッシ監督がそれをリメイクした『ディパーテッド』（〇六年）は、作品賞等四部門でアカデミー賞にも輝いた。

さて、ここにご紹介する『三分間の空隙』の主人公もまた、潜入捜査のベテランである。ただし彼は警察官ではない。貧困層の出で、ケチな犯罪に身をやっていたところを、ある時、監督役《ハンドラー》の目にとまり、ハントされた。ハンドラーとは、適当な人材を犯罪捜査のため内通者に仕立て上げ、スパイとして使役する警察官のことである。

現在、主人公はゆえあって南米のコロンビアに妻子と暮らしている。ペーテル・ハラルドソンを名乗り、コカインを資金源とするゲリラ組織〈PRC〉の殺し屋エル・メスティーソ（白人と先住民の混血の意）ことジョニー・サンチェスの片腕エル・スエコ（スウェーデン人の意）として、FBIからマークされている身の上だ。

母国を逃れ、コロンビアにたどり着いたのは三年前で、生活の糧を得るため麻薬の売買に再び手を染めた彼は、ほどなく〈PRC〉に雇われ、組織内で頭角を現していく。そんな彼を、以前のハンドラーが〝最高の潜入捜査員〟の折り紙付きで売り込んだ先は、アメリカ司法省の警察機関だった。かくして、DEA（アメリカ麻薬取締局）の長官スー・マスターソンのもとで、彼の新たな任務が始まった。

しかし、アメリカへのコカイン供給源である〈PRC〉に目を光らせていたのは、DEAだけではなかった。娘を麻薬禍に奪われた米下院議長ティモシー・D・クラウズも、NGA（アメリカ国家地理空間情報局）の偵察衛星から麻薬取引の動向を地球規模で窺っていた。ある時〈PRC〉の動きを捉えた彼は、現地の精鋭部隊を率いてその拠点を急襲するが、予期せぬ罠に捕らえられてしまう。


本作、アンデシュ・ルースルンド＆ベリエ・ヘルストレムの『三分間の空隙』は、（プロローグと後日談部分を除き）全体が五部からなっている。第一部は、いきなり南米の密林とコカインの国で幕が開くが、そこにおなじみの人物が登場しないことを怪訝に思う読者もあるやもしれない。しかし、心配はご無用。第二部は、その御仁の登場から始まる。

その人物とは、言うまでもなくストックホルム市警の名物警部ことエーヴェルト・グレーンスである。気は短く、底意地が悪くて、いつも不機嫌。つむじ曲がりを絵に描いたような男だが、捜査官としての彼が辣腕であることに疑いの余地はない。悪や不正への並外れた嗅覚と、周囲を脅かす怒りと攻撃性を原動力に、真実を明るみに出すまでは決して諦